漂流鱼

王海雪 著

江苏凤凰文艺出版社
JIANGSU PHOENIX LITERATURE AND ART PUBLISHING, LTD

目　录

烟火荡漾的告别

母　亲

母亲打开门，一股含着沙尘的霉味就猛扑在了脸上，她连打了好几个喷嚏，指着门后的烛台说：“祭祀就在这里。”算命先生低头看了一眼，地面落满了香灰，烛台里只剩下几根秃顶的细木棒。母亲走到窗帘前，一拉，阳光就铺天盖地冲进来，挤满了整个房间。

先生走了一圈，屋屋角角看了一遍，抿着嘴巴说：“没有任何坏的迹象。”房间废弃很久了，里面所有的东西都被清理出去。到处是先生的话音在阳光里打滚。母亲一听，有些茫然。那家里这段时间发生的事该怎么解释？她接不上话，跟在走出来的先生后面，把门轻轻地带上了。

为了让先生将风水看得尽心尽力，她还特意穿上了一件低胸的衬衫，虽是秋天，风带来的却是热腾腾的暑气，细密的汗珠流淌在皱褶的皮肤上，散发着隐秘而难闻的臭味。母亲早年的风骚远近闻名，多年后仍无收敛的迹象。她对关于自身的传闻置之不理，对于岁月夺走她的年轻与美貌视而不见，固执地相信色诱一个男人和当年一样易如反掌。

她在门廊边送走了先生，这条古老的街道上到处是古老的房子，家家户户都有门廊，每年的雨季，哪怕不带伞，一路走下来都不会沾到一点雨水。这栋石头盖成的小洋楼在一众低矮难看的木楼中，变成了最醒目的建筑，它模仿了南洋骑楼的造型，材质却是土生土长的本地货。

房子的对面，是生意红火的杂货铺，给这一带的区民提供了很多便利。在没开麻将馆之前，母亲最喜欢去杂货铺那里，买上一把盐，或是打上一斤煤油供做饭时生火，买好后，她就靠着那株波罗蜜树，和围在那里拉家常的街坊们聊上半天话。那年心宽体胖，她的身体像施了肥的庄稼，繁茂而浓密，人们纷纷说这是富态的象征。这时，母亲会一边吃着当季上市的水果，一边望着自家崭新的楼房哧哧地笑。

母亲又独自回到了那所房间，屋里只有一张木床，她记得这张床的来历，托镇上最好的木匠打的。她嗅到了亡魂的气息，冰冷刺骨，她擦了擦眼睛，伸手一抓，生命还是没能在她手里留住，生活的忧愁却悄无声息地爬满了她的全身，将她的身心牢牢地锁住。她的内心燃着一把旺盛的火，却始终照不亮最深处。所有的叹息跟着她再次转身，下楼。

她返回一楼，旺盛的人气淹没了她内心的冷清，她找来了一张靠背塑料椅，以一个舒服的姿势，做起了一名围观的群众。麻将馆每天宾客盈门，他人对房子的所有忌讳早已烟消云散。

她听着牌友喊着东南西北，眼前都是方块在晃动，她怀着心事，一切都变模糊了。前段时间，丈夫从搭起的脚手架上摔下来，左手断了，打了好几个月的石膏，都不知道以后还能不能给人装屋顶板。儿子好不容易谈了个对象，那对象却在一个月黑风高之夜被她安装在走廊的捕鼠机给夹住了脚……这种种的巧合肯定有原因，她找来找去，也只有那么一条，与房间有关。

父　亲

父亲将手挂在了胸前，身上布满了草药味，手臂的石膏已经卸掉，换上了厚厚的草药，他走过人群，来到门廊边坐下。点烟不便，可他不嫌麻烦，还是抽上了，原来他抽四块钱一包的红梅牌香烟，现在改抽两块钱一包的宝岛了。父亲是一个容易适应的人。他有些秃顶了，脸又黑又亮，穿着廉价的浅色衬衫，还有从镇上服装厂买的便宜西裤，天天这身打扮。

父亲对母亲这数日的举动颇有微词，他躺在床上那会儿，听到走廊尽头那间卧室里有清脆的声响，他知道是捕鼠机落地的声音。这婆娘，尽想擒住过去，试图从过去的蛛丝马迹中找出那些虚无缥缈的魂魂魄魄，然后开始不依不饶地质问，直到逼出她心满意足的答案，才会休止。可他认为她一辈子都不会如愿，因为他是一个无神论者。他不相信庙宇，不相信灵魂，早年在给人挖地基时见过死人的白骨，坚硬，和石头没什么两样。就是从那天起，他知道人没了之后，就会变成石头。

他是土生土长的北街人，从爷爷一辈起，他就住在这所房子里，当时还未翻新，街道也没铺上水泥，下雨的时候，雨水就在那些光滑的石头缝隙里跳动。那时，鞋子不像现在这么普及，他经常打赤脚，踩在石头上，在水坑里玩水，偶尔会滑倒，将双腿摔得到处是细小的伤痕，有一些，直到现在还能清晰看到。杂货铺对面女人的老公，是一个多情的乐手，红白事上吹起的长笛有毒，经常让人忘乎所以，他正和街头的一个地方戏演员热烈地鬼混。父亲瞅着他骑上摩托车，三个仔的爹，还这么风流快活，什么世道！父亲不知是出于嫉妒还是因为出身于一个传统老派的家族，私下做出了这样的评价。

他对大堂里的麻将声充耳不闻，母亲还在那里继续当一个旁观者，隔壁七十岁的邻居正靠着走廊晒太阳，这个老头还在为生出一个儿子而准备买一名越南新娘。父亲想起自己当年也差点成了越南新娘的丈夫，所幸与母亲的事成了，他回忆母亲嫁过来的时候，穿着裁剪得体的大红衣裳，保持着她固有的趾高气扬，将所有的非议扔在门外。随行的小女孩，面带微笑，眼睛却有捅伤一切的欲望。

那年，母亲是作为一名年轻寡妇嫁给父亲的。仅仅三个月，她就成了一名二婚新娘。而父亲，终于在近四十岁高龄时结束了光棍生涯，不再成为街坊邻居们取笑的对象。一年之后，曾经貌美一方的母亲给他生下了一对龙凤胎，母亲的皮肉也就是在这年开始滋长。它们让母亲的身体变成了高山与峡谷交叉的地带，皮肤成了被河流冲刷过的砂砾，她的美也就成了过去岁月里的一个传说。

父亲对于女人不会过多的挑剔，他的外貌和身材让他毫无挑剔的资本。他勤劳本分，偶尔运用自己的小聪明去接一些乡镇工程，这让他提前过上了殷实的生活。他最舍得的是吃了，每天无肉不欢。

几口小酒下肚，嗓门就随着笑声膨胀起来，劝慰的话也就源源不断地流入母亲的耳朵中。

那天，父亲谈论那场死亡时，仿佛云淡风轻置身事外，完全听不出任何悲伤的情绪。他的目光并没过多地停留在母亲身上，而是在几盘菜之间跳动，筷子不时地落下。他一条腿曲起，放在椅子上，阳光就从露天的院子洒下来，在他脸上铺了厚厚一层，将他照得油光发亮。那会儿，哥哥刚好瞥了一眼，光就刺痛了他的眼睛，他用手遮住了半张脸，突然觉得父亲像村庙里的那尊神。

哥 哥

哥哥很瘦，骨瘦如柴都不能形容他的瘦，他的瘦，让二十岁的他连交女朋友都很困难，人家不是怀疑他有病，就是觉得他吸毒。那天晚上，母亲的捕鼠机让他的爱情毁于一旦。他是镇上一家服装厂的裁布工。这年，还没用上电剪刀，他居然有力气运用那把大剪，按照图纸将厚厚的布匹裁成一片一片，着实让人惊讶。

这天，他回到家，经过门廊，看到父亲正在面无表情地抽烟，大堂里的母亲正在旁边当麻将桌上的围观群众。他穿过屋子，往楼上走去。他了解母亲，只有将事情做完她才有闲情逸致消遣。

他上楼，在门前停下，深吸一口气。转动了门把，走了进去。他闻到了香火的灰烬之味。房间里有一对涌动的翅膀，搅动着房间的气息。他感到气息钻进了自己的耳朵，让他痒得咯咯笑，连长久直立带来的腰痛也忘记了。他想象那对翅膀薄如蝉翼，透明近乎无色。他盯着床，一步一步地挪到了那里，坐在了空空荡荡的床上，那里流淌着久无人居的腐朽。可他并不感到害怕，他的内心被巨大的充实填满。过了一会儿，他起身，想着过去的事，慢慢走出了房间。他饿了，像一只野兽准备到一楼的厨房觅食。

菜是凉的，母亲并不是一名合格的贤妻良母，哥哥望出去，在人头攒动中看到母亲已经入了赌局。他给自己盛了一碗稀饭，就着冰凉的饭菜吃了下去。家里只有母亲是一名赌徒，她会打塘镇上所有的牌，她经常赢钱，偶尔会输几把，有人归咎于她一手好牌技和好运气，却没有人会怀疑她出老千。但这些年，经历了那场死亡之后，母亲的运气跑丢了不少。她曾和哥哥说，肩膀上的运气鬼不知跑到哪户人家去了。

有时，哥哥会怀疑自己不是母亲生的。因为他从外表到性格并未遗传母亲半分。塘镇的秋天不冷，但老是下绵绵不断的雨，路更加泥泞破烂，这让整条北街看上去就像一团破败的棉絮。这时，雨又莫名其妙地来了，很快飘满了院子。而哥哥的饭也吃完了，他感到胃里一阵寒冷的饱胀。

那晚，他扶着一瘸一拐的姑娘离去，月光下两人的影子被拉得很长，长得将月光笼盖得窒息。有月光的晚上，北街便安静许多，午夜的流氓也毫无踪影。这时，是安全的。听得到老鼠窸窸窣窣的叫声的午夜，是安全的。

第二天，他郁郁寡欢，在裁布时剪断了自己的手指。起先，他感觉不到痛，只是怔怔地望着静静的手指和鲜红的血迹，目光所及却是一番童年景象：从出生之日起，每天一早他睁开眼睛第一时间看到的总是镶嵌着木头的天花板，然后，他会摇醒和他睡一个房间的妹妹，牵着她走下狭窄而蜿蜒的楼梯，楼梯咯吱咯吱地响，太老了，老得让年幼的妹妹害怕自己会从隔空的木梯之间直接掉下去。她在想象中感受到毛骨悚然的疼，每次都吓得哇哇大哭。他牵着她柔弱的手，总是不耐烦。妹妹和他是双胞胎，但两人长得却截然不同，妹妹鼻子扁平，是典型的塘镇人鼻子，眼睛大而有神。皮肤还保有着婴儿时期的细腻白嫩，是啊，她才五岁。因为特别能吃，她长得胖乎乎，像一团和了水的面粉，捏起来特别有弹性。他则瘦瘦巴巴，像一根细面条似的晃荡在妹妹身边。

一声凄厉的尖叫打破了画面，一切应声而落，他终于看到了触目惊心的红……断指终究没能接上，他成了一名残疾人，不久，他得了一个“星期四”的外号。这个家的这些显示种种征兆的不幸，大多发生在三个月前。意外随时发生，没有人逃得过命运的追杀。

他从两年前就变得孤僻，几乎没什么朋友，唯一的娱乐就是去镇上的露天歌舞厅坐坐，在人们热烈的聊天中，继续沉默寡言。他仿佛对任何事情都提不起兴趣，一味地沉浸在自己一厢情愿的空白里。他的身体里面隐藏着一个世界，这世界只有他一个人，以及他所能想到的任何事物。他不悲不喜，不愠不怒，由内而生的平静长满了身体，破茧而出。

他望向那双残缺的手，回想那场轻而易举就夭折的爱情，他已经失去了仇恨的力气，也不想寻找任何失去的理由。母亲连日来的折腾终于在今天得以消停。前几天道士在家做驱魔法场的香火还萦绕在院子里，他在一日三餐中连续吃到了护身符烧成灰的味道。母亲小心翼翼地将那些神圣的灰烬收起来了，把它们放进米饭中……

姐　姐

姐姐回来是在一个有着月亮的午夜，月光将寂静的北街照得晕晕黄黄。她穿着一条红色的齐膝连衣裙，一双橡胶拖鞋，乳白色，跟有点高。她本身长得就高，站在任何女人或男人面前都是一种俯视的姿态，这双鞋并不合脚，让她重心不稳，走得歪歪斜斜。她的眼睛又黑又亮，亮得都让满地的月光胆怯了。她的眼睛有水涌出，在面庞之上滚成了一条奔腾的河流。

她来到了房子前，敲开了大门。开门的是母亲，母亲的头发东倒西歪，看来睡得极不安稳。母亲瞅见她，一下子愣住了。这个与已婚男人私奔到二十公里开外的女儿，被月光晒成了一块皱巴巴的破布，眼神的光彩也被夺了去，再也回不到从前了。

有人看到她坐在一棵大榕树下手脚麻利地捆绑运到外地的豇豆。有人说她正在烈日的江边菜园里收割绿油油的蔬菜。有人说她和男人在友人家并不受欢迎。有人说，男人被她下了降头，她对男人说："如果你离开我，我会杀死你。"她用一种严厉的语气说出来，男人却面不改色地坐在正午的树下抽着白色的烟……母亲想起之前不断传来的风声，也已经做好了种种准备，此刻，她却不知如何应付突然而归的女儿。

姐姐望向大门里面，幽暗的灯光照亮了屋子的一切。她没想到会以这样狼狈不堪的姿态迎接自己的成年出场。她终于语带颤抖，喊出了一声："妈。"

母亲将她领回她曾经居住长大的房间，房间临街，午夜经常听到飞驰而过的摩托车声，还有情侣的窃窃私语。空旷的夜晚，让声音变成了一个荡妇，在熄灯的街道四处寻找猎物，而姐姐由于失眠，便轻而易举地被捕获了。

母亲帮她从衣柜里拿出凉被，说："将就睡一晚吧。"她瞅着那张席子，不用摸，就知道上面沾满了各种小生物。她已经半年没有回到这里了，这半年来，她睡过冰凉的地板，睡过电焊的铁床，睡过柔软舒服的垫子，可并未让她的失眠症有任何好转。无数个月夜，她都在和各种各样入侵的声音和镜像搏斗。或许，这是遗传基因在作怪。

她安静下来，脸上的河流彻底干涸。她示意母亲出去，便关上门，从窗帘的缝隙偷窥不断回头的母亲。那晚，她就是从这所房间那扇背对着她的窗户溜到了凌晨的大街，踩着腐烂的印度紫檀气味，和男人走向了有田有水的村庄。她的性格有极端的执拗，这种执拗在早年就已初露端倪。

她将鞋子脱下，赤脚踩了满脚的灰，她不在，房间也没人打扫，这只是她的客居之地。从五岁随母亲来到这里开始，她就清楚地知道，她是一个弃儿，将在别人的指指戳戳中长大成人。

她呆呆地坐在床边，坐了好一会儿，突然号啕大哭。得益于之前下田的锻炼，结实的身体给她的哭声提供了源源不断的有力支持。很快，房子里的人都被这哭声惊醒了。接着，她声嘶力竭的哭声撕碎了这栋白色砖房，让躺在里面的人失去了依附之地，他们赤条条的，毫无羞耻地站在这片祖祖辈辈站立的土地上。面对这些震耳欲聋却束手无策。母亲不断搓着手，将这一切的痛苦之源归咎到了亡者身上……

姐姐在第二天的中午才披头散发地醒了过来。阳光穿透了单薄的浅黄色窗帘，落在地板上，温暖了双脚。她盯着镜子里的自己，曾经引以为傲的年轻早已丧失，她老了，她的眼睛出现了细纹，脸上的毛孔清晰可见，眉毛很久没修了，乱蓬蓬的。夏天的嘴唇干裂得脱了皮，这样的一张面孔，怎么会有人喜欢呢？楼上没有任何的声音，或许，人都往外面走去了。她站了好一会儿，才将身上的睡衣脱下，她再次盯着自己一丝不挂的身体，左侧肋骨那有伤痕，那是她和男人打架时留下的印记。她走到行李箱前，打开了拉链，拿出了衣服。这个箱子，可能是母亲在她睡着的时候拿过来的。里面装满了她的衣物。那日，她走得匆忙，只带了几件换洗的衣服。

这是一条好几种颜色拼接一起的长裙，镇上产的。她穿上，双手将头发往后拨弄了几下，走过去打开门，铺天盖地的清新空气纷纷奔向了她。她辨别出了印度紫檀的味道，想起了那天凌晨的大街，她沿着那棵树来到了街上，和男人走向了新的生活，现在，回想起来，她不知道自己哪来的这么充足与无畏的勇气。她觉得肚子很饿，昨天做了一夜关于食物的梦，有烧烤、火锅和海鲜，有河流、农田和劳作。但是都不美。

世间万物，于她不过就是一张可以睡觉的床，一张可以吃饭的小桌而已。她对一切事物的消极对待，可能是从隔壁空荡荡的房间开始，她已很久没有踏足那间房，但是和居住在这里的人一样，她练就了一身好嗅觉。她总能闻到各种各样的味道，甚至，连亡魂的味道都能嗅出来。她无数次在梦中，看见那张拒绝长大的生涩面孔。

她想，还都没法让妹妹喊一声姐夫，她的爱情就夭折在阳光透彻的现实面前。那座村庄的老宅，由于年年被水淹，一年四季都散发着霉味，这味道经常让她有呕吐的欲望，甚至让她产生了错觉，以为有孕在身。她摸了摸平坦的肚子，肚子并没有多余的脂肪，也毫无赘肉，她的身材并没有她想象中的那样不堪。可她还是觉得自己糟糕透顶。

锅里还有冒着热气的粥，她听得见外面的嘈杂，她坐在柱子的后面，可以清楚看到外面大堂里的一举一动，别人却看不见她。她给自己打了粥，父亲不在，母亲不在，弟弟也不在。真好。她喝着白粥，望了一眼曾经放尿桶的方向，那里空空如也，青色石块堆起来的围栏已没有任何作用了。她还是不能从死亡与爱情中彻底平复过来，她觉得自己需要更长的时间才能重新适应这个房子的起居生活。

母　亲

死亡并不是一了百了的事情，死亡的影响仍然在活着的人之间延续。母亲的回忆里满满当当都与死亡有关。打麻将时，走路时，处理孩子感情问题时，解决家庭纠纷时，无论何时何地，她都在想着死亡。虽然她并没有将它摊开来讲，但是，她知道，在她的内心深处，有这么一个阴暗的角落，黑洞一样地存在。

印度紫檀是招魂之树。母亲在这个月黑风高的晚上，提着一盏若明若灭的纸灯笼打开门走出来，她曾咨询过先生，只要带着光绕着树转三圈，然后敬献香火念念有词，通灵的愿望也就在这过程中水到渠成了。她有一些疑问要问古老的祖先。青年时期，她曾找过有名气的或没名气的算命师给她预测过命运，虽然她知晓命越算越差，但仗着年轻气盛将厄运积压到了未来。如今，报复她的时刻到了。她了然于心。

远处传来的摩托车飞驰的声音会让午夜的街道破碎，她在这破碎的镜像中望见自己。她拿起线香，擎在手里，闭上眼睛刺刺不休。并没有任何事情发生，她只听见自己的呢喃之音，她讲了很久，从自己年轻时候的荒唐岁月讲起，喋喋不休地讲到了现在。这时，她看到了她，小小的，肉肉的，摸起来滑滑的。她才十八岁，刚刚开始发育不久，她爱穿纯色的衬衫，留着黑色的长发，声音却很男孩子化。她到处奔跑，打架，和北街的野孩子混在一起不眠不休，她抽烟喝酒尝试很多新事物，她和哥哥相反，对一切肆无忌惮。她的脸很圆，眼睛很大，厚嘴唇，并不是青春美少女，却因为那股子野性招人喜欢。母亲伸出手，摸了摸那张永远摸不着的脸，在午夜泪如雨下，线香闪着微光，照亮了晶莹的泪珠。她突然明白了自己的症结所在，她所做的一切都是为了摆脱对亡者的思念。

这个镇子，处处充满了对死亡的禁忌，百年前的一场鼠疫，让这里尸骨成堆，关于亡魂的故事流传至今。人们避讳谈论死亡已有多年，于是，诞生了各种各样代替死亡的词汇。自然，母亲是受影响的。她不会在公共场合直接去谈论家人的过世，也不会谈论他们的生前，就那么把他们涂抹得一干二净。只有此刻，在独自面对黑夜面前，她才有勇气推开自己的内心，一头栽进去一探究竟。

她回想从前，风吹过开着黄花的黄槿树，她坐在树下，注视着通往镇上的泥泞之路。她是一个刚刚失去丈夫的年轻女人，头七的那天，她彻底送走了他。虽然共同生活了几年，她的悲伤却没有持续多久。墓地她提前去看过了，就在长满露兜树的山坡地上，旁边还有耕种的旱地。她盯着那具石棺，心情很差。她穿着单薄，却依然汗流浃背，野地里的汗水混合了风与树的气味，那时，还单身的父亲正站在她的身边，她经人介绍，找了他帮忙挖坟。他见她寡母孤女，收的工钱比市场价低了一些。父亲说："完工了，我先走了。"母亲回过头，看了他一眼，率先走出了那片绿色的土地。她穿了一条粗布做的衬衫，打扮并不像现在那么时髦，但由于年龄的原因，她身上透着少妇的成熟之美，丧夫的悲伤让这种美笼上了一层薄纱，充满了诱人的香气。多年后，她确定无疑，父亲就是在跟着她走出草地的那一刻爱上了她。

几个少男少女也在午夜的大街上嬉戏，笑声将寂静的街道洗劫一空，母亲的呢喃也被那笑声打烂。母亲停止了思想，侧头望向不远处的黑暗，嗒嗒的脚步逐渐逼近，她感到自己心跳得厉害，她捂紧胸口，在行人到来之前闪进了房子。

母亲轻手轻脚地将门关好，轻手轻脚地来到走廊上了楼梯，她听到父亲鼾声如雷，有些发愣，回过神之后，她轻轻打开门走了进去，和衣躺在了他身边。她在黑暗中睁着眼睛，想着先生的提醒，并没有任何诡异的事情发生，除了几个嘻哈的少年调情之外，她仅仅闻到香火燃烧的味道。

母亲躺下时，父亲仅仅轻微地动了一下，接着又沉沉睡去。母亲一直认为，父亲是一个没心没肺的人，家里大小事从不操心。噼里啪啦的雨突然打在了屋顶上，外面黑沉沉的，她根本看不到乌云，这个季节，雨从来都是突然而至。她感觉到，自己对这个枕边人并不怎么上心，那时，他的手摔断，痛得嗷嗷叫，她也只是轻描淡写地敷衍安慰。她的手在黑暗中轻轻一撩，仿佛时间能顺手被她撩起，时间在流动中能将一切卷走，包括她的七情六欲。

年轻时，她是一名对任何事物都充满欲望的女子。她长得珠圆玉润，颇受村里同龄男孩的欢迎，明里暗里追求她的人不少，就是这种众星捧月的感觉，让她成了榕树下的女王。她喜欢刘晓庆演的武媚娘，她跌进戏里面，想过尽跌宕起伏的一生。可这终究只是少年梦一场。如今，她已不记得第一任丈夫的脸，他在地下已经烂透了吧。她的脑海浮现出一具骨瘦如柴的尸骨，孤零零地躺在密封的棺材里，据说时间久了，会有雨水渗进去，哪怕是棺材外面还套着一具石棺。自己也终究会成为泥土。她想。如果是她，而不是……

她侧过身，背对着父亲，在黎明到来之前逐渐进入了梦乡。

父　亲

父亲从未在镇子停留那么长时间。通常，他会在一个小工程结束后在家里住上两天，然后，又会在某一天的清晨开着那辆搅拌车去往别处。这次的意外，打断了他数十年来的固定作息。他是一个很容易适应的人，他迅猛地调整了自己的心态，用一种毫不在意的态度对待这次受伤，同时，也以同样的态度对待母亲的大惊小怪。

父亲的手接近痊愈，但还不能干重活，他也不能当单手司机，于是，多出许多时间的他便整天往菜市场的茶馆晃荡。有人和他打趣，问他家里的婆娘最近都在神神道道地做什么，从房子里传出的香灰味都快让人得鼻炎了。父亲一听，心里一颤一痛，他的黑眼珠闪着光，这光很快又被过于耀眼的白天给消灭了。他端起茶，喝了一口才慢悠悠说道："还不是为了以前的事，不闹腾几下不安心。"

这家茶馆原来是一片私人庭院，从前，是最招蚊虫的阴凉之地，种了杨桃树、芒果树、波罗蜜树、番石榴树，还有一些繁殖很快的观赏性植物，没有围墙拦着，附近的小孩都爱跑去那里玩。两层小洋楼也修得漂亮，正门进去的地方同样有树，是一株一年四季都结果的波罗蜜树，树下是这所房子主人雇佣的剪线头工人，她们的脚下是一堆完工的中年服装。几个人抄着熟练的小剪刀，一边聊着家长里短，这衣服也就很快弄完了。

随着生意的扩大，房子不够用了。这家的主人就将美丽的庭院给平整了，盖起了一栋三层小楼。二楼和街道平行，刚好是门面房，就租给了人家开茶馆。自此，这条老街道失去了唯一可玩赏的庭院，房子挤挤挨挨，聚起越来越多的人，集日的时候将道路围得水泄不通，茶馆的喧闹带旺了周边的小店铺。父亲成了催生这热闹的其中一员。

受伤的父亲在治疗和养病的过程中，肚子瘦了下去。他原本只是穿套头的背心，由于天气太热，加上换药不便，上衣也就仅仅搭在了他的肩膀上，成了装饰物。他的脸在瘦下来的身体衬托下，显得更大了，圆滚滚的脑袋仿佛装满了镇子上所有的东西，取之不竭，用之不尽。

他并不避讳谈论任何事件，包括意外、死亡等一切不幸。他说起自己患癌去世的爸爸，临终前那几天夜夜号叫，吵得漫长的街道不得安宁，为此，他跟每一个路过他家的人都点头哈腰地致歉。现在回想起来，他觉得颇为荒唐，这样的致歉让事情传播得更快，导致后来病人的故事传成了另外的版本。多年后的今天，他在茶馆里脸红脖子粗地辩解一个病人过世的最后几分钟应该是怎么个样子的，他以自己亲眼所见发誓，最终令无所事事的中年男人们信服。之后，父亲又兴致勃勃地和同桌的客人谈论起彩票来。

父亲正在兴头上，这时，茶馆的老板娘从外面回来，见没人注意，便低声说："阿叔，你劝劝阿婶吧，别烧那么多香了，那味道都熏到我这里来了，你吃的馒头都染上了。"

父亲对她的话不置可否。干净利落地说："那婆娘爱折腾就让她折腾去吧，劝没用，白浪费口水，还不如留这力气多在你这里喝几口茶。"说完，父亲端起陶瓷杯，将深红的茶水一饮而尽，然后，狠狠地将白花花的馒头咬了一大口。他很能吃，也从不在吃上面节省。老板娘无奈地笑着走开了。父亲艰难地将那口馒头吞了下去，心里装满了母亲。

他当然知晓母亲这段时间的所作所为，他性情和顺、不拘小节，由着母亲去。作为一名十多岁就丧失父母的孤儿，能娶到母亲他已心满意足。他记得那年，母亲穿着粉红色嫁衣走在全是万年火山碎石铺就的街道上，下了一场雨，她走得小心翼翼，还是弄湿了脚。当天晚上，她就朝他发了脾气。他很清楚地知晓，母亲只是将他当作一个新的靠山。可是，生活不就那样吗？生活从来没有平衡过。他心平气和地接受这样的事实，用自己的方式，和母亲相处了数十年。

母亲和先生将房子装成了法场，他虽然不痛快，可他知道母亲的心结难解。他在火光闪烁中偷偷上楼，拧开了门把，走进了空荡荡的房间，有东西在房间里面飘，那是从窗户进来的风。他终究忍不住，还是流泪了。四下无人，他偷偷摸摸擦眼泪。

楼下请来的两个唱戏的，开始了对唱，他听到了孟婆和奈何桥几个词。母亲又开始忙前忙后了。父亲感到巨大的悲痛袭来，那是压抑已久的痛楚，从身体奔涌而出，绵延不绝地漫到了地板上，一路往外流淌，他听到它们从走廊、从阳台不断坠落。隔着鞋子，他还是感到脚底被烧灼了。

他记得人们的目光，那阵子，他走在街上，躲在树下低垂着头疾步而行。那是他一生最脆弱的时刻。如今，他可以理解，生老病死，是自然规律，违逆不得，只是早晚的问题而已。对于生活带来的疑难杂症，父亲从来不会逃避，他知道一个孤儿成长为一个男人的担当。

他调整情绪，走到了二楼的走廊边上往下看，母亲的花衬衫在烟火缭绕中仿佛烧了起来。哥哥回来又被熏了出去。不论如何驱逐，悲伤依然经久不散。他缓步下楼，穿过烟火，走过寂静的大堂，来到了北街。

一个三万多人的小镇，几条平淡无奇的街区纵横交叉，构成了人们生活的全部。北街是被一场瘟疫洗劫后幸存下来的最古老的街道，发霉的小木楼通常住着一家三代人，每次父亲回到塘镇，都会走一走这条街道，这条散发腐朽气味的街道能给他源源不断的昂扬斗志。他的内心充满了战胜一切的渴望，他结婚，生子，过上了有家有口的生活，彻底摆脱了一个孤儿的身份。他时常边走边回想从前，然而，命运从来都不是一帆风顺，家里出现了空房间，按照母亲的说法，房间有亡灵作祟。母亲的话让他时时痛心，也时时提醒他，珍惜现有的一切。

他曾在卧室里，在事件发生两年后，笨拙地用自己的方式劝慰固执的母亲，不要试图去做徒劳无功的事。母亲口齿伶俐，有理有据地反驳了他。那时，月光落在走廊上，填满了整个庭院，影子在屋外游荡，他沉默地睡去。

哥　哥

哥哥从窗户伸出了手，风吹上手背，风向变了，不再迎面而来。他穿着改短的牛仔裤，一件纯白的套头短衫，脚上是一双深蓝色的崭新拖鞋，风的味道也变了。有一盆水，在床底下，浮了一层灰。外面的印度紫檀绿油油的，他摘下一片树叶，卷起，放到嘴巴里吹起来。这项在童年就学会的技艺，此时复苏了。他并不知道自己吹的是什么曲子，想了很久才想起是儿童歌曲《两只老虎》：一只没有耳朵，一只没有尾巴，真奇怪，真奇怪……廉价俗气的黄色印花窗帘被他拉上了，还是有阳光透进来，他伸手摸了摸，热的。

昨天下午，他回来，遇见了母亲，他喊了一声妈，就进屋洗冷水澡去了。哗哗的水声像流畅的音符，一直滑入妹妹的房间，他又想起妹妹的死期。时间对于一个死人来说，是静止的毫无意义。他记得那幅画面，电闸关了，他破门而入，妹妹就像现在这样，赤身裸体地躺在地上，那发育中的乳房有番石榴的香气，黑眼珠盯着他，他听见她叫，哥哥。打麻将的客人围满了屋子，耳边是各种各样的聒噪，有男，有女，有老，有少。

直到过了很多年，他才承认了一个事实，亲眼看见妹妹的死，让死亡侵入了他活着的时光里，改写了他的未来。

他记得那具柔软的身体，微微隆起的饱满的乳房，不算细腻的皮肤，飘着少女独特的香气。同时，他想起了年老色衰的母亲，他曾吮吸过的奶头，在内衣无法完全包裹下露了出来，丰茂过后是干瘪的贫瘠。母亲在卫生院的医生宣布回天乏术之后，脱下了自己的衣服盖在埋在沙堆里的妹妹身上——据说沙子能将电流导出。沙堆里的妹妹睁着那双大而黑的眼睛，那些围观的人们都变成了缥缥缈缈的虚空，变成了晃晃荡荡的影子，她所看见的，只是远方的天空，那些飘浮的云，她像一只温顺的猫那样安静了。房子的所有生气，就被这最后的温顺带走了……

凌晨的三点钟，街道偶尔会有摩托车飞驰而过的声音。他在梦中醒来，打开门，穿过走廊，来到妹妹的房间，走了进去。房间只剩下一张床，一床充满霉味的被子，他将被子一掀，钻了进去，浓重的老鼠屎将他的睡眠覆盖，他在这令人作呕的气息中闻出了亡者的存在——妹妹依然停留在这空荡荡的房间里。他听到妹妹说她黑色的长发长了虱子，痒得难受，却找不到一把完好的篦子，拿来点菩萨灯的煤油涂上也不见效。

他的脸上有沟痕，眉脚之处有结痂，脸色阴郁，有心事。他随手一抓，将被子蒙上了眼睛，用低沉而忧郁的嗓音说：“我看不见了。”这句话像一匹横冲直撞的野马，受困于这所房间，找不到出路，回音经久不散。

他只用一种牌子的洗浴用品，那牌子有青草的芳香，只在北街最老的杂货批发店出售。他在床上昏昏沉沉待到了五点多，当五公里之外的糖厂鸣笛声传来，将一切的幻觉打得灰飞烟灭之后，他清醒了。他揉着眼睛，带着混杂青草的臭味下楼冲澡。他听到父亲持续不断的咳嗽声，却听不到一点人声。

他将所有的门打开，包括卧室、厨房、客厅和一楼的大堂。从江边吹过来的风飘进来，带走了一丝热气。他接了一大桶的水，给屋子做清洁。这是他生平第一次拖地，引来了母亲的阵阵惊诧。在水流与地板的接触中，他身上的热气慢慢消失了。做完这些，他进了洗手间，冲凉水澡。透明的液体从莲蓬头下猛冲下来，将他的身体淋湿了，他赤脚踩在水淋淋的地板上，有意识地避开了那片区域，妹妹当时就躺在此刻的脚边，赤身裸体又戛然而止的青春年少。

他思量着，脑子塞满了各种各样的想法，慢吞吞地走了下来，他要去浪琴书屋，这几天，他每天都会在那里待上几个小时。

位于北街三角地带的浪琴书屋，有一柜子的色情杂志出售和出租。浪琴书屋的书籍抚慰了暗夜中孤独的男男女女，也完成了少男少女的激情启蒙。而巡回的歌舞剧团隔三岔五就会来塘镇，租用戏院作为演出场地，进行脱衣舞表演，用比生物课上更直观更深刻的教育教会了青春期的男孩们彻底了解女人的身体。

里面有桌子，冰箱里是各种饮料。经常有人往来，还书，借书，偶尔买上一两瓶水，坐着聊天。哥哥经常一个人坐着，他通常会选一本武侠小说，打开放在前面，盯着满纸的字。

姐姐这几日的归来，打破了暂时的宁静，房子的各个角落又被母亲放满了各种驱邪的物件。不过，他可以感觉出，母亲是快乐的。

但他依然无法理解母亲，他不知道母亲为什么这么迫不及待地想把发生在房间的一切抹去。他将书翻了几页，这本书的主人公叫杨小邪，他有一门独门绝技，能将头脑排空，包括想法、情人与智谋。母亲给他算过命，母亲热衷于给家里的人算命，这种热衷也影响了他，他曾经想过成为一名算命先生，为此还打算拜师学艺，但被母亲千方百计地阻止了。

算命折寿，母亲说：“我可不想你走在我前面。”母亲的阻拦加上看了几本这方面的书，他发现自己并无此天赋，便放弃了这个念头，老老实实成为一名裁布工。

不断有人进出书屋，女孩子们侧着身子在台湾言情小说书架上搜寻，不断有人问席绢的作品，这年席绢席卷了镇上所有二十五岁以下的姑娘。一般姑娘家不会跑到最里面租看露骨的色情小说。

他一直想搜寻死亡的秘密，空荡荡的房间不断出现在他的梦境里，被活人占据。梦中的房间，晾着妹妹的贴身衣物，有柔软舒服的床，床上留着她的体香。这体香和他紧密相连。现在，他在房间里已经闻不到那味道了，他身上也失去了只有他和妹妹才能嗅到的香气。或者，这是属于双胞胎的特定符号。这些回忆与问题逼迫他逃离了那栋房子，只有在这里，瞅着进进出出的人们，他才能稍许安宁。

书屋的对面，是一家男装服装店，它是镇上最老牌的服装店了。从他有记忆起，那家店一直在那里。店里的营业员一直那么年轻貌美，从未变老。他不看书的时候，会一直盯着营业员，她的头发染成了惊世骇俗的金黄色，永远是一副倨傲的表情，她的嘴唇永远红艳艳的，这让她看上去精神饱满。因为她，这家店一直生意兴隆，镇上所有的男人都来这里买衣服,哥哥也不例外。看着她迎来送往，有时对客人爱理不理，哥哥会特别开心。他想起沮丧的午夜，连接吻都胆战心惊。在经历了种种失败后，这个姑娘，满足了哥哥所有美好的幻想，这是他愿意待在这的主要原因。

后来，在无数次光明正大的偷窥中，他发现了一个惊人的事实，她和姐姐非常像，从表情到动作，无一不同。姐姐彻彻底底遗传了母亲的外貌，或许也遗传了母亲的性格。他不敢肯定。

和男人分手后归来的姐姐垂头丧气，整日郁郁寡欢。但她的表情还是一如既往的锋利，那是一种向内游走在血液里的锋利，靠近她的人无一例外都被割伤了，她的身体是一把刀。哥哥注视着对面低头摆放皮带的姑娘，想着。

那时的镇子风气尚为保守，离婚被人们引以为耻，而男人就那么干脆利落地离了，还把姐姐拐跑了，姐姐名声尽毁。这场家庭事故，被母亲归咎到了那间毫无人气的卧室。

这两年来，他学会了窥视，窥视这条街道隐藏的秘密。他在挤挤挨挨的房子间，在疏密相间的树影间，在人们奔走遗落的影子间，搜寻一切可疑之物。他本不该有这样的生活，他本该在歌舞升平的夜晚下和女孩子们跳舞调情，本该在开始普及的网吧拨号上网，接触神奇的虚拟世界。可他提不起任何的兴趣，如母亲所说，他的兴趣被房间夺走了。母亲为此宣战，发誓要帮他夺回来。这是一场母亲与房间的战争，他们都不幸被卷入其中。

书被他合上，目前，他还能看得进几页书。还能买得起一块钱一盒的纸袋装菊花茶。味道清淡，入口甘甜。那是何时，死亡的阴影经久不散，是人心在作祟还是亡魂迟迟不忍离去？

哥哥从算命先生那里听说，早夭的孩子将会让一个家族不得安宁。据说，母亲还为此托算命先生打了一张银牌，将他的性命寄养在牌里，敬献给灵验的境主庙。她还拜观音，拜文昌公，拜关二爷，拜灵山大王……不久，镇上的流言扫荡过新街之后，终于抵达白色砖房：他是八字奇诡、婚姻线暧昧不明的人。这种种的传言一直陪伴哥哥成长到了现在，这时，他已能镇定自若地对待这些预言。

此刻，他的心情很愉悦。他想通了一些问题，这得益于浪琴书屋独特的氛围。老板是一名年轻人，有一次，他居然听见老板在和租书的女人聊李丽珍完美的胴体，他听得面红耳赤，对谈的两人却旁若无人谈笑风生。这让他暗自惊讶。之后，这里就成了他的秘密阵地，成为他安放另一个自我的地方。他盯着对面的姑娘，她走动起来身材更加曼妙。他想，终有一天，他会摆脱那栋房子的束缚，而姐姐，也终将自由。

姐　姐

恨是一种慢性病，从关节处慢慢渗入二百一十五块骨头，年深日久，无处不痛。窗子有明媚的阳光照进来，像烤过的暖洋洋的手术刀，割伤了姐姐的脸颊，她斜靠着，眼睛流出无声的泪水，像玻璃弹珠滚落在地，滴答作响，全身的脏器仿佛要挣脱她的身体单飞。

母亲跟着算命先生一边耳语一边走进来了，母亲离算命先生很近。她看在眼里，总觉得母亲和算命先生有私情，从她有记忆开始，此人就一直单身，在自己的摊子前敲敲打打，将自己最宝贵的时间奉献给了银色的雕得像扁葫芦的神牌。

算命先生戴着一顶磨损的绿色军帽，给人一种错觉，他当过兵。其实，那是多年前在杂货店买的仿制品。他对旧物的眷恋源于对生命的预知和把控。帽子将他浓密的头发一根接一根吸走，最后，只剩下一个光秃秃的头顶。至此，帽子与他生死相连。

她将目光从他身上移开，眼神穿透房间，看见自己的岁月正在母亲的身后一字排开，任她审核。她和母亲一样着了魔。

这是她有生以来遭遇的一场最为严重的个人危机。她幼年生活在一处村庄，村庄种满了遮天蔽日的榕树，根须落在地上，无边无尽地繁殖，这种毫无节制的茂盛深刻地影响了她。之后，她跟随母亲出嫁，来到这个陌生的家里，亲眼所见这栋破旧的咯吱作响的木楼变成坚实美观的砖房，也亲眼见到母亲躺在接生婆的床上，满头大汗地将两个幼小生命生出——至今，她不时会听见啼哭的耳鸣。她独自完成了自己的成长，度过痛苦漫长的青春期，迎接了自己的成年礼。这个家里的所有人，都不曾试图去了解她逼仄的生活，这让她对这条街道产生了厌弃。那时，她太年轻，还不知晓人人都自顾不暇。在这条腐朽的街道上，她并没有结交到任何一位朋友。母亲曾察觉到了她扭曲的固执，但终觉得这是小孩心性，往后自然会好，也就放任自如。

直到现在，姐姐才知晓自己是一个十足的倒霉蛋。从小到大，从未事事顺心。她虽然将继父喊成父亲，但她终究并不认为他是真正意义上的父亲。在她跟随母亲离开之后，她就再也未曾见过真正的父亲，她也不知道他为何不来看她。但是，她不会主动去问。小时候，门前经常停着载客的三轮车，帆布顶棚的下面，是两条长椅，一到赶集的日子，就坐满了人，大老远就能听见发动机粗声粗气的气喘吁吁。她经常在那里等着，幻想着会有父亲那边的亲戚来看望她，但每次她都失望而归。她坐在台阶上，对周遭的热闹视而不见，一味地沉浸在失落中，是的，小小年纪她就深深体会到了失落。这种失落，直到多年后她谈了人生的第一场恋爱，开始人生意义上的享乐时光，才将伴随多年的失落掩埋。

如今，她回想刚刚过去的惊心动魄的恋爱，回想男人高大的身躯和温暖的身体，内心变得炽热起来。只有母亲，才会将这场恋爱视为家庭的不幸之一。母亲又点起了熟悉的线香，那一点微光在飘满阳光的房间里微不足道，散发的廉价香气也不足以和烧得噼里啪啦的阳光媲美。她瞅着母亲的一举一动，缓和了心情，真希望他们有奸情。她看到了算命先生认真专注的神情，那神情对母亲没有任何的爱意。姐姐露出了失望的神色。

她不理解的是，母亲希望她能重整旗鼓，将缝纫的手艺拾捡起来，走入工厂，成为镇上大部分安分守己的女孩中的一员，过个一两年事件平息后，找一个年龄相当的人嫁掉。母亲并不认为，这次错误的选择是姐姐的失误，因为房间成为她最好的借口与理由。

母亲和她说了几句话，见她躺着不动，就和算命先生走了出去。她将被子往身上拉了拉,瞧见走在后面的他往耳朵里塞了一个耳机。

里面放的是算命先生喜欢的音乐，手掌大小的录音机装在他的口袋里。是邓丽君的靡靡之音，他听她有许多年了，却从未腻烦。他存了好多盘磁带，夜深人静时，会在自家农家小院哼唱几曲。最后，他离去时无意的一句话，点醒了母亲，能将八字迁出去，也不是毫无办法，就是结阴婚。

她听见他们远去的声音，起身拨弄了下头发，又去二楼的洗手间用毛巾擦了下脸，恢复了几分气色。她知道，她浑身上下充满了瑕疵，这种瑕疵就在体内蓬勃生长，跟她张牙舞爪的青春一样。她的心里装满了男人，沉得她都无法挺直腰杆，走路有气无力。她积攒了二十多年的情感全盘送给了他，却换来这样的下场！她使劲地甩了甩头，发丝贴在了脸上，又深深呼吸一会儿，决定下楼去。她忘记自己有多少天没出过门了，她连街坊们都不认得了。她像一个失去记忆的人，失魂落魄地来到了午后的大街上。

成排的印度紫檀之中，零星掺杂着几棵黄槿树，这树滋生一种看起来和蜈蚣是同卵兄弟的爬虫，却人畜无害，它的臭味连食虫的鸡鸭都要退让三分。姐姐经过时踩死了几只，这臭味便一直跟随着她行走，将男人留给她的气味都冲走了。从这天起，男人就从她的生活完整离开。她告别了那场无知的恋爱，告别了那场惊人的午夜私奔，在北街的浪琴书屋见到了弟弟。

她走进去时，他正在翻看一本冗长的印刷粗糙的小说。她对读书没什么兴趣，纯粹是因为看见他，又想搜寻一下曾经让她怦然心动在无数个孤独的夜晚做过灰姑娘美梦的台湾言情小说，便走了进来。两边的架子上都放满了书，靠柜台放了一张颇为露骨的海报，她瞅了海报那硕大的胸部一眼，不禁自惭形秽。她突然发觉，经过这段时间没日没夜的哭泣与昏昏沉沉的睡觉之后，她的心情好了很多，痛楚似乎没有以前那么强烈了。看来，是可以疗愈的。她扭头，刚好和年轻的老板四目相对，她突然感到就像打火机点着了火，噔的一声落在了心上，初恋情人就从她的心间滚落而出，原来的相爱都满含恶意，她顿感轻飘飘的。她撇过身，进去坐到了弟弟的身边。

她依然感受到身体的酸痛，她一边按捏自己的手脚，目光无意掠过对面的男装店，和弟弟一样，她注意到了对面的女孩。她微微偷瞄了弟弟，突然明白弟弟为什么在此流连忘返。

这世上，并没有十全十美的事情。对面的女孩，光彩迷人，年轻，不曾像她这样饱经沧桑。从她走出门的那一刻开始，隐隐约约，她知道自己起了变化。她在大门边上遇见了浑身遍布怪药味的父亲，她只是和他对视了几秒，算是打过招呼，便踏出了房门。

她将凉鞋脱下，赤裸双脚踩在桌底下，对自己刚才与老板四目相对时的心跳惊讶不已。曾经，她想过死去，让自己的房间和隔壁一样凋敝。现在，她怀疑处在悲观时期的想法，那阵子，情绪不佳，加上母亲整日神神鬼鬼，让她烦上加烦。这时，她明白了，一切都是作茧自缚。她扭头看了看弟弟，弟弟洋溢着欢快的神色，仿佛从断指的悲伤中解脱已久。她萌生了一个念头：我们应该怎么活着？

我们应该怎么活着？以她的水平，无法解答这个深奥的问题。这时，有人进来了，柜台前的老板和进来的女人谈笑风生，他们正在讨论那张海报。姐姐早已历经人事，却对公然的讨论感到羞赧，哪怕只是作为一名无足轻重的旁观者。这份羞赧，覆盖了她的恨意十足。

她终于开口和弟弟说话了：“你还好吗？”

母　亲

这个女人，一直在否认青春逝去。必须承认，年轻时的母亲确实有一种独特的韵致，但是，随着年深日久的尖刻爬满了她的身体，变成一条又一条深不可测的藤蔓，她便失去了诱人的魅力。可她一直否认这个事实，她认为自己具有让时间停止流动的能力。她一直忙于房间的清理，导致忘记了很多事情。

这阵子，她奔波于算命摊和麻将馆之间，肥大的身体瘦下了不少，这从衬衫的宽松程度可以看出，她仍然精力十足。她容易流汗，在炎热的夏日稍微一动，后背的衬衫就像从水里捞出来一样。浑身散发着难闻的汗味，她却不以为意。她在麻将桌上声音大了起来，笑逐颜开地听牌，她终于给埋在地下的女儿找好了对象。

那是一名因为一场离奇车祸而死去的年轻人，在夜晚的公路上随着飞驰的摩托车一头撞到了树上。当她和父亲谈起这起听来的事故，难免不大肆渲染，之后，又唏嘘一番表示同情。她拉上父亲跟着算命先生去了女儿的坟地，一个小土堆被一片甘蔗林掩盖了，他们拨开甘蔗叶，不免被叶子上的毛刺扫到，又痒又痛。

时隔两年，当再次面对这场生死离别，她还是感到难过。她瞅着正在忙碌的算命先生，取八字，对父亲说：“之后，她将永远不在了。”母亲转身走出甘蔗林，突然无法面对这样一桩由她主使的婚姻。她站在路边朝里观望，清风拂过，可以听见甘蔗林发出呜咽之音，这些长势喜人的甘蔗在冬季会被压榨成洁白细腻的糖。

过了一会儿，父亲出来，他的手臂没以前灵活了，也不能提拉重物，只能在一旁给先生做一些辅助的活计。他轻轻地将沾了泥土的手甩了甩，母亲伸出手，帮他拍了拍后背，就是那一瞬间，她感到了女儿的气息，这个最小的孩子正在风里打转。

寂静的公路通往一个幽僻的村庄，村庄有成片的木麻黄林，一到饭点，木麻黄枝叶燃烧的火焰就在家家户户的炉子中升起。母亲的目光随着漫无止境的路延伸，飞越无数路障，终于看到那栋古老的住宅，被贫瘠的田地与小树林包围。她的生命，就从那间房子走出，她听见嘹亮的哭声和孩子的奔跑，从数十年前朝现在的她走来。她一狠心，转身骑上了摩托车，喊上父亲，飞驰离开了这片寂寞的土地。先生不紧不慢，紧随其后。

母亲在起坟的那天，将自己最好的衣服拿了出来，穿着隆重。同样地，她也给父亲买了一套合适的衣裳，剪裁合身的西裤，一双上油的黑色皮鞋，还有一件洁白的衬衫。父亲从没有这么干净过，他肃穆的神情恰如其分地体现了新衣的材质，比他之前的衣着好太多了。哥哥和姐姐被母亲赶出了家门，作为年长与未婚之人，他们不能参与并观摩这场充满禁忌的婚礼。

迁走的当天晚上，母亲在大门口坐了很久。大堂里只剩一桌麻将了，白炽灯将来临的夜晚吞没，对面的杂货铺没了生意，琳琅满目的货品挑战着母亲的味蕾，她决定去买一个充饥的圆面包，父亲很累，早已在楼上歇下。

她移步到了对面，和老板娘搭讪了几句，说了一些无关痛痒的家常，当她想谈迁坟的经过时，前面的铺垫毫无用处，因为她根本开不了口。老板娘洞悉了她的内心，率先委婉地安慰了她。她靠着伸出来的铁架子，面前是另外一条几百米长的短巷子，一眼望到头，她把老板娘的话一字不漏地听进了耳边。对的，她还有两个孩子，一男一女。

她从未觉得岁月如此妖娆，她从风里嗅到了残留的青春气息，她忘却了第一个男人的脸，却永远记得他们共同的孩子。她伸手穿过衬衫，摸了摸硕大的胸部，感受柔软的力量。她的手滑过脖子，脖子空空如也，她才想起自己的水晶项链没有取出来戴上，那是她在集日的时候，在外地来的首饰小贩摊子上花五十块钱买的。她去村里喝喜酒戴过一次，后面舍不得戴了，就装在床头柜里。她觉得遗憾，她可以将自己装饰得更美的。

她只需将目光移动几寸，头稍微抬高，就能望见自家二楼的窗户，窗户只需从里面一拉，人就可以顺着长到二楼的树木来到街上。将坟墓迁到男方的祖坟后，她感到身体很空，那间填满香气的房间也失去了存在的意义，她感觉房间瘫成了一团柔软的泥。

窗是铝合金窗，以前，她每天都会打开窗让房间通风，这两年来，她已经不再这么做了。如今，她完成了最重要的事情，亲手将身亡的女儿嫁了出去。接下来，该做什么呢？她变得茫然。她拿起圆面包，咬了一口，干涩地吞了下去。送别，是一件无比艰难的事。

她在这里生活了几十年，从一个风韵犹存的少妇变成了粗糙臃肿的中年女人，街道的风景也在岁月中悄无声息地变化着，但她从未注意到。自从经营麻将馆之后，她的专注点便在营业和每天的家长里短上。近两年，历经丧女之痛后，她的重心则放在了亡者身上。她见过镇上老人临死的惨状，参加过葬礼，见过白色的经幡引着棺材直入地下。她的岁月牢牢钉在这条破败贫穷的街道上。想到这里，她突然意识到自己忽略了许多存在的事实。比如豁达的丈夫、神经质的儿子和继承了她偏执性格的大女儿。

这么多年，由于无法协调平摊电费，这条狭长的街道一直没有安装路灯。除了店面灯火通明外，通往其他路径的地方一片黑暗。母亲注视着光亮无法抵达之处，回忆起了自己的辉煌年代，那是三十年前。她终于承认自己老去了，她将吃剩半块的圆面包丢下，走回即将散去的麻将桌，那间存在了很多年的房间，在她面前轰然而塌。

父　亲

父亲并非没有过心事，可哪怕内心波澜起伏，他也从不动声色。他坐在桌子边上，窗户外是摇曳的紫檀树，这种司空见惯的树木除了遮阴并无可取之处，它不讲究土壤，将就一扎就过分随便地枝叶繁盛。屋前的右边，还栽种了一棵杨桃树，长了许久，还是枝叶稀疏，像一名面临秃顶危机的中年人。父亲伸手摘了一片紫檀叶子，自言自语："人家吃的是尸骨肥料，你连人尿都没几泡，怎么大得过人家。"

过早的生活历练并没有打垮父亲，而是让他变成一个随遇而安的人。关于那场死亡，他从来没和任何人诉说，他在心里的某处造了一个坟墓，埋了一具完整无缺的身体。

这天晚上，提前睡下的他感受到了母亲气息忽变。他在午夜时分的床上清醒了，床头柜上亮着一盏小灯，他扭头看了熟睡中的母亲，她平和的呼吸一起一伏，眉头舒展了，她终于安静下来。父亲慢慢下床，给自己倒了杯水，拧开门，走到了走廊上。他极少在午夜起床，也从没看过这午夜的风景。一切都静悄悄的，家家户户的灯全灭了，他感受到了自由自在飞舞的风，感受到了树木在夜晚疯狂生长，午夜的生命比白天更旺盛。然后，他想，我失去了女儿。

他见到了女儿的骸骨，她身上穿了三件白衣，两条裤子，还有一双崭新的鞋，以及一顶帽子。

他极少抽烟，但是他有必要放肆一回，烟雾从走廊半空蔓延到了午夜的大街，氤氲开来。

这条街上，有许多因为各种事件而分崩离析的家庭，从大人到小孩，都没能好好生活。他记得妻子三十岁的样子，像春天那样饱满。如今，她依然饱满，不过这种饱满是果实成熟炸裂开的饱满，和从前不一样。他想，有一天，他将俯身将这一粒一粒的饱满拾起，再经一个轮回。

无论经历什么事，都要好好生活。父亲循规蹈矩将这句话奉为圭臬。他回顾自己的过去，成家立业，到有了孩子，从父母撒手西去遗留下的破木楼到现在舒适的白色砖房，时光将物质革新，生命越削越短。而自己的人生，也长成了一棵树的模样。

他突然很想敲开姐姐的门，窗户被窗帘遮住，这个与他毫无血缘关系的女儿因为一桩婚姻而将彼此的命运紧密相连。他当然知晓她所有的事情，包括亡父、成长和结束不久的刻骨铭心的爱恋。那天，他正在给一栋民宅砌墙，母亲就辗转托人给他带来了姐姐私奔的消息，希望他尽快赶回来去那座江边的村庄将姐姐带回，他可以想象到母亲低眉顺眼的表情，她一有棘手的事情便是这样一副百依百顺的样子，和平日风风火火的派头完全不同。

他拿起一块切割完美的石头，放到墙上，慢条斯理地砌好，就擦了擦手，捎了口信给来人带了回去。他觉得，亲历一场挫折能让自身获得丰富的应对经验。于是，他随她去。他当然知道母亲会怨恨，但相对这微不足道的怨恨，前者重要太多。他有一种处世的智慧，将复杂的生活简单化。

人生来到了该承担的时候，就该自我拿捏自己的事情，没有人可以帮你做任何的决定。父亲知道，姐姐和哥哥两人最近都很喜欢去镇上的书屋待着，他仔细观察过他们，再也没有像从前那样愁眉苦脸了，因为香火的味道被风吹散了很多，他们也不会再从饭里吃出香灰了。

抽完了两根烟，他盯着一楼的院子，年轻的时候，他曾站在塘镇最高的五层楼楼顶上，有过跳下去的冲动。那里可以俯视塘镇的整个街区，还有那条混浊的河流。行人没有抬头，没有人发现有一个人在上面准备跳楼。就是刹那，他突然明白，无论自己是生是死，并没有人会在意。生命与时间照常流动。他想了一会儿，朝街中心那座古老的关帝庙张望了几下，内心突然安定下来，于是，他放弃了自杀的念头，走了回来。那年，他将近二十岁。这件尘封已久的事情他从未和任何人提过。多年后的午夜，他再次平静地回忆起来。此刻，他已没有了“死”的概念。

他有些困了，随手将烟蒂丢往了一楼，又进屋去，躺在了熟睡的母亲身旁。她很久没有这么深入的睡眠了。以前一点轻微的声响都能将她惊醒，这夜，她获得了长久缺乏的宁静。父亲感到欣慰。生活，终将要回到它真实平淡的样子。

第二天，父亲醒来的时候，母亲已经在一楼打开门操持麻将馆的营生了。楼下断断续续传来了喧闹声。父亲伸了个懒腰，忍不住笑了。他受伤的手软绵绵的，还不是很能使得上力。他换了一件白色背心，套上了短裤，穿上拖鞋下到一楼洗漱。他还没这么晚起过。

他长久凝视阳光来临的地方，阳光穿透时间，将厚厚的日历一页一页撕下，卷成垃圾扔得不知所踪。风灌满了白色砖房，将它膨胀成了飘浮的气球，白颜色渐渐沾满了漂泊的灰尘，在不断林立的新楼房中，成为北街的陈旧普通一景。曾经新颖的建筑除了两根柱子和走廊在雨季来临提供避雨外，所有的目光都离它而去。

哥　哥

哥哥醒来时已是傍晚，他闻到饭菜的香味，他出来，看到饭桌上有清炒地瓜叶、白斩鸡，调料酱在白色的瓷碗里、酸笋、清煎福寿鱼，两碗米饭一左一右，飘着热气。面对这么丰盛的饭菜，吃惯了残羹冷饭的他居然无所适从。他去大堂问了母亲，确认不是拿来祭祖的祭品后，便欢呼雀跃地坐下来很快一扫而空。吃饱喝足后，他才想起，为什么母亲会开始好饭好菜地招待家里人，因为昨天她完成了一件重要的事。

他想到外面去，但却无意识地往楼上的房间走去，妹妹做什么都比他快上几步。门开着，并不像往常那样关住。房间一如既往地空，装满了空气和言语，他听得见曾经的呢喃，但他已经感觉不到妹妹的气息了。他很不适应。他问："你在吗？"房间里有回声："你在吗？你在吗？你在吗？"

这时，男装店的姑娘浮现了出来。他听见自己的脚步声在楼梯嗒嗒作响。他从楼上一直走到北街尽头，走进了临江的村庄，拦河大坝的下游是奔腾的江水，大坝的另一边，却是平静的湖面，对岸郁郁葱葱，风景优美，是情侣们最佳的幽会之地。他和工厂的工友们来过那里，在白天里拾柴野炊。在这里，他重拾了对塘镇的青春记忆。

他觉得妹妹的死和一个反复的梦境有所关联，那天，人们被包裹在三十九摄氏度的高温下，呼出的气体都变成了热雾，土地的热气能将一个活人蒸熟，招魂的印度紫檀也无法昂扬。他惊魂未定地闯入妹妹的房间，说："我看到你整张皮都被剥下来了，鲜血淋漓地站在床头盯着我。"

第二天，老化的电线沿着墙壁和水珠就进入了妹妹的身体。三个小时后，他破门而入，看到睁大眼睛的妹妹正赤身裸体地躺在地板上。

有人把她的死因归咎于天气，如果天气不这么炎热，她一天也不会洗两次澡，下午一次，临睡前一次，也就不会触电而亡。也有人归为一名处女过旺的精力无处发泄，只能一死了之。

无论过程如何，结局已经注定。时至今日，他还是很愿意在独处的时候想起那张脸。悲伤不能自持之际，男装店姑娘的身影就会出现在他面前。现在，他终于明白了自己的心，他深深地爱上了她，那个看起来不可一世的女孩。他站起来，远处的余晖即将落下，秋天的夜晚同样姗姗来迟。

服装店还没关门，姑娘正将展示架上的衣服整理，听见声音，抬头看到了哥哥，脸上还是淡漠的神情。哥哥拿起一件白衬衫比试了下，又放下。姑娘走回到玻璃柜台里面，坐在一张高脚凳上，百无聊赖地问："你不是经常在对面书屋吗？"

哥哥心中一阵窃喜，一边装模作样看衣服一边故作漫不经心地说："是啊。"姑娘说："那里有什么好看的，不都黄色书刊吗？"哥哥急忙辩驳。两人交谈了十多分钟，哥哥便心满意足地在暮色四起时走回了家，他已经很久没有这么愉悦的心情。他端详自己残缺的手，其实残疾并没那么可怕。

翻新房子用的沙子占据了一半的路面，哥哥弯下身，用那只手抓了一把沙子，不多，但还是抓到了。他边走边想，有许多个日与夜，他都被楼下传来各种声音折磨得失眠，他的脑子塞满了各种画面与言语，母亲的、父亲的、妹妹的、姐姐的，所有认识的人都无止无休地说。他挤过去，拨开了人群，和妹妹面对面。妹妹依然是十八岁去世的模样，保持着属于十八岁的顾盼生姿。她朝他笑，不断地叫着哥哥。他将画面缓缓拉开，无边的黑暗涌入，他从幻觉中回到了午夜。

这所房子的每个人，都曾流连午夜。他也不例外。父亲在走廊上抽烟的时候，烟味无孔不入地飘进了他的房间。姐姐在房间里独自做着悲伤之梦的时候，梦境也钻进了他的被窝。母亲在宽大柔软的床上千方百计地想把妹妹嫁出去的时候，他也感知到了。午夜，让他无所不知。他遗传了父亲的天赋，洞悉人心的秘密。

他走到家时，手指缝形成的沙漏也流光了沙子，他坐在明亮的大堂上，望着旁边两桌麻将喊打喊杀，回到了充满烟火气息的生活中，妹妹，我们终将要告别。他有过歇斯底里的失态，但这都终将过去。死亡的悲鸣终究会远去，活着的爱恋终会到来。

姐　姐

姐姐清楚记得自己狼狈不堪的样子。这些天，她也见到过那男人骑着摩托车从北街呼啸而过，当时，她就坐在浪琴书屋里，她忍不住失声尖叫了一声，引来店老板的侧目。她歉然一笑，意识到男人在自己心目中还有几分分量，却已不如从前珍贵。这是她人生中晚来的第一场恋爱，抽身而出后，脑子比之前清醒许多。她已经读完了架子上的许多本言情小说，年轻的老板之所以能容忍她随意浏览，是因为她每天都在这里消费一杯饮料，渐渐地，她和他熟稔不少，偶尔会说几句无关痛痒的话，偶尔她会兼职将租借的书籍登记在册。

许多人都知道她结束不久的情事，她和认识的朋友谈笑风生，并未显露出任何不佳的神色。这段感情带给她的醒悟是让她更深刻地了解自己。

相对她和男人居住过的村庄，北街过于单调，单调到只有绿色还有古老的、密密麻麻的、阴森潮湿的房子。她不时会想起卫生院那两棵巨大的紫荆树，紫荆树将整个院子的天空遮住了，阳光就从缝隙中流泻下来，这些被过滤掉的阳光，带来的并非热气腾腾。躺在沙堆上的妹妹，就和这阳光一样，泛着微黄。对于这挥之不去的画面，她也曾产生过恐惧。面对未知的死亡世界，你不知道那里存在什么。

她瞅着旁边悲痛欲绝的母亲，心里却在想，在最好的岁月死去，被记住的不是肌肉松弛的丑陋模样，也是一件幸福的事。除了男人，她从未和任何人表达过对这起事件的看法。她终于正确回想起来男人当时惊诧莫名的神色，她会错了意，还想继续说下去，却被男人厌烦地打断了。或许，从那时候起，裂缝就沿着两个人的身躯，占领了所有要塞。

后来，很长一段时间，她这场失败的恋爱都成为街坊们教育年轻姑娘们的经典案例，成为富有经验的长辈们说服姑娘们如何择偶的关键。起初，她难以忍受镇上的流言蜚语，关于男人的种种桃色新闻也不断传到她耳边，她靠着强大的意志力挺了过来。母亲、父亲和弟弟，都不是她的施救者。

现在，她坐在散发着书籍特有的霉味的屋子里，想着这场充满荒诞的情事，觉得自己太容易陷入爱的泥潭中。年轻的店老板坐在靠背椅上，闭目养神。他长了一张让人想亲吻的嘴唇，侧脸棱角分明，硬朗帅气。他算是这镇上少有的长得好看的男人了。

姐姐看了他一眼，起身，慢慢拉开了椅子，走到了屋檐前。外面下了蒙蒙细雨，街上湿漉漉的。这潮湿的天气，她摸了摸自己圆润的脸庞，刚回来的憔悴在这些天的修身养性中恢复不少。生活在这条又破又旧的街道上，她第一次感到心平气和。母亲非常相信的算命先生，也曾出入这间书屋，这个塘镇的活神仙变成了一个平庸的凡人，再也没有往昔的神秘。姐姐觉得，一个吸食人间烟火的算命者怎么能给出准确的预言？

姐姐回头，对年轻帅气的店老板说："我走了。"店老板正拿着笔，在本子上记着什么。他抬头，问，"带伞没有？"姐姐说："雨快停了。"店老板说："我拿把伞给你吧。"说完，他半蹲下来从柜子底下拿出了一把小黑伞走出去递给了姐姐。

真是一个细心的人。姐姐撑着伞走进了雨中。她穿了一条齐膝的黑色连衣裙，一双白色的带跟凉鞋，走起路来水花四溅。母亲曾骂她过于粗鲁，学不来斯文，时至今日，她更学不来了。这条路，那曾与她亲密相爱的男人刚刚经过，他就像摩托车排放的废气，污染了整条街道，她灵敏的嗅觉体察出了那厌恶的气息。妹妹离开两年，她和他在一起两年。如今，一切都烟消云散了。

不知不觉，她回到了家，在里间遇到了吃饭的母亲。母亲穿了一条单薄的小花衬衫，硕大的胸罩若隐若现，衣服的纽扣开了一个，她却茫然不知。姐姐看了看自己光滑的手，有些怅然地想，自己终有一天会老成母亲的模样。母亲说："回来了。"她点点头，顺手从盘子里捡了一片菜叶，边吃边上楼，在楼梯的拐弯处，她遇到了父亲，父亲的手看上去软绵绵的，和气地问她吃饭了没，没有的话赶紧以免菜凉了。

她走上楼，悬空的楼梯不知道为什么承重力那么强，她一直弄不明白。

她推开了门，赫然发现弟弟居然坐在那张床上。弟弟看到她，朝她一笑，走了出去。她回头望了他一眼，想把门关上，却还是没有关。她来到窗前，外面依旧下着雨，雨落在屋檐上，开始有了清脆的声音，她在雨中看到自己顺着印度紫檀爬下，回头遇见了妹妹似笑非笑的神情。她伸出手，摸到了那张胖乎乎青春无敌的脸，与年轻的母亲在这生死时空中触手相碰，雨淋湿了并不娇嫩的双手，冷。

他们用告别，换来了与死亡的握手言和。

澳门的羽毛

1

我越来越认为，这是一个粗糙、放荡、散漫的城市，它缺点明显，无论如何努力都纠正不过来。我试图去碰触它的每一寸肌理，想好好了解它所包含的物事，但是我失望而归。我从它的身边逃离，成为另一座城市——澳门的闯入者。当飞机在澳门机场降落的那一刻，我从小窗望出去，看到天空挂满繁星，远处密集的灯火像巨大的盘子，托住了天空，我终于抵达了同乡口中曾经遍地黄金的澳门。

我站在澳门的土地上，闪闪烁烁的光拂过我的脸颊，我感到一种前所未有的自由。我三十三岁，有一个九岁的孩子，在湖北老家。丈夫是一名长途货车司机，在这段不咸不淡看似名存实亡的婚姻中，我们大吵大闹，拳打脚踢。当然，在打斗中女不敌男，鼻青脸肿的肯定是我。就这样过了几年，互相也厌倦了，他在跑长途中喜欢上了嫖娼，而我，待在家里只会给孩子哼哼唧唧地唱歌，在快染上精神分裂症之际，丈夫曾经的战友出手拯救了我——在澳门摸爬滚打多年的老李介绍我成了放贷者老孙的手下——一名内地来的澳门扒妹——围绕赌场的边缘职业，成为陪赌、放贷的人。

对于丈夫居然同意我背井离乡来到澳门，至今我都感到不可思议。我的母亲十三年前就撒手人寰，父亲也在郁郁寡欢中活了十三年后，也于两个月前追随母亲而去，回村处理丧事时，我并不是特别伤心，倒是娘家的街坊邻居们对我充满了怜悯之情。一个失意的中年女人，父母双亡，婚姻不幸，缺钱，狼狈不堪，那些泛滥的同情不给我给谁呢？

专科毕业后，我做过好几份工作，当过话务员、机票销售，也曾在服装专卖店打过工。却没挣得几个钱，仅够养活自己。经历一场半死不活的恋爱之后，经一个远方亲戚做媒，我带着自我放逐的心态，自作主张把自己嫁掉了——嫁给了这个看似木讷实则粗暴的男人。

后来，有许多次，我独自躺在那张空空荡荡的大床上，对着天花板，将许久未抽的烟拿出来，一根一根，将它们摆在房间各处，用星星之火，填满了我深恶痛绝的房间。我会顺手取来一根，慢条斯理地抽，袅袅的烟雾在密不通风中直线上升，偶尔会扭一下腰，年少的岁月透过烟雾，迎面而来：我颓废、自虐，有自杀的倾向。我张开手，将紧握的激情松开，给它自由。

我住在凼仔岛潮州街上的一栋公寓里，公寓在十二楼，电梯却只达十一层，还要跑一层楼梯。四间房，女生一间，男生一间，档头老孙自己住一间，还有一间用来招待来澳门的内地客。里面放着三张双层铁架床，我睡在最靠里的第一层。房子并未住满，来澳门当扒妹的越来越少。

在一个多月的混迹中，我渐渐上了门道，收入渐渐攀升到了半个月五千葡币，但与那些熬了几年动则月入十几万葡币的扒妹相比，我简直惨不忍睹，发财无望。

虽说扒妹并不靠美貌挣钱，但美貌确实是加分的项。那些化了妆，拎着精致小挎包、踩着高跟鞋在赌场的牌桌上一张又一张当看客的姑娘们，来钱都很容易。不过，可能是刚入行，我没办法一上去就挽住客人的手臂柔声搭讪，也没法厚脸皮地开口叫客人给钱。经过十来年洗礼和反腐风暴后，内地过来的赌客都学精了，来钱不再轻而易举。

每次签证一到期，我就坐上赌场的发财车过关，然后找合作的旅行社团签再次进入澳门。通常我会睡上一整天，在下午四五点起来，有时和同屋的一起买菜做饭，有时拿公司的快餐券去银河的快富站吃饭。赌场的餐食贵得吓人，一碗面至少都要一百葡币，一杯柠檬茶最便宜也要四十二葡币。

我去银河，一般从钻石大堂进入，穿过时尚大道，进入嘈杂的赌场。银河是澳门比较大的赌场了，普通投注区大都二百港币起。我会问服务员要一杯橙汁，端在手上边走边看哪桌的百家乐热闹，遇到孤身的男子，便站在身后，看着客人一局接一局地下筹码。有时，看客人心情好，觉得时机成熟便坐旁边，陪客人赌起来。一方面，我希望客人赢钱，这样拿小费就容易些；另一方面，我又想客人最好将筹码输得一干二净，这时，便可有意无意地探寻口风：是否需要钱，可以给。至于如何抽水，就是档头和客人之间的事了。

通常一个晚上，我会转三个赌场，银河待腻了，便坐上发财车去威尼斯人，然后，从相邻的威尼斯人来到巴黎人，它们都集中在凼仔岛。这家新开的澳门首屈一指的赌场，听闻有一阵子了，但一直还没来。巴黎人将法国的埃菲尔铁塔搬来了，二比一复制在金碧辉煌的庞然建筑物面前。站街女子三三两两地站在闪烁的灯下，经过时会多看两眼，前几年，外国妞最低两千葡币起价，中国的一千五百葡币，现在行情都跌了五百葡币，加上汇率贬值，钱不如钱，小姐生意也不好做了。

我是在新葡京遇到刘海若的。这十天半月都耗在了银河，小费却没挣到几个。有人说新葡京最近很热闹，于是，我决心换场碰碰运气，在银河坐上开往星际赌场的发财车，前往澳门。从星际赌场正门口穿过马路，就是金碧辉煌的新葡京。路边都是内地过来的赌场边缘从业者，有人给路过的行人发廉价纸巾，上面印着穿着暴露的女人和招嫖电话。我问其中一个认识的要了两包,澳门物价高昂，我是能省则省。

百家乐桌上离表演的舞台很近，穿着暴露身材完美的外国女郎正在台上跳劲舞，许多人都被吸引过去。我站在他后面，一边看台上的热闹，一边瞄着他赌三公。他手上的筹码从五百到上万，每一注都压很大。他看上去不过三十二三岁，个子中等偏瘦，皮肤白皙，头发微卷凌乱，隐隐显出谢顶的征兆。台上的音乐达到了高潮，他翻出了三公，五倍的赔率，抽水后，他还赢了二十多万。他没有特别兴奋，接着继续下注，身边渐渐有人围观。非贵宾区域，下注这么大的并不多见了，旁观的人觉得刺激。

我退后几步，将灰色大衣放在了手上。他穿了一件桃红色的格子衬衫，后背微微有些蜷缩，我盯着他修长的手指，灵活翻牌。这一局，他翻出了八点，两倍赔率，人们又是一阵惊呼。庄家赔完后，他站起来，面无表情地带上筹码离开了这张桌子。我跟了上去。对于这种单身的赌客，我放贷以及拿小费的机会微乎其微。但是，我好奇。

好奇并不能来很多钱，你会将许多时间消耗在这些事上，对你收入的提升毫无帮助。老孙平心静气地劝过我。老孙是伯乐花园十二楼公寓的租金支付者，本地人，四十岁，单身，属于放贷公司的中层。平常神出鬼没，偶尔见人，时常冒出惊人之语。我初来乍到，他就给我讲了两条做扒妹的金科玉律：一、察言观色，二、厚脸皮。

只是这两样我都不具备。我那对死去的父母都是愚笨寡言之人，少了言传身教，如今，我对自身的天赋已有清晰认识。我曾眼瞅两名老练的同行一搭一唱，将台子上的客人说得晕头转向，另一个干净利落顺走了几个大额筹码。

刘海若在靠角落的一张桌子坐下了，荷官是一个短发的中年女人。我走过去，继续站在他身后。他没有回头，一心一意地玩三公。这个晚上，我从八点一直看着他赌到了凌晨三点。我喝了好几杯咖啡，而他，除了一杯二百五十毫升的矿泉水，并没有补充任何的食物。

他去账房换钱，突然对将要离开的我说：“你跟我来。”我不明所以，还是紧随其后。他出手阔绰，一边给了我五千葡币，一边轻描淡写地问：“你叫什么名字？”

我对这笔飞来横财颇为惊愕，并没有立即回答他。他又重复了一遍。我犹豫了下，还是决定告诉他我在这里给自己取的名字：刘海慈。

他说：“你的名字和我就一字之差。”

我说：“缘分吧。”

我走出赌场，夜幕被这午夜的灯火照亮，花了八十块打的回到了宿舍。耳边回荡他柔若无骨听不出丝毫情绪的语调，一场萍水相逢，下次不知是否还能再见。

2

每次我醒来后，都会觉得活在地理课本里。过一会儿，才会确认自己正躺在资本主义的怀抱中。

我去敲了老李的门。老李当过兵，一直保持着从部队带出来的习惯，每天都会在客厅做上一百个俯卧撑，深棕色的木地板让房间在冬日里有凉气。老李的声音朦朦胧胧飘到了门外，“开门吧”。我门把一拧，把头探了进来，“一起吃饭吗？”

老李穿了一条白色的背心，裸露着手臂，趴在地上，仰起头问：“早饭？午饭？晚饭？三餐和一？”这日子过得不规律，但在澳门这几年,老李被辣椒浸泡多年的肠胃也习惯了清淡腥咸的南方口味。

我扫了一眼他裸露的部分，我是一个对美色贪婪的人，从不放弃任何可以一饱眼福的机会。何况,是对我温柔相待的老李。有时，我会弄不清我对老李的感情。除了会和儿子连线视频外，老李充当了我和丈夫的传声筒。我见他左右为难，会直截了当地让他转告丈夫：“离婚，我净身出户。”老李笑着问：“你有什么？”我不置可否，我知道，这种话他不会转述。

“冰箱里还有些菜，拿来煮了一起吃？”

老李说：“行。你先弄，我做完俯卧撑再出来帮你。”

我便去厨房忙活开来。其他人要不上赌场，要不就在赌场周边转悠拉客了。我洗好菜，打开抽油烟机，热了锅，油和蒜头的香味飘飘袅袅钻入了鼻子。我一阵闪神，看了一眼窗外，窗外是密密麻麻的高楼，楼很旧，屹立在海的不远处，铁栏杆大多腐蚀生锈了，建筑看起来却还很结实。我把菜倒了进去，卷心菜，水分饱满。再煎两个蛋，下两把挂面，这简易的晚餐也就弄好了。

老李走进厨房，说：“弄好了？”我说：“快了，你把这菜先端出去，老孙又去哪里了？”老李答，说是去上海见个客人。一说到老孙，老孙就从房间里出来了。我问：“你不是去上海了吗？”老孙说：“明天再去。”

我曾问老孙，如何成为澳门人。老孙竖起两根手指，比了个 V 手势，说：“两点，一是嫁个本地人，比如我；二是技术移民。后者你不行，那只有嫁我了。”我大笑，你又老又丑，我高攀不起。

我们在客厅那张浅黄色的小圆桌上吃饭。刚开始，都没说话，只有吧唧吧唧的咀嚼声。我心里还在想着前天折腾一宿却没做成的事，愤愤地说：“那老女人，还装了个网红脸。”我为自己太相信微信头像而后悔不已。

那名年近四十岁的赌客，我跟他有好几天了，他输光了所有筹码，客人脾气好，不怪我这个坐他旁边的女人红颜祸水，还给了一千葡币的小费，让我帮忙找个年轻貌美的姑娘。我心怀内疚，一心一意地要把这事办好。在微信上搜索了半天，才找到了一个满意的。急匆匆和老李去巴黎人接人，一见面，我气得破口大骂，这装嫩的老女人，比客人还要年长十多岁，人家怎么可能会上这种骚货！我朝她大吼大叫，老李在旁边当和事佬。那天也是奇怪，招嫖生意出奇地好，老李认识的几个小姐都有客了。“真是供不应求。”老李纳闷地说。

吵了半天，也只能将就着将女人带往酒店。年轻帅气的男客人还算客气，给了小姐小费，就让人回去了。我的脸涨红了，眼睛眯成了一条缝，不停地点头哈腰道歉和解释。

走远了，我忍不住又把女人骂了一通。昏黄的路灯照亮了那张鬼魅一般的脸，女人的眼睛画得很黑，头发浓密，弄成细卷披在肩上，尖刻地看了我一眼，冷然走了。澳门的星空是美丽的，凼仔岛的夜色也是美丽的。辉煌灿烂的巴黎人将周边变成雄浑的不夜城。

我心情不好，老李跟着我，穿过马路，不知不觉地来到了海边。无论夜色多深，海边还是有人。现在，是初冬，海风吹得直把人往里缩。我也不禁拉紧了军绿色的棉布外套，这颜色老土，人家一看就知道是个乡下来的内地妹，老李叫我不要再穿了，可是天一冷，这衣服又套在我身上。我穿了一双黑色的平底短靴，显得裙子下面的小腿很粗。还好个子高，加上是冬天，大家都忙着在夜晚与海风的寒冷抗争，没有人会注意到我。

我在粗粝的沙滩上停住了，望向远处的星光点点，海风将旁人讨价还价的对话一字不落地吹入了我的耳中。我扭头斜睨了一眼老李，老李站在我身边，气氛有些暧昧，这暧昧被海风一卷，刹那也就消失了，留下了一地僵硬。老李说："这桩生意要是我们做多好。"显然，这是一个不切实际的幻想。老李熟悉赌场的规矩，一些来往赌场的相熟客人半夜输得精光，想找个女人安慰，就会拜托老李。

那天，星空下，夜色穿过稀疏的树影落到地上。我充满了赚钱的欲望，我勾住了老李的脖子，凑近他的耳朵大声喊出声："老娘死过一回了，还怕你不成！"老李问那句话中的"你"指的是谁。我嬉皮笑脸地说："我也不知道。"像老李这样的扒仔，凤毛麟角。

老李初来澳门，也曾想在几年摸爬滚打后当上鸡头。但是，小姐这个行当太不好掌控，为了自保与安全，他还是当了一名死皮赖脸的扒仔。头几年，他挣了不少钱，除去寄回家用、盖房子，也没剩多少积蓄。这一两年，澳门的行情变差了，他的生意也没从前红火，钱越来越难赚。老李颇有生意头脑，开辟新的门路，在澳门北京街的一栋公寓租了套房，在网上做起了民宿。现在，我偶尔会帮他写几句房间的介绍，换一两顿在那边的围炉火锅。

吃完饭，老李有事，将一串钥匙给我，说是有朋友介绍了一个租客，一会儿要来，让我代劳，我和他讨价还价谈酬劳，给了我一百五十块人民币之后，便一手交钱一手交货搭车去了澳门。临出门时，老孙朝我喊了一句："今晚你在新葡京和永利转转呗，祝你好运。"我回头甩了个白眼，便钻入了楼梯。

老李的租客是刘海若。他脚下是一个黑色的密码箱，站在怡景阁的铁门前等我。我不敢确定，于是在刚加完不久的微信再次给他发了一条确认信息。得到回复后，我朝他走过去，笑着说："太巧了，我带你上楼吧。"我用钥匙把大门的电子锁打开了。

沉闷老旧的电梯发出苍老的叹息，我们到了十楼，在又窄又小的过道中来到房前，我开门，领着他来到了租住的那间小卧室，并将钥匙交给他。我问他住一晚多少钱。

他将箱子放到床上，说："两百，Airbnb 上卖三百五，直接跟房东租省了一笔。"

他开始省钱了，看来这几天输了。我漫不经心地问："租多久？"

他说："一个月吧。"

我算了算，六千块人民币。

他从箱子里取出了几本英文书。其中一本的书名很简单，我看得懂：翻译成中文是《遇见你之前》。不久，如这本书名所预言，我未来的人生都改变了。他把外套脱下后，我看到他穿了一条纯黑的衬衫，扎在卡其色的休闲裤里。

我说："我过来的时候，唯一带的一本书，是三毛的《撒哈拉的故事》。留在家里的，都发霉了，结婚后不久，我老公不让我看书了，说那是毒药。"

一个坏女孩，总要有一些不良嗜好，要不是一个烟鬼，要不就是一个酒鬼，要不就是看对眼了到处和男人或女人上床。而我是一个神经病。在寒冷冬天的小镇上，我会长冻疮，会被街坊们指指戳戳：看那个被书毁掉的孩子。

我嫁过来的那年，除了读书，一无是处。连几分钟的客套话也不愿浪费，总是一副冷冰冰的表情。丈夫忍无可忍，把我到处塞的书全部搜出来，趁我不在打包扔上他那辆大货车，拉去了废品收购站。说真的，我也不知道那段日子，自己到底经历了什么。

他瞄了我一眼，说：“你能忍受？”

我说：“能。反正我都看过了。”我怀念起在老家不断买书的日子。我不吵不闹，却顽强地对抗，和丈夫的意愿背道而驰。

“我这里是自由的，没人能绑住。”我敲了敲自己的脑袋。

我突然问：“你去过葛洲坝吗？”

他说：“四年前去过。”

我说：“我也是。”

我退到门口：“你隔壁也住了一个职业赌徒，昨天输光了连给儿子打了六次电话，汇钱过来。你先忙，我走了。”我下楼，穿过到处是表行、药房、手机店的街道，前往新葡京。谋生不易。

3

我去了立于高地的巴洛克风格的教堂——圣老楞佐堂。抛去宗教的因素，澳门教堂的建筑之美值得细细品味，它和玫瑰堂的色调有些类似，玫瑰堂太出名，为了避免被打扰，做弥撒时它会暂时不对外开放。

今天周日，教堂内坐满了人，大家都在做礼拜，神父用粤语布道。我不信教，昨晚的遭遇将我的尊严寸寸切割，我只能跑来华美的教堂寻求玛利亚的安慰。

也是在新葡京，一个独身的赌客，微胖，平头，有一双锐利的眼神。我很想坐到他旁边，但因为他杀人如麻的目光，我只是站着，和一个认识的江西妹有一搭没一搭地聊，开牌后，会一并惊呼，闲又赢了。过了许久，他换了一张牌桌。我去看一群人赌俄罗斯转盘，接着又兜回来。我一坐到他身边，他立刻站起身，厌恶地看了我一眼，没下注就走了。我一愣，第一次感到自己丧失了尊严。

江西妹拎着包在后面目睹了一切。她自嘲地说：“你体会到了吧，以后你会遇到更多的，脸皮厚是第一步，要做到百辱不伤。”

我坐了一会儿，江西妹笑着拍拍我的肩膀，沿着台子走去了贵宾区。我忍住痛，将这些苦楚一句一句钉到心墙上，时时刻刻提醒自己，如果你忍受不了屈辱，就不要在赌场混了。

所有的声色犬马于夜色中跌宕开来，我看到灯火通明下文明的泡沫被戳破了。蓦然，幼年读过的一则童话《海的女儿》从心底长出，树枝将记忆高高挑起，我经常在梦中与记忆惨烈相撞，苦难无可避免地朝我奔涌而来。

我时常会想起倒霉的母亲，趁着夜黑风高，死去的她就被从破宅子里抬了出去。接着，我会想起她的妈妈，那个重男轻女又特别长寿的老人，想了很多年也想不通，她是如何捂紧了口袋，一毛不拔，看都不看临死的女儿一眼。人无往不在枷锁之中，不过世态炎凉四字。

如今，我有了自己的家庭，却仍被过去捆绑，年深日久，双手被缚出了深深的印痕，我盯着自己的手，想起儿子，他会问我："妈妈，你什么时候回来？妈妈，二年级作业好多，我都做不完。妈妈，我放假了可以来澳门和你一起吗？"

我跟着人群做完礼拜，对于失去的，我从来不考虑挽回。我往海边的妈阁庙走去，路上会有卖水果的摊子，进口的龙蛇果特别便宜，每次我都买上一大袋，狠狠拿起一个咬一下，满口甜，甜得欢喜。

我的口袋塞着一包烟，一个韩国不知名品牌的香烟，细长，像骨瘦如柴的女子。我已经不抽烟，但我喜欢在黑夜中点燃它，看着它慢慢烧掉，和在家里一样。

我在妈阁庙遇到了刘海若。他从拥挤的人群里出来，在下来的石阶上，我们迎头遇见，呆望了几秒，我说："在啊，等我，我们在附近喝杯饮料？"

他说："好啊。"

我们在庙前那块有树的空地，买了两瓶气泡水，蹲在那里，看着不远处的海事博物馆，周二门票半价，拧开喝起来。

我絮絮叨叨，他只是默默聆听，不发一语。接着，我们聊到梦境。他喝了一口水，混着腥咸的海风，特别解渴。

我说："感谢上帝，给了我造梦的能力，让我成为梦中世界的主宰者。"接着，我问他："你有做过印象深刻的梦吗？"作为一名孤单的异乡客，我最大的兴趣是造梦。

"我反复梦到两个鬼，一个黑衣，一个红衣。"他说。

这时，我迫切想翻阅弗洛伊德《梦的解析》，我相信玄之又玄的东西。很久以前，我靠在床上，读这本很厚的书，丈夫穿着短裤走进来，瞄到书名，一边骂骂咧咧一边粗鲁地把书从我手里一抽，扔到一边："看看看，看这些有什么用，能赚几个钱？"古人云，小不忍则乱大谋。我铁青着脸，站起来走出去。他每一次出车，我都会诅咒他死在高速公路上。

我问："鬼长什么样子？"

他沉吟了一下，说：“我看不清他们的脸。”

我说：“鬼压身吗？如何自救？”

日光打在他脸上，他淡淡说：“想听吗？”

我盯着他，点了点头。

他慢慢地，一字一顿地说：“和鬼，做……爱。”他穿了一件深灰色的毛衣，一双咖啡色的休闲皮鞋，穿着打扮上比平时成熟不少。

我读蒲松龄的书少，实在没想到这招，一下子惊呆了。

我说：“我读书少，你不要骗我。”

我又说：“我赚到钱了就去泰国看人妖现场做爱。”

他说：“我看过。”

我疑惑：“现场？”

他回：“没有，种子下载。”

我说：“没兴趣，我只想看真人秀。”

我问：“你为什么来澳门？赌钱？”

他点头，反问道：“你呢？”

我想了想，说：“赚钱买一个一居室，为了可以穿着短袖和内裤在房间里走来走去。”

寒风中，有三三两两的年轻人沿着栏杆晃来晃去，菲律宾籍保安趴在博物馆的外面，注视远处的港口。我蹲累了，便席地而坐。他看了我浅白色的裙子，目光又望向远处，他很淡然。

他说："你的裙子和夕阳一样美。"

我扑哧一笑："我被你的比喻折服。"

"不过被你糟蹋成垫子了。"他嘲笑。

他的话，让我回忆我还是一名顽童时，生活在一个小镇上，小镇临河而建，河岸铺上了碧绿的草皮，夏天长得茂盛，坐上去会扎屁股。我为了不扎屁股，攒了一笔钱，在供销社大楼的店铺买了一块裁剪适当的布料。在一个闷热的下午，独自去那里，铺上了那块淡黄色的布，带了一本租来的席绢的小说，看得昏昏沉沉，最后被不知名的虫子咬醒了，裸露的手臂长了好几个脓包，奇痒无比。我为缺乏经验、没有带风油精懊悔不已。

过了一会儿，我们站起来，迈出回去的第一步时，他不是赌徒，我也不是博彩业的灰色从业者了。我们发现，彼此是可以说话的同伴。这时，是傍晚，阳光柔和许多，狭窄的巷子里有行人，挤挤挨挨的楼有夫妇的吵架声传出，接着，一个扫把从窗户丢出来，落在了我的脚下，我捡起来，拿走了。划出的停车位停满了各种小汽车。

我们走回北京街，他说："等我买条毛巾，一起上去坐坐吧。"

他花二十块钱在楼下的小卖部买了一条很劣质的毛巾。我手拿那把软毛扫帚，一边看着他刷门一边说："这毛巾，要是在我家卖也就值五块钱。"

十楼的房间很小，除了一张床，两个人转身都很难。我将灰尘扫了扫，说："这个扫把好用。"就把它放到了墙角。他坐在床边，盯着我的一举一动。

三十七摄氏度的体温烧热了室内的温度，空气变得灼热。我望向他的眼睛，试图从他的眼睛找出一些秘密。我刚刚和此人，虚度了一些时光，我产生错觉，觉得那短暂的一瞬就是一生。我离他那么近，近得我将他的五官看得一清二楚。他微低着头，之后又仰起来看着我，四目相对，我突然泪如雨下。

我抱住了他，他顺势揽过了我。情欲从两具流放的肉体溢出来，我们终究触摸到了彼此的赤身裸体。作为凡夫俗子，我追求实在的物质，精神也到处寻找信仰，我发现，源头可以通过一个人找到。我将未来砸了一个洞，义无反顾地跳了下去。

"我希望我死在澳门的醉生梦死里，这样我平凡的一生也能染上一些发光的纸醉金迷，至少不是寒酸地悲凉地躺在无人问津的病榻上不甘不愿地咽气。那一刻，至少我是璀璨的，虽然转瞬即灭。"我在封闭的房间盯着头上那盏灯，淡然地说。

在幻象中，我们走完一生，我们只是挨得近的两粒火焰，走得太近或太远，都会因彼此倾轧而晦暗无光。我们没有那么多可供浪费的东西，只能尽量让自己在每一天里痛快地爱，热烈地活，全情投入在当下的所有事物中。

他在美国的爱荷华州读过书，写过色情小说，五十度灰那种，曾经的外国女友是一个 AV 女优。如今，他又重操旧业了。给国外成人文学网站写黄色小说，用英文，稿费用美金结算。他说这是他全部的经济来源。

我曾经也想当一名作家，年少时我写过一些东西，后来都被生活毫不留情地撕毁。我尝试阅读他的东西，除了 Sex 之外，我完全看不懂。自始至终，我都不务正业。我告诉他。他有一种神奇的力量，能让人掏心掏肺。

我不知道他何时来的澳门，又将会何时离开。他生活日夜颠倒，喜怒不形于色，却能从语调中听出情绪的喜怒哀乐。

他在梦中说，比我们活的时间长短，毫无意义，在有限的人生里，比谁死得早或死得晚，也毫无意义。

他会买来很多啤酒，在楼下靠着墙柱，一口一口地喝，就像喝白开水一样。北京街表行、约房林立，他就在灯火闪烁的霓虹招牌里，把自己埋在了酒精里。漂泊，是因为无法把自己安放。

天亮后，他醒来，从钱包里拿出了几张钱递给我。我迟疑，接过，很想说，谢谢老板。可我没说。赌城待久了，我也成了一名赌徒。

我还是无法控制，犯了忌讳，和放贷的客户上床了。我在安静的床上，可以听见档头老孙怒其不争的唠叨，可以看到江西帮那个瘦高个女人甩我一张鄙夷的脸。

我回去后，对老孙坦诚了此事。深红色木地板的客厅，我略微慌张。有些事，明明知道不应该发生，但还是发生了。至于如何收场，我不得而知。我任由那颗心，信马由缰地奔驰在空旷的草原。

老孙沉吟半晌，说："他还欠贷呢。"对于我这名唯一的女将，他流露出痛心。

我走出去，下楼，在马路边坐下来，十分确定我不适合从事这种工作。我点了一根烟，默默地注视它，它就像我在赌场流连的时光，靠施舍、祈求、死皮赖脸地拉客，大多一无所获。在这座城市里的人，也有意无意自动接受了它定下的规则，我们就是这规则上被迫行走的棋子。穿过那条巷子，就是被围起来的一座校园，每次下午我从那里经过，都会看到外籍足球教练教孩子踢球。这时，我会想起在老家的儿子。

我闻到一股香气，我环顾四周，不确定香气是不是从旁边的水果店飘出来。澳门是一座非常安全的城市。我生活的小镇，顺着灯柱飘飘荡荡向我摇来。那条水泥街道上，是来来往往的人。我把自己撕裂，一半留在了那里，一半留在了澳门。

4

到处都是奔涌的海浪，友谊大桥将澳门与凼仔岛连起来，交通畅通无阻,也就分不清是不是跨海了。初来乍到还有些观看的兴致，不会有人在街上大喊大叫或者奔跑，每个人都慢悠悠的，不过两三米宽的路，绿灯都亮到了七十一秒，这七十一秒是精确数过的。在这样井然有序的环境中，我们都变成了遵纪守法的文明公民。

一个月很快过去，老李不再给刘海若续租。我陪他去新葡京开了一间房，留他自己在网上搜索低廉的房源信息。然后，我独自返回怡景阁。新入住的是一个意大利人，长得高高大大，那张小床根本装不下他庞大的身躯。可他还是选择住下了，因为在澳门，他找不到这么便宜的住处。我用中文和意大利人吵架，他不知所措，只是盯着我看。我越来越像个毫无教养的泼妇了，到处撒野。不知不觉，我和丈夫的粗鲁共生了。

把自己吵得心浮气躁之后，我便怒气冲冲地奔下楼拦了辆的士上车走了。我的目光越过前面的女司机，看到年轻时那场惊天动地的恋爱：我割腕了，差点死掉。当时的同居男友是我的大学同学，他吓到了，照顾了我整整两个月，不敢离开半步。痊愈后，我又被送去了安宁医院，住了一个月。为了留住一个人，我真是不择手段。

曾经的两情相悦，终究还是变成了我的一厢情愿。

我回到了凼仔岛。

我坐在沙发上，望着老李头顶乱发出来，他看到我，又想转身回房间，我喊住了他。他走过来，坐在了靠背餐椅上，等我开口。

我问：“为什么赶他走？”

老李摸着桌上的茶壶，淡淡地说：“他欠贷，还不上了。”他欲言又止。

老孙所有的下属中，我和老李关系最好。

“你不应该这样。”老李的眼睛看向别处，他说的是实话。

房间很局促，我来澳门的第一天，来接我的是老李。彼时，我们在湖北就已经见了好几次面。他眼睛很小，披一件黑色的长风衣，一路帮我拉箱子。我们上车，过道边的位置上坐了一名瘦骨嶙峋的瘾君子老外，脖子不自主地痉挛，全身发出一股酸臭味，我捂紧了口鼻，他强行把服务生发的赌场餐饮优惠券塞给了我，借此搭讪。我用结结巴巴的单词回完他之后，就和老李调换了座位。老李用流利的英文和他说了几句，老外就没理会我们了。

我惊讶地问老李：“你会英文啊？”

老李说：“来久了，能说几句。当时不是想赚老外钱嘛，结果接触了发现老外精得很，都是自己玩二十一点，赢了走人。”

之后，我和老李搭档了好几次，互相帮忙中逐渐建立起了深厚的革命情谊。

有一天深夜，我和老李坐在巴黎人外边的广场台阶上，对着三三两两的站街小姐品头论足。我一直觉得，澳门是一个分裂的城市，作为葡萄牙曾经的占据的地方，它的饮食、审美都受葡萄牙的影响。在凼仔岛，最能感受到资本主义的醉生梦死。而我，还无法躺在这个大染缸里，只是作为一名旁观者，游走在灰色地带，看形形色色的人。

小时候，我看到镇上的溜冰场和录像厅有人卖一包一包的花生，我吵着让母亲给我煮了二十多包，放到菜篮里就拎去各个店里叫卖。还卖过菜，卖过衣服，卖过杂货。成年后，我对外界的敏锐在某一天突然消失了，转而自我放逐，对身边的一切都毫不在乎，漠不关心，专注自我。

我仿佛看到天空飘落了大把钞票。各大赌场除了周到的服务，还负责给客人提供梦。威尼斯人搬来了威尼斯的小桥流水，天空也造得逼真，走在上面，让没去过威尼斯的人都坠入梦中，以为自己真的去白天的威尼斯走了一圈。

我和老李谈起这些我嗤之以鼻的见闻。老李笑我太天真，太天真的人才会割腕自杀。他说话毫不留情，一针见血。

老李忍不住："你这是要工作挣钱，怎么和客人乱搞上了？"

他并没有责骂我对丈夫的不忠，对世事有自己的道德判断。我曾经幻想过，把老李换成我的丈夫，多好，他有原则，有耐心，有底线。我傻笑，作为一名被治好的精神病患者，我在两个世界的缝隙之处过着无足轻重的生活。

老李怎么能理解我悲观厌世的念头呢！

我站起来，给自己倒了一杯水，慢慢地说："有一则熊掰玉米棒的故事，说熊贪心，老是觉得前面更多，于是一路掰过去，到头了一无所获。我觉得不对。如果我走不远，就随手掰了一根，不能丢，继续往前走，结果遇到更合适了，那我该怎么办呢？"

我们的谈话以失败告终。老李认为现在的我不适合谈论任何事。他丢下一句话："你是想回去了吗？"

我在沙发上看着他出去，听出了潜藏的关心。我的眼前晃荡着高地上的教堂。澳门太小，到处是小巷子。我走在教堂里面，仰望富丽堂皇的椭圆屋顶，昂贵华丽的吊灯，有一群葡国人走了进来。他们的胸前都挂一个牌子，上面用繁体中文写了四个字：葡国土人。这群人，重返故地，来到自己出生的地方寻找消失了的与自己有关的记忆。而我的过去，如影随形，我随时随地都能想起它来。我如此憎恨它，以至于我用虚假的、温暖的词汇来伪装成为一名没有过去的人。刚刚，这种伪装被老李的一句话戳破了。

生命的状态会因为经历的某事、增长的年龄、不断丰富的阅历被迫中断，或者更改方向。我在澳门，改弦易辙。

我对着那扇关上的门说："回去？回去和一个将性病传染给你的丈夫继续过生活吗？你觉得这样好吗？"谣言在我来澳门的一个月就飞了过来，人们轻而易举地原谅到处喷洒精液的丈夫，却将我说成一个人尽可夫的娼妓，仅仅是因为我在物欲横流的澳门。儿子年纪小，视频里和我说这些的时候，他还不懂是什么意思。我忍着怒气，精心教育了他一顿，那天，我特别焦灼，在房间来回走动了一整夜。

这天的傍晚，我开了老孙的房门，拿了他的摩托车钥匙，将他的摩托车开去了酒店。见到被打得头破血流的刘海若，才知道老孙为什么下午办完事就急匆匆飞往上海了。还好，老孙吩咐过，打手们算手下留情了。我到药房买了跌打损伤膏，拿上去坐在床边给他涂。眼角、脸颊、后背……我边擦边说："我能想到最好的事，就是和你一起共同生活。"我的泪落下来，滴到他的后背上。

老孙放高利贷多年，见过大风大浪，走南闯北多了，普通话说得很溜。经常拿一个古驰的钱包，装了许多卡，各大赌场的贵宾卡他都办了。有时，约人谈事，在只针对贵宾的休闲区他便来去自如。他初中没毕业，就出来混社会，有些神秘，我好奇，却不好过问。赌场的规矩，什么身份做什么事情，大家的目的不就是为了挣钱嘛。

我帮刘海若穿上了衬衣，心里想着，偷骑了老孙视若珍宝的摩托车，可惜没被交警抓到，不然这报复就等值了。老孙辛辛苦苦，花了一万多块，才考到摩托车驾照。

他躺下来，我坐在床尾，盘腿看着他，他也盯着我，过一会儿，他侧过头去，看着床头柜上的台灯。房间的空气很浓，困住了许多氧气，让呼吸变得困难。他终于说话了："我会很快还上钱的。"

我问："你怎么赌上的？有很多千万富豪赌成了百万富翁，或者变成了一文不值的人，很难东山再起。"

他打开了那盏台灯，光照亮了他的眼睛："我父亲就是一个赌徒，他年轻时就开始酗酒，精通各种牌技，输光之后，就去信基督了，性情大变。"

他又说："我们总是劝自己，不要走父辈的老路，但是，我们总是下意识重复。"这是我第一次，看到他面带忧愁和无法摆脱的苦恼。

我说："老孙是好人。"
他说："谁都是好人。"

他伸出手，平放在床上，用温柔的满含祈求的口气说："过来，躺这里，可以吗？"

我轻轻地躺了上去。床很宽，我问他："还疼吗？"他说："不疼了。"

我说："故事通常会从很久很久以前开始。但不会在很久很久以后结束。过了二三十年，或者十年八年后，我们会记得此刻吗？”

他立刻说：“不记得。”

我闭上眼睛，置身在不知名的某地，我和他，同睡同起，做相同的事，咬他的手臂，谈不着边际的话题……许多时候，幻梦一场总比什么都没有来得真切和实在。

5

这天，我和他第一次在澳门还没彻底清醒的时候起床，我拉开窗，望向外面的云朵，看到横跨大海错综复杂的道路，百感交集。这几日，我已将工作抛之脑后，老李给我打了好多次电话，我都没有接，后面我干脆将他移入黑名单，于是，我获得了短暂的清静。所有的一切，我都没和刘海若说。可我知道，他心知肚明。他轻车熟路，不过随手一挑，便像解内衣一样将我的灵魂解开了。

我们起那么早是有原因的，我请他去议事亭前地的黄枝记饭店吃云吞面。他是福建人，应该吃得惯黄枝记。我来澳门的第二天，在这家著名的餐馆吃了生平最贵的一碗面。那是早上九点钟，议事亭前地还没有人山人海，许多店铺还没有开门营业，这时候的澳门很地道。那会儿我一边吃一边心疼钱。我还买了韩束的化妆水，之后，就渐渐变成了一只昼伏夜出的猫。

虾饺和黄色的伊面混在一起，挺大的一碗。刘海若吃到一半，突然说：“我会补偿你这几天的损失。”这几天，他没刮胡子，看上去沧桑许多。王家卫的《2046》里的梁朝伟，就留着这样的小胡子。

我慢慢地吃着，又喝了一口汤，突然觉得有点发苦。我说：“你先把钱还上再说。”

他没再说话。我们很快就吃完了。之后，我们下楼来到了街上。陆陆续续有人了。我们并没有明确的目的，只是慢慢地往上走去。据说，附近不远处就是著名的大三巴牌坊，一栋在火灾中被烧毁得只剩下一堵墙的教堂，在岁月中，被喊成了东方的牌坊。

我们来到了葡文书局，书并不是很多。他的目光掠过那几排书架，英文书、简体书、繁体书。我说：“你要买书吗？宏远图书中心离这不远，算是澳门最大的书店了，有挺多英文书。”

他说：“我不买，看看而已。”

我们出来，继续往前走，经过许多鳞次栉比的店铺，穿过越来越多的人海，我突然有了一种安心的感觉。

人的一生，可以有许多次婚姻，但是真正惊心动魄的爱情，仅有一次。我不自觉看了看自己的手腕，将二十多岁的那场自杀排除在外，它变得毫无意义。那时，我寻找依附，没有依附便寻死觅活，经过那些狭隘的、幼稚的、极端的冲突，今天，我终于走在了阳光之处。

在此之前，我总觉得自己在澳门飘飘荡荡，就像浮云，变幻万千，不知自己是谁。有时，碰巧公寓留守的人都在，大家便七嘴八舌地谈在赌场遇到的客人，做了什么事，黑暗的、光明的、平凡的、惊奇的，就那么不咸不淡地娓娓道来，我也不再一惊一乍。我已经三十三岁了，已过了可以冲动犯罪的年纪。生命就像一支烟，无论昂贵与否，交合的部分都会被丢弃。我的目光掠过道路的悠长，漫入熙熙攘攘，可我已经无所谓了。

澳门，像飞鸟的羽毛那样柔软。他，让我变得像澳门一样柔软。

他看了看四周，说："烟瘾犯了，想抽烟。"他并没从口袋掏出香烟。他气管不好，极少抽烟，这几天却是例外。

我侧头看他，说："这是公共场所。不要抽。"

我缓缓地说起一个故事："有一个三十岁出头的男人，家境殷实，自己开了一个小诊所，有一天夜里开车往城里，就失踪了。直到两周后，派出所的人找上门，叫家属去认领尸体。泡在水里都烂了，牙齿全被人拔掉了，手上的大金戒也不见了。听说是被放高利贷的做死了。案子好几年了，都没破。"

他面色一沉，问："在澳门吗？"

我说："没，在澳门借的钱，死在自己的家乡。老李说的故事，我一直想要不要讲给你听。"

他说："没关系，我无所谓。一个人能活多长，怎么死，都是命中注定。"他开始相信宿命论了。

我们七拐八拐，来到了炮台，位于小山坡上。炮台视野宽阔，游客渐渐多起来。我有些累，坐到了石椅上。他也坐下来，头往后仰。我感到有河流从我们身边经过，一条温暖活泼的河流。周围虽然有窃窃私语，我内心却一片宁静，我从来没有这么安静过。从前，我总是听到心口的怦怦声，让我难以入眠。我把自己放进平庸的日子，像折花瓣一样，一瓣一瓣地数自己将在某年某月某日死去。有时，丈夫就卷着被子躺在我身边，可我的眼睛，只看到满房子的花瓣，飘荡着奇异迷人的香气。

丈夫对我捉摸不透，最后他干脆放弃了努力。

此刻，我生活在一座遥远的城市，和一个萍水相逢的人，结伴走过人生一段悠闲轻松的假期。我扭头，看着他的侧脸，泛起一股温柔。此刻，当下，足够。

……

回去后，他把酒店退了，另寻了新的住处。我在酒店和他分别，回到了伯乐花园。老孙和老李早已等着我，两个人恶狠狠地训了我一顿。骂完后，老孙恨铁不成钢地说：“他给你什么了？不就几个钱值得你这样做吗？”

我说：“他会还上的，我相信他，给他两周时间。”在澳门的这段时间，初来乍到，老孙照顾我，亲自带我到各大赌场转悠，教我如何辨别赌客、扒仔、条子。可惜除了给老孙拉来一单生意，却生出无数是非外，他并未获得多少好处。说实话，我还挺内疚的。

我们仨，呈三足鼎立之势，沉默良久。老李发出一声悠长的叹息，我的眼泪夺眶而出。他帮我太多。

老李说：“你不适合在这待。”他话中有话。

我像一个梦游者般，脑海里闪过很多稀奇古怪的画面，我用力甩了甩脑袋，疲惫至极地说："让我睡一会儿吧。"我踉踉跄跄地从沙发上站起来，失明似的双手在空中乱抓，老李一把扶住了我，将我抱进了屋，把我扔在了床上。

我变得很轻，脸蛋也比刚来时光滑，双目也比从前明亮有灵气，哪怕刚刚哭过。昨天，我和刘海若在新葡京，他一无所有，只能充当看客。我们站在台子边，看别人一把一把下注。一个打扮妖娆时尚的女子挽住一个男人走过来，撒娇地说要赌一手，直接扔了一千块到台子上。我冷笑，都要开了，荷官肯定骂。果然，荷官一声厉喝，小姑娘就委屈地躲到那名壮汉身后。

老李轻轻摸了摸我的脸，看了好一会儿，生硬地扭过头，走出了房间。

两周后，刘海若用稿费把钱还上了。他把我叫出来，我们在台湾小面馆吃饭。他给了我五千块。外面灯火通明，又是一个让人沉醉的晚上。而我有预感，他要走了。

他输光的那天，也是这样的晚上。晚上的七点和凌晨四点并无不同。

在巴黎人广场上，他叫我帮他找小姐。当我颤抖着，将打火机凑近那支烟，点亮的一刹那，他的面孔也在我心里一闪一闪。他给了我一千五百块葡币，作为酬劳。他给我的小费，总是比别人多。

我接过钱，仰头看了看高耸入云的铁塔，十一月的海风吹得真是冷。他一边抽烟，一边猛烈地咳了几下。我环顾四周，姑娘们在寒风中哆嗦。我不知如何启齿，沉吟半晌方问道：“要什么样的？”对于上次和老李的失败，心里留了阴影。

他看了我一眼，说：“像你这样的。”他疲惫的眼睛被烟雾洗涤，缠绕在树上的灯光将他的头发染成了暗黄。

我一愣，说：“我身价高，玩玩牌抽水可以。”

他黯淡地笑了下：“我开玩笑的。算了，我今晚没兴趣，回去睡了。”

我说：“找小姐发泄完了，本照样回不来，我给你介绍个人，你们谈，赢了是你的。”

命运是一把神奇的钳子，将每个人修修剪剪，在交错的搭配中，有些对，有些不对。

他说：“我后天的飞机。”

我没问他去哪里，只是说：“还回来吗？”

他没回答。

我发现自己问了一句蠢话。

我说：“以后，你如果再做梦，穿红衣的是我。”

他也有过幽默的时候，那几日，我们在房间里，互相逗乐，哈哈大笑。我们甚至忘了身在澳门，忘了外面奔驰的街道和浩浩荡荡的行人。我们心平气和，用各自的肢体和飘浮的言语，彼此试探和触摸。我们翻来覆去，寻找各自身上的伤疤，不断追忆那些荒唐旧事。他还给我放了两部黑白片，一部叫《精疲力尽》，一部叫《祖与占》。

他走的那天，我陪他转车，先是坐星际赌场的车到银河，再从银河坐开往机场的大巴。他只有一个行李箱。我们站在银河候车处，我问他："我怎么才能像你一样，写优秀的虐恋小说？"他曾夸夸其谈，把自己比作萨德侯爵。

我撑了一把黑色的伞，紧紧握住伞柄，他没叫我收起来，我也固执地在被建筑笼罩下撑着一把伞。

他想了一会儿，说："很难，因为你不在我身边。"

我把脸转向了一边。这里有几条线路，开往不同的地方，俨然一个小型始发站。下午三四点，等车的人不多。

他上车，我和他挥手。车子拐了出去，消失在我的目光所到之处。直到他离开，我都没问一直想确定的事：到底有没有爱过我……我一边走一边旁若无人地哭了，流泪是一件可耻的事，可我顾不得面子了。

不久，我离开了澳门，我用亲身的经历验证了一个事实，它并非遍地黄金。也验证了一个真理，不是所有的感情都有始有终。并没有太早或太迟，老天安排我们在这段时间相遇自有其道理。我在反复的确认与求证中，在重复的痛苦与挣扎中，在足够成熟的年纪，经过不断练习，确定自己在他的言传身教中，郑重地习得了真正的爱情。我活了三十多年，终于懂得如何去爱一个人，它不是得到，而是放下。

在梦中，我的名字和他的名字重叠。你知道吗？我身份证上的名字就叫刘海若。

烛火与暮年

1

这是我第一次开着车奔驰在午夜的乡村公路上，车速不快，水泥道路弯弯曲曲，稍不注意就会开到河里去。前面的路在无尽的黑暗中仿佛突然断了，繁盛的植被与树木闪现在昏黄的车灯下，零星的村庄都被密不可深的树林掩埋。

三天前的傍晚，我刚刚从这里离开。那是镇子做完九天祈福大斋的第二天，家家户户都摆上了送福酒。我也买了放了许多红纸的长寿面，挨家挨户给同村同族的人送去。这个镇子，隐藏在崎岖不平的道路和遮天蔽日的密林中，在漫长的岁月里近乎与世隔绝。无论从哪一条乡村公路进入它，都被树影覆盖，路边长满了波罗蜜树，夏天结满了果子，藤蔓从这头爬到了对面的树上。在这个乡镇长大的孩子，都带着与生俱来的野性。

两边的房子插满了五颜六色的旗子，将街道染得五彩斑斓。关帝庙香火不断，鞭炮的碎屑铺满了路面，这是行街仪式余留的证据。漫天的灰尘和噪音散落在大街小巷。我磨尽了耐性，终于穿过喧嚣兴奋的人群，拎着没剩几块面包的袋子步行回到了父亲居住的地方。

父亲躺在陶瓷厂一栋阴冷的老宅里。他被疾病啃噬得瘦骨嶙峋，一只手就能将他的腰环住，这个倔强难缠的老头总是叫嚷着将装胆汁的引流袋去掉，这样他就会永久恢复健康。医生谨言慎行，并没有预判他还有多长寿命，只说耐心等到油尽灯枯的那天。

这大半年里，他正为了将要到来的死亡而耗费更多的睡眠时间。为了让更多的风和更多柔和的阳光涌进来，几经缝补的窗户正用一根木棍支撑着。这些专属白天的光明照在他日渐衰老的精神和斑驳的脸上。而我从他遍布全身的斑点知晓，死亡又一次鲜明光亮地在这里卷土重来。

父亲的身上开始出现斑点，是在他五十八岁以后，也就是我母亲去世的那一年。那年，他经常去祖坟地转悠。那是一块坡地，养分充足的火山灰孕育了茂盛葱郁的植物，很快将墓地围拢掩盖，站在路边往里望，根本找不到隆起的墓地在哪里。

父亲拿着一把铲子，在植物的周边转悠了几天，忍受着地下漫出的恶臭，最终还是没下手。他回到家里，长叹一声，说："真想挖出来看看，人死之后是不是真的就剩下一把骨头了，就那样变没了。"那一刻，他从那面挂镜中看到了自己的皱纹和斑点。他在镜子前端详了很久，为自己的衰老过分担忧。

在此之前，他一直觉得他还年轻，他不喜欢穿深色的衣服，嫌老气，也不喜欢我给他买的黑色布鞋。他每次出门去镇上的茶店喝茶，都会将自己拾掇得干干净净，穿戴整整齐齐才出门去。

我推开那扇油漆剥落的蓝色大门，那是二十世纪七十年代的大门，右下角的木块已经被老鼠的牙齿磨光了，每次我轻轻一推，它就发出刺耳的锯木声。自从多年前因为去镇上的戏院看演出让家里遭遇了一场盗窃之后，这起事件的阴影就钻进了父亲的身体里，根深蒂固地无处不在。他再也不轻易地打开大门，哪怕只是去邻近的菜市场买菜，他都会用两个锁头牢牢扣住，他不知晓，这种低廉的防范对于技术老练的小偷来说一无是处。这个症状，在他步入老年之后变本加厉。

我走进父亲居住的房间，看到叔叔正将他抬向轮椅，准备推着他前往卫生院，就在我回来之前的一个小时，他发了高烧，肝性脑病让他意识混乱。叔叔六十七岁了，作为一名健康的体力劳动者与父亲祖产的继承者，他将父亲照顾得无微不至，深得街坊的赞扬。有时，人仅仅是为博得一个好名声，便可倾尽所有做任何事。叔叔看到我，说："海慈，你回来了，你爸现在动不动就发烧。"

我拎起桌上装有从省医院带回来的一千毫升容量的引流袋、绷带的袋子，跟着叔叔走在凹凸不平的路上，叔叔推得非常吃力，我上前扶了一把。这辆黑色的轮椅是在市里的医药一条街买的，那条街都是医疗器械、药品批发的店面，店面虽不大，却人头攒动。我将车子停在很远的地方，步行进入一家店一家店地了解，听店员说得天花乱坠，然后，讨价还价。我不知道为什么大部分的轮椅都是黑色的，黑色肃穆庄严，不适合意志消沉的病人。我从价格昂贵的电动轮椅看到了最便宜的推车，最后折中花了近六百块选了这辆可以坐便的折叠车。我将它放好，拉回镇上，一种孤军奋战胜利后的悲喜交加便涌入了我的心间。

我们来到了卫生院的病房。说是病房，其实是一间简陋的抢救室，在父亲病发的两年多来，他没少往这里跑。屋子有两张床和一个大氧气瓶。作为身患绝症的病人，父亲断断续续地在这里住了两个月，他让这里染上了尿水与痰，还有刺鼻的药水味。叔叔戴着口罩，奔前忙后，一边还抽空和我抱怨某个医生和护士。我当然理解他的话，这里的副院长曾给我打电话大谈特谈院内交叉感染，委婉表示想让父亲回家躺着。有求于人，我也在电话里跟他好言好语地谈了几次。挂完电话我心里冷笑,不就是怕脏吗？还找那么多借口。当然，双方都没撕破脸皮，副院长被耗没了脾气，无奈地接受了我们死皮赖脸住在这里的事实。父亲定期由一个好心肠的女医生冲洗更换引流袋。

父亲从医院回来的那天,整个卫生院的医生没有一个愿意接诊。直到问到了这名唯一的女医生。她绑了一个马尾辫，个子不高，戴着口罩，露出一双又大又亮的眼睛。她并没有接诊过像父亲这样的危重病人。她和和气气地说："这步骤我不是特别了解，不过既然你说省里的医生可以电话连线，那我就帮你冲洗。"后来，父亲的所有针水都是从她那里开的处方。

父亲闭着眼，躺在床上，四面白花花的墙壁爬满了苦味。药水缓慢地流进了他的体内，之后，冲锋陷阵。在这个地方，我的心情从没有好过，我抑郁地走出来，有陪护的家属也站在露天的空地上抽烟，我们对视了一眼，他继续吞云吐雾，我则嚼起口香糖，满嘴的芬芳能让我暂时将一切的遭遇忘怀。鲁迅发明的阿 Q 胜利法，时时刻刻都在生效。

对面的断壁残垣露出残破的长条砖，在雨水日积月累的冲刷下，留下一道又一道细长的痕迹，新摘下的树木被稻草裹着，嫩芽没抽出几根，大楼前停满了电动车。我想起幼年时的那堵墙，我躺在床上，望向那扇古老的窗，各色的雕花将视野划分成了凌乱的线条，外面狭窄的过道是一堵发霉的墙，那是隔壁邻居盖了好几年的房子。那堵墙的颜色渐渐被四季的雨水染成了咖啡色。梅雨时节，它潮湿不堪，散发着腐烂的青草气味。我将这些腐烂变成了养分，在八岁那年跟着父亲迁入了生机勃勃的工厂。那时的父亲和那时的叔叔，并没有现在这么好，他们在媳妇的推波助澜下，互相争吵、互相仇恨、互不搭理。那时的父亲也无法想象，病中的晚年生活会是叔叔在一旁端屎端尿，直到他离去的那天。他心安理得地接受叔叔的护理，除了经济上的一些资助，他并没给叔叔遗留下多少东西。

烟雾浓了起来，随着风吹向了我的眼睛，也钻入了鼻孔，我忍不住打了几个喷嚏。阳光穿透镜片，金色铺满了眼睛，一闪一闪的晶亮就在眼珠子上跳动。我感到难受，走到水池边，将墨镜收起，拧开水龙头，用冷水喷了下眼睛。自这天起，我身上又少了一个物件。有人说，你最怀念的地方，是你出生的地方。至今，我都在怀疑故乡。据说我来到的那年，初春细雨，屋顶堆满青苔。

之后，我走到卫生院大门右侧的母婴店，作为曾经的私人产房，它比从前豪华气派许多。我走进去，给刚生产不久的堂姐选购婴儿礼物，她需要奶粉、婴儿湿巾、爽身粉、尿布，我买了一大袋。叔叔成了外公，老来得孙的喜悦让他在照顾病人的浮躁中安静不少。年幼时，光看背影，我经常会认错叔叔和父亲，他们完全复制了奶奶的面容和身材，现在，叔叔有儿有孙，他们在光怪陆离的世间走向了不同的晚年命运。我突然同情父亲。我回头看了一眼这栋楼房，水泥封住的地下，流淌无数的脐带血，生命之花从那里诞出，穿破坚固的房子，直冲云霄。

我的挎包里，装着最新出版的《了不起的盖茨比》，我刚刚看完奢靡恢宏的电影。旁边正在盖起一栋私宅，当地人但凡有些钱，将房子翻新或者重建，就成为首要的事情。他们会请来鲁班坐镇，选一个吉日和好的朝向，破土动工。青色的石头在工人的传递里一片一片地砌上，我想起游泳池里赤裸上身的盖茨比，被一颗突如其来的子弹穿透了心脏。接着，我记起父亲——这个小镇生产的最无趣的人之一。他的一生穷困潦倒，没能亲手给自己建造一栋舒适的小楼。晚年的生活因为退休刚有起色时，就被这日积月累下来的疾病给击垮了。他在我从容淡定地对死亡的提前预习中换了无数不同的死法。

2

北街末一带作为最贫穷的街区，还受着农耕时代的影响。这里的房子建得毫无章法，有木制的老楼，人走进总有晕眩的感觉，因为老是觉得房子正在摇摇晃晃。有些推倒重建了，但是由于缺乏资金，墙面没有贴任何的装饰砖，就那么光秃秃地不知羞耻地裸着。人们进进出出，习以为常。

我就住在这样一间不知廉耻的房子里，越往里走越阴森，白天要开灯，不然伸手不见五指。二楼是三间卧室，还算明亮。其中的一间，是房子盖好后分给父亲的卧室，房间里还有一张他结婚时打的木床，床板打开就是储物柜，里面放着冬天的棉被。现在，这张齐腰的木床被当成了电视柜，叔叔一到晚上就会在这个房间里看电视连续剧。笨重的电视机买了好些年，现在出到液晶屏了，他还舍不得换一换。接的天线，刮风下雨时，信号便时有时无。

我睡在这间父亲的卧室里，这间卧室连瓷砖都没有铺上，打的是水泥，赤脚踩在上面，可以感受到颗粒在脚底下不堪重负。有时，我会失眠很晚，偶尔会透过窗户望见高悬的明月，寂静地在挤挤挨挨的房子上空，将忧伤倒满了整个夜晚，倒满了所有屋顶，我听见月色从屋檐跌落，疼啊，像父亲的疾病一样疼。

父亲微薄的退休金被我全部给了叔叔，说是伙食费，其实是照顾的酬劳。我并不是一个擅长照顾临终病人的孩子，大部分时间里，我只是陪父亲一会儿，然后去做自己的事情。

我会在茶馆里，写字、看书，有时会望着外面白花花的街道，梳理父亲的人生，考虑遗传的可能性。父亲连坐一次小轿车都会诚惶诚恐，口袋里只要有超过一千元就紧张冒汗生怕弄丢或是被吸毒仔们偷了去，1975 年做过一段会计，因为身背巨款出差而得了神经衰弱，最后转岗成了车间工人……耳濡目染，我也沾上了担惊受怕的毛病，我怕被车撞死、怕空难、怕受制或有求于人，怕一切天灾人祸。这么多年，我都活在不安之中。与人交谈，我都会双手交叉于胸前，我从一本讲心理学的书上得知，这是自我保护与防范的下意识表现。

人一旦看久了，眼光就没那么精准了，于是许多人都说我长得像母亲。自从失去了那张相像的面孔之后，我就从内心里彻底和父亲分道扬镳。成为一名建筑小工的父亲，开始跟着叔叔在十里八乡盖房子的生涯。有时，我会在某个挥汗如雨的夏天，想象身材矮小的父亲在烈日下搅拌水泥，双手拎着装满水泥的木桶吃力地往上爬，湿透的衬衫黏在皱巴巴的皮肤上，白色胶鞋沾满了坚硬的灰色，洗也洗不掉，没多久，鞋子就被腐蚀坏了。那年，他一天可以挣三十块钱。他省吃俭用，努力存钱，他存的不是棺材本，而是防老养病的钱。至少五年之后，我才明白他的这种不安从何而来。

父亲的指甲很长了，他固执地不让剪，那是生命生长的象征，父亲的寿命就依附在不断生长的指甲上。我收起冰冷的指甲刀，大声地和他说了几句话，给他剥了一根香蕉，看着他吃完后，走到门外，坐在了靠背的长椅上。

今天是集日，注射室里坐满了人，椅子也坐满了，到处是药水的味道。老人、小孩、中年妇女……液体就顺着管子流入他们的体内。有认识的人互相谈论日常；有小孩偶尔止不住地哭闹，穿过心浮气躁的空气，滴到每个人的心里；在这里工作十多年的护士长来回忙个不停。她给父亲换了针水，缓步走出来，那双黝黑的眼睛盯着我看了几秒，欲言又止，往注射室走去了。她记得我，记得十三年前的我，记得我的母亲。她摸过母亲褶皱的手，细细的针扎进了静脉，血奔进了管子，又被流畅的白色液体冲了回去。我曾和她攀谈了几句，她态度很好，对每个病人都一视同仁，做事细致入微。她说："你是阿慈吧，长那么高了啊。"在她眼中，我还是一个孩子，可是，我已经二十九岁了，正为如何接待即将到访的死神而寝食难安。

我把《了不起的盖茨比》最后一页看完了，我将书放进了黑色的手提包里，沿着几级台阶走了出去。返回塘镇后，我爱上了走路。我从北街这头漫无目的地走到了沿河的末街，那里有盖了好几年的房子。门前的大院子放着许多木材，那是隔壁木材厂的存货。一棵纤瘦的波罗蜜树上结了一些绿色的果实。右手边的不远处就是那条蜿蜒的河流，每年雨季，都会有人将生命扔给它。我在那里停了一会儿，又继续往前走，拐了个弯，来到了宽阔崭新的新街。

这里的一切乏善可陈，就连葱绿的树木因为养护的关系，也长得了无生趣。超市、涂料店、多年未见衰老的疯子、茶水吧……司空见惯。风景没什么变化，人却走了好几拨。

有些步入中年的人逐渐被病魔夺去了生命。癌症成为头号凶手。每当父亲和我提起那些他认识的人先他而去之时，总不轻易流露出占到便宜的沾沾自喜。他说起开茶楼的不过五十岁出头的老板，某一天突然查出了肝癌，两三个月之间就没了。他家的点心，肯定掺了假料。父亲喜滋滋地断言。我心生悲悯，觉得他的一生都是不识趣的喋喋不休，他不知道哪些话别人爱听，哪些话招人厌烦。终其一生，他都没学会察言观色，一生任性妄为。

当我在茶楼里继续坐着望向单调的大街时，我很想谈谈我在这里的曾经。随着年岁渐长，有一些共同生活在北街的朋友已嫁为人妇。有的以卖淫为职业，丈夫成为她的皮条客。据说她在肮脏简陋的小旅馆卖淫的时候，她的丈夫就在隔壁一边听着穿墙而过的叫床声兴致高昂，一边乐不思蜀地数着今天赚到的数目……有的在社会上猛然意识自己处于最底层，选择了重返学校读书之后远走高飞；有的和这里大部分的女孩一样，进入了工厂成为一名缝纫工。留在这里的女孩们，她们都年纪尚轻，不过二十七八岁，却已有身材走形的迹象。天气太热，她们穿五块钱一双的拖鞋，一般都是短裤配短套衫。最冷的一月份，就会随便裹上一件棉布外套，双脚不穿袜子，就那么晃荡在外面。冬天的服装生意跟天气有很大关联，如逢暖冬，挂在店里的冬衣就成了滞销品，因为去年买的都还没有机会从衣橱里拿出来穿过一回。

在这里待的日子长了，我也恢复到了从前，喜欢穿拖鞋到处溜达了，也开始不修边幅。坐在茶楼写稿的时候，头发也不会抹上润发精油，就让它乱糟糟地松散着，像一个疯婆子，我想让自己安稳踏实地踩在这片土地上，记住我从哪里来。

爷爷是在红白事上吹唢呐的。家里男丁多，几十口人挤在又破又旧的宅子里，男的个个都是三十好几才娶上老婆。叔叔娶的老婆是磨豆腐的，那时做豆腐压出来的水都灌满了宅子的庭院，顺着裸露的火山石一直流到灌木丛生的路边。走路都要小心翼翼，避免被滑溜溜的豆腐水绊倒。爷爷发不了死人财，曾跟着爷爷吹丧乐的叔叔说。大热天里，停棺几天的尸体有了味道，就那么与他四目相对，这让心气甚高的爷爷无法忍受，混着吸入的腐气，唢呐咿咿呀呀响了几声不成曲调。

我淡然地一个人喝着茶，在心里描绘爷爷对着死人吹唢呐的画面，满屋的白色经幡在冰冷的寒夜里纹丝不动，没有哭声，只有他和棺材里那具即将腐臭的尸体。尖刻的呜咽随着唢呐响起了，很快又淹没在寂寥的夜色里，爷爷斗争许久，最终迅速地把唢呐放到了包里，背着包奔向了茫茫的夜色中……他跑了。

阳光从紫檀树疏密相间的枝叶落下来，泛着温暖的黄光，我盯着那些闪烁，若有所思。有年轻时与父亲共事的茶客，认出了我，管不住嘴地直截了当地评价父亲：你父亲这辈子，两个字——不行。

我苦笑，我自然知道父亲不行，他白驹过隙的一生并没在岁月里留下一星半点的谈资。患病之后，他的脾气更加古怪难缠。我回想他瘦小枯干的身体，最小号的白色背心被从体内引流而出的胆汁染脏了，房间里到处是他的气味，就连护士进来都忍不住隔着口罩掩住口鼻，摆出一副嫌弃的脸色。无论怎么消毒与清洗，身体的味道还是残留于此。我对着迷茫的街道，努力回忆十三年前在塘镇的生活，时间早已将我的曾经席卷一空，我能记得的也只是一些零星片段。有些人死去，有些人离开，有些人在这里从生到死。

对面正在搭起脚手架，据说要做两排的门面工程。一切在历史中毫无变化，这是一个显而易见的悲观的事实。我可以想象不久热火朝天的灰尘将会铺满水泥地，而我还会灰头土脸地继续待在这里。

在这样惨淡的环境中，是否该投其所好，向命运投降。我内心惶然，无从作答。父亲整天半睡半醒，身体消耗得厉害，皮肤包裹的骨头清晰可见，几十年的关节炎让他的双脚扭曲成一个时空，受过电击的头部经过植皮手术留下的伤疤触目惊心。病房的味道在我的回想中迎面扑来，我捂紧了嘴巴，对目前从事的工作产生了怀疑。如今，一场疾病就把我打回赤贫，我省吃俭用，在这两年中过得痛苦不堪。我终于明白一个事实，文字只是作为治疗我苦闷精神的药剂，却在四处奔走碰壁的生活中一无是处。

3

四处扫荡的阳光顺着路径一道又一道流满了街区，过往行人身上飘着焦土之味，集日的街头商贩近年来减少了许多，外地人基本不来了。北街上那一栋一栋的老门面房都是本地有经商头脑的年轻人经营的各种店铺：母婴店、童装店、女装店、鞋店……就是没有饭店。我缓步来到卫生院，那位给人看相的老先生还在那里，由于地位特殊，在“赶街”行动中没有被驱逐，得以继续留守那一亩三分地。这个城市，正为创建全国文明城市而做准备，强势的市委书记通过他无所不在的权力雇佣的临时城管而成功将塘镇改造得面目全非，不少店铺的生意一落千丈，僻巷中停车也被贴上了罚单，在自家的宅基地上盖房也要办理烦琐的报建手续，才能给你安装水电。不然，盖起来还是黑乎乎的一栋半成品。

我兜了一圈，又回到了病房。就在刚刚，父亲在睡梦中说起了胡话，他昏昏沉沉，呼吸一起一伏，可以听出有痰，话音也就像含了沙，听起来痛苦刺耳。我走到床边，望着眉头紧锁的他，眼睛用力地闭着，褶皱起伏不已。我问：“爸，你要说什么？”他没有回答，继续着梦中的话语。一旁的叔叔突然说：“他说很多次了，是什么诈骗的事。”我突然想起，四年前父亲和我说的一件事。

当精心策划的街头骗局找上父亲时，多年的警惕让他对自己保存已久的百元大钞的每一个折痕都了然于胸，在几次以退为进的零换整的兑换中，视力早已下降的他便在摸钱当中醒悟到这是一场假钞换真钞的猫鼠游戏。这是他第一次声色俱厉地咒骂几个年轻人。他也不知哪来的勇气，面对轻而易举就能将他撂倒在地的年轻人毫无惧色。那年夏天一个热火朝天的中午，他平静地和回来的我说起这桩惊心动魄的事。我不免后怕，心惊肉跳。如果那几个人恼羞成怒，将他毒打一顿……

父亲最大的问题是没有学会独处。平日除了购买私彩，给自己带来一夜暴富的零星希望外，他并没有任何日常娱乐可做。他每天早晚都会以北街作为起点，绕着镇子走一圈，他认为锻炼有益健康，并能助他长命百岁。人都是贪心的动物，父亲也不例外。早年一场意外的高压电击，他大难不死，这让他更加坚定了这份信念。于是，在反复的住院治疗中，在我各种隐晦的暗示中，他都不肯相信疾病就像老鼠的牙齿，会从内部把他啃得一干二净。

为了证明自己的健康，尚算清醒时，他穿上了干净的白衬衫，取出只有春节才会穿的崭新的灰西裤，趿拉着拖鞋，走一段歇一会儿，走一段歇一会儿，来到最近的茶馆，一个人一杯茶，有时会配一个白花花软松松的甜馒头，坐上一个下午。他听到人声，但他无法分辨人们在谈论什么。他所有的精力都在那趟短途中耗尽了。他颠三倒四地记着一些细枝末节，他偶尔疑惑不解，便茫然地问来人，我退休金是多少了？或许金钱是唯一能拯救他的东西，他对金钱陷入了一种盲目的痴迷。在他断断续续混乱的记忆中，他的工资数额翻了好几倍。钱，花不完的钱，就在他行将就木的世界里缤纷落下。

微风吹透热气的下午，我在这家面积不大却热闹非凡的茶馆找到了他。他的桌上放了一壶热气腾腾的绿茶，绿茶苦，他却爱喝，多年不变。我走到他面前，轻声叫道："爸回去了，叔叔送饭过来了。"我拿起账单，结了账，扶起他慢慢走了出去。茶馆里的人，多是相熟的街坊邻居，对父亲的故事耳熟能详。我耳朵灵敏，听到了不少悄声议论。可我已经不是十六岁的小女孩了，不再认为这些流言蜚语能伤了尊严。工厂的大门被摧毁了，沙土上被人种上了地瓜叶，鲜嫩可人，炒起来美味可口。当年，母亲是一名妓女的流言就从这里传开。现今想来，荒诞可笑，她不过是在保守的年代离而结，就在众说纷纭中成为不守妇道的女人。而这些事情，在她生前我完全不知情，我只惦记到处撒野的青春。那时的我，也和这些流言一样荒诞可笑。我抬头看了看天空，洁白的云朵在蓝天的映衬下，更白了。我们拐上了小路，走得跌跌撞撞，终于到家了。

中秋节过后的第二天，父亲在省医院住院大楼的科室服务台里，靠着墙，裹着那件灰色短袖衫冷得站立不稳，我赶紧找了张椅子，让他坐下，比他年小三岁的叔叔打开牛奶，扶着吸管递给他喝。我进了肝胆胰外科办公室找来了医生，与叔叔一左一右扶着他进入了换药室。中秋节当天，人人都忙着准备供品回村祭祖，疏忽了在打针的父亲，他迷迷糊糊看到吊瓶已经空了，强撑起身准备挣扎着喊护士，却把挂在床边挂钩上的引流袋给忘了，这一用力，导管便被他扯了出来。

还好，引流手术形成的窦道还在，凭借着医生高超的技术终于放置成功，引流通畅。我问医生，需不需要住院观察一下？医生脱下一次性手套，瞅着父亲摇了摇头，父亲入院几次，都是他接诊，他对父亲的病情了如指掌，没必要了，住也只是打营养针。

我们让父亲休息了一会儿，才扶着他下到大楼前等车，在跑前跑后的下楼排队交费接着上楼交发票中，等待的时间过于漫长，他抵挡不住，把过道宽阔低矮的栏杆当成了床，躺下来闭上了眼睛。阳光毫无遮掩地罩在他身上，金灿灿的。这时，我还没意识到他的生命只剩下二十天。在高耸入云的大楼面前，父亲变得越加渺小。叔叔也席地而坐,神情憔悴。他们不过是这世间极其普通的一分子，或生或死，微不足道。

阳光穿过了我的眼睛，照亮了那片深不可测，我突然为自己可能重复父辈的人生而感到担忧。这种担忧并没停留很久，就随着我在等待电梯上行的拥挤人群中消失殆尽。我随着人流进入了电梯，在各种汗水的气味中进入了相应的楼层。我快步走进了医生办公室，将发票交给他，然后迫不及待地逃离了这里。许多人痛恨医院，但他们不得不一次次往返于此，在漫长的排队中，在各种不耐烦的等待中，在无处停车的愤怒中，在预约床位的落空中，在支付医疗账单的痛苦中，在饱受身体与精神的双重折磨中，在庞大臃肿的走丢中……

这栋大楼，和护士服一样白，白得像一曲宫商角徵羽俱全的丧乐。

许多年前，父亲也是这样一次又一次地带着母亲看病，住院。他攥紧了钞票，在医院一次又一次地催缴下一点一点地往外抠，钞票在手上扎了根，从手上剥离时都会撕心裂肺地痛。有一次，他很不幸地将装有两千块钱的袋子在医院里弄丢。他知道钱被同病房的人捡走了。警察出动了，他们并不承认。纠缠了半天毫无结果。他心如死灰。

那个周末的夜晚，他从医院回到镇上，晚餐一口气就干掉了一瓶酒，结果成了到处呕吐的醉汉。如今，我回想那时的他，和现在没什么两样，一样的矮小苍老，一样的讲话细声细气，一样的胆小怕事，一样的愁眉不展。

父亲其貌不扬，四十好几才娶到二婚的母亲。母亲异于常人的身高和长年累月梳得整整齐齐的麻花辫子将父亲好不容易培养起来的那一丁点自信碾压得体无完肤。和母亲一起出现的场合，父亲都沉默寡言，躲在人群背后，叫一声才应一句。结婚之后数年，二人求医问药求神拜佛仍然膝下无子,母亲被第一任丈夫休掉正是此因。据说为了求子他们最终铤而走险，跑到外地偷回了我，直到多年后我才了解到真相，那不过是当时他们耗尽家财与一家连生九个女儿的农村家庭买来的出生不久的幺女,这个突如其来的孩子虽是女孩，却让他们也扬眉吐气一阵。我依稀还记得幼年时镇子破烂不堪的模样。那时服装业发达，母亲领了好几家服装作坊的针线活，每天都在不断地穿针引线中度过。父亲在国营陶瓷厂当工人，每天朝九晚五，那年工厂效益好，生计不愁，一家倒也其乐融融。

但是，就像某部外国小说里所言，幸福的家庭都是相似的，不幸的家庭各有各的不幸。经济改革的浪潮不可避免地冲击了塘镇，一股下岗潮开始在工厂蔓延，作为微不足道的一员，父亲首当其冲成为第一批登记在册的下岗工人，不久，母亲也因为体弱多病和眼花的原因，在四十多岁放弃了干了二十多年的针线活。下岗对父亲产生了多大的影响？我无从得知。他老实本分，并不像别人有多种谋生技能，也不是做小本生意的料。他本来就不是一名力大无穷的壮汉，但他还是被逼上梁山，成为所唾弃的泥瓦匠队伍的一员，贩卖未来的体力为生，他的中年失意就此开始。

4

两年前，从父亲被查出癌症第一次住院的那天起，我就不断地以一种既悲伤绝望又平淡沉稳的口气反复回答询问的人们。我暗中为自己如此年轻就将遭遇父母双亡而倍感吃惊，同时也试图找出对即将离世亲人的切肤之痛，可是在不断的追寻中，我都找不到最深的痛点。我对死亡全然接受，并乐于和它交往。这让我坐立不安。我很清楚，我从何习得了这份对待死亡的态度。

我记得母亲断气的时候，耳背的父亲低着头呆坐在昏黄的灯泡下，那些闪闪烁烁的黯淡的光照出了他眉头紧锁的老态龙钟。百无聊赖的我盯着他帽子底下那几根稀疏的头发看，植过皮的那一块是完全长不出来了，难看的伤疤让他长年累月戴上了帽子。他对帽子也是特别挑剔，他曾跑遍了市内，都找不到一顶中意的。他咬牙切齿一而再再而三地给我描述心目中帽子的样式，信誓旦旦地说那款式曾风靡二十世纪七十年代，发牢骚说这社会真神奇，这种帽子怎么没得卖。搜寻无果后他终于心灰意冷地胡乱买了一个遮阳帽。

用了几十年的简易橱柜上放了一盏煤油灯，这灯是一盏有意义的灯。它在午夜会指引亡魂走入地下之路。空旷宽大的屋子寂静一片，只听见母亲粗重的呼吸。这盏灯从下午亮到现在，我们也从下午坐到现在。等待断气的过程无聊又奇怪。叔叔偶尔进进出出，将这恼人的沉默打断。作为一名帮忙的局外人与继承者，只有他才能冷静准备后事。

我正埋首于一场华丽葬礼的想象中，沉浸在富丽堂皇的奢靡中无法自拔，呼吸有异的母亲敲响了我不着边际的梦，我抬头看到母亲的胸膛一起一伏，颇为惊慌地失声喊了父亲，父亲刚半起身，母亲便倏然断气。父亲站起来，摘下帽子递给了我，我放到一旁的桌子上。我看了一眼闹钟，还有十五分钟就到晚上九点了，屋外已是月上柳梢头，将蔓延的绿色照得亮堂堂的。缺了红烛和香火，叔叔便派了我去街上的香纸铺买。我拿了一个手电筒，穿过还没倒塌的屋子，居然不怕黑，背后响起了短暂的鞭炮，相邻的身后那栋房子的窗户吱呀地关上了。我突然想笑，但是，我知道这不是一个发笑的时刻。我走到了被切割成两半的工厂大门，台阶上有几个小伙伴正坐在那里谈彼此幼稚的爱情。对，我只需要扫上一眼，就知道她们最热烈的话题是暧昧的小情事。直觉灵敏，我独自出现在夜晚的街上，她们立刻意识到我的母亲死了。我淡淡地和这些一起长大的小伙伴说，我去买香火。她们没有搭话，眼神却暴露了一切信息。微风拂面，我感到自己成熟很多。我想，为什么是我遭遇了这些事情，而不是她们？

我很快来到了香纸铺，那是一栋狭长的三层小楼，和周遭的房子相比，它太小了，小得只能同时容纳三个人进入。墙上挂了很多大小不一的红色旗子，这些旗子是给还愿的人准备的。如愿了，就来买上一面，再让店主题上敬献的祝文，便可以拎到庙里挂上了。我买了一捆香，一对红烛，镇上的风俗，红白事都要用红烛。许多临街的房子都关了门，将白天的热闹归还了夜晚的万籁俱寂。我不缓不急地将来时的路又走了一遍，也仅仅是那一刻，我感到塘镇属于我一个人，它也只有我一个人。我回到工厂大门时，小伙伴们已不见踪影，兴许是回家睡觉了，我一阵空落落。

我回来后，在叔叔的教导下给母亲上香，我感到不可思议，母亲就这么死了吗？她的身体与精神就彻彻底底地从我的生活中抹去了吗？她不会和我一起吃饭，不会骂我，不会摆着那张始终忧心忡忡的蜡黄脸了吗？时至今日，这些事情还历历在目，让我为当时的自己感到惊奇，我那时真是一个怪异的无法形容的少女。

也是从那天起，父亲便将他的癞皮头彻底地暴露在了阳光之下。

父亲开始抽泣，我却一滴眼泪都未落下。母亲去世的前六天，将体内的排泄物全部清空了。那天，我恰好无意闯了进去，看到她叉着腿，痛苦地抓着棕红色的长桌，试图仅凭一己之力将裤子脱下。恶臭充满了房间，我呆若木鸡地盯着她扭曲的神情，那神情好像在说，这该死的不听使唤的身体。那是一种意志先行的无能为力。父亲走了进来，我转身迅速地跑了出去。

我漫无目的地跑了很远，直到在街上气喘吁吁地遇见了一位朋友，才停下奔跑的脚步。我和她一起去中街的冷饮摊上吃清补凉，她听我絮絮叨叨地说一些不着边际的话。她是一个非常好的倾听对象，总能适时地提出疑问，引诱你继续滔滔不绝地讲下去。那天，我和朋友待到很晚，直到遇见经过的叔叔，提醒我说："你妈病得这么重，还不赶紧回去，到时人家该说你不懂事了。"我大吃一惊，父亲与母亲，从没有耳提面命地教过我如何为人处世、应对突然而至的人情世故。缺乏这种教育的后果是至今我都没学会如何审时度势。他们给予我的无限度自由，十六岁与二十九岁的我都不曾意识到，它会让许多年后的我走上了一条不归的悲情之路。

身体被掏空的母亲在农历十一月末去世后，天越来越冷了，父亲翻出旧衣服裹在身上躺了几天几夜。不知道有没有睡着。这年，他穷得连买一只过年祭祖的鸡都没有。他将镇上几条纵横交错的街道走了一遍又一遍，却并无可思可想之物。父亲不养猫不养狗不嫖妓，靠着早年积存下来的《故事会》和专门刊登耸人听闻、配有大段色情描写的虚构案件的非法刊物慰藉精神上的虚空。

此时，一切的交际往来对父亲来说还不如母亲坟头那一堆线香灰烬来得实在。对于一个中年丧妻膝下无子又没什么能耐的男人，人们饱含同情。而这种同情被父亲看成了欺凌，自此，他陷入了一种自我想象的精神癔症中，在十三年的孕育中生出了恶疾——胆管癌。我则和他背道而驰，在夜晚的声色犬马中放浪形骸。那时，我就模糊地发觉，我是自由自在的，终将破茧成蝶，因为我和这个家族流着不一样的血。

后来，我在父亲的葬礼上，回想这段因为死亡造成影响的往事，回想母亲在老屋过世却被同族的祖婆捷足先登的不幸。她在那间被通透的火山石盖就的老屋住了整整七天，却被享了一辈子清福的祖婆抢占先机！一年宗屋不能死两人的风俗迫使她回到镇上那间公家的房里，死不得其所。爷爷那张舒服的靠背椅，因为生前被断气的祖婆坐了半个时辰，就被他一边骂骂咧咧一边毫不留情地丢弃了。

如今，成年的我虽已可理智看待，悲怆却仍然时时刻刻从旁提醒切勿重蹈过往悲剧。万幸，倒霉的父亲比起更倒霉的母亲，算得上走运。

那时，我还保有天真的幻想，对于母亲那边往来的亲戚充满热情，事实证明，真是痴人妄想。凭什么啊，你父亲与他们不过是人伦上的亲戚关系，女方死了，你的死活与我无关。一直过了很多年，直到父亲去世，也没有人来探望他一眼。据说这些年，母亲成为迷信的姨妈们的午夜梦魇。

父亲穿了一件红衫，这劣质的红衫是几年前信用社做活动的赠品。在炎热的秋季，这样的穿着在别人看来过于厚重。可是，他整个人缩在宽大的衣服里，瑟瑟发抖。叔叔给他加盖了一床棉被，他的哆嗦才稍微缓解。他突然开口说想吃菠萝，叔叔便去市场给他买去。我抬头望着那瓶透明的液体，一滴，两滴，我清晰听见水滴的声音，空旷辽远。眼前被铺上了一层摇曳的昏黄，通往未知的远方。回来之后，幻觉成了我唯一的秘密，它是一种难以摆脱的病。

病房外面是靠背的棕色长椅，我坐在那里，望着外面零星的树木。这里从十年前就变得宽阔，是因为将那两株巨大的飘着香气的紫荆树给砍掉了，并将住院的病房给推平了。随着年月流逝，它的医疗条件越来越差。街角附近的一户人家曾有一个癌症病人，不久前在半夜撕心裂肺的疼痛中死去了。将近一个月的夜夜号叫消失得无影无踪。自那天起，父亲就再没说过他的耳鸣。我则再也不会因为这痛苦号叫而难以入眠。

叔叔买了一个削好皮的菠萝，现在不是菠萝上市的时节，所以品相也不是很好看。瘦瘦小小黄黄的，盐水吧嗒吧嗒地往下掉。我跟叔叔说，我去街上买点东西。就走了出去。

关帝庙的屋顶上插满了迎风招展的旗帜，摆在路边的铁架子上挂满了燃完的鞭炮绳子。我站在外面看了一会儿，只有庙祝在里面张罗着他的香火。我进去，看到红色的锦旗，悬挂在墙上，厚厚一叠。庙祝是一个精神抖擞的老人，他的手纤细瘦长，布满了老年斑，这镇子小，随随便便都可扯上一丝半缕的亲戚关系。按照辈分，我还要喊他一声祖爷爷。我低头看脚下的蒲团，曾经，我是一个无神论者，对于祭祀毫不热衷。如今，随着阅历和认知的深入，我成长为一名悲观主义者，抛弃了之前荒谬无知的理论，在精神世界里东奔西走，希望寻到一处安宁之地。我并没有跪下，对于鬼神，我半信半疑。但是，这里能让我放松和思考是不争的事实。

我和庙祝说了几句话，无非就是香火旺不旺，信徒多不多，节日忙不忙。这段时间，我抛弃了工作，抛弃了习以为常的城市生活，抛弃了那些看似光鲜的一切。只做一件事——等待死亡接走父亲。

此时，我满脑子都是那所迎江而建的小楼房，无聊时、悲伤时、难过时，我都会往那边缓步而行，秋日的傍晚，徐徐微风吹来，能将紧绷的精神消解。这是我这段时间待在塘镇所能做到的让自己快乐的事。

我低头，望着自己涂满鲜红的手指甲，还有那双镶满金片的高跟鞋。我行事低调内敛，但骨子里的任性张扬还是掩饰不住地从穿着打扮上流泻而出。我听到窃窃私语的议论，而这片土地就通过这些议论将我拒之门外。它让我感觉到，一片土地的拒绝是你走在这里的每一步，都感觉到脚心烧灼的痛。

5

如果说时间有什么能耐的话，那就是用十三年将一个意志不坚的寡居老人逼疯。这空出来的十三年，使父亲变成了一个锱铢必较的人。

父亲的发小原来是厂里的电焊工，年轻的时候，他们曾互相骑一辆自行车，载着对方到邻镇看戏。他们对海南戏的名角们如数家珍，对同一个旦角的喜爱让他们的友谊更加深厚。彼此结婚后，也因为居住相近的关系，两家人往来频繁。甚至有过结娃娃亲的念头，终因同村同姓而作罢。

没有万古长青的友谊，没有永恒不破的感情。父亲在独居之后，悟到了这点。作为一名会读书又写得一手好字的人，他偶尔也会露出一点骄傲。和我讲述帮发小填写档案、代笔写信的故事。也和我讲过他们一起去镇上戏院看巡回歌舞团演出的激动场景。

他从年轻时候残留的线索找起。先是将他的同村发小划入了仇敌行列。原因是发小中过一次一万元的彩票，请了许多人吃酒，独独遗漏了父亲。中奖的幸运曾更早降落在父亲头上，这是他漫长悲愁的一生最幸福的时刻。“当年我中奖可是给他送了两包芙蓉王。”

父亲经常念叨，对此事耿耿于怀。前几年，发小跟工厂的开发商买了块地皮，盖了一栋两层小楼，从此过上了幸福的人生。父亲一边回忆与发小年轻时候的事，一边坚定地和他彻底断了往来。他宁愿多绕几步路，也不会从发小的家门口经过。这个固执的老头，我们无从对付。

多年前接水管的一件小事也被父亲翻出，他花费许多时间将遗忘的细节补充完整。父亲以为，和隔壁邻居的关系好到足以接同一条水管，可是当他满脸堆笑说起这个微小的请求，邻居却毫不犹豫地拒绝了。这让父亲大为惊讶。他回来气鼓鼓地和母亲说："安装新的水表，我们自己付钱，怎么不让接呢。"对于人情世故，父亲一直没有厘清。多年后，邻居托人给在城里工作的我打电话，说父亲每天早上都会到他们位于镇上的米铺骂上一会儿，叫我劝劝父亲。我说一个孤寡老人，性子又倔，如果他没做出伤人的事，你们也就不用理会。我会好好说说他。虽然我语调温柔，可我深知，这都是敷衍之辞。我怎么和一个有严重耳背的老人启齿？我知道他的心结从哪里来，他越来越古怪，越来越让人难以捉摸。他曾对我言语流露出的责怪一脸愤懑，可他忍气吞声，不发一语，最后避重就轻和蔼地说起另外的话题，谈起报纸上刊登的时事新闻。

他和对面租房的年轻人龃龉不断，他将脏水泼到人家门口，逼走了几户年轻的夫妇。只因强势的房东老太太强行在这片红苕叶菜地盖起了简陋的出租房。老太太气势凌人，以一副指点江山之态，指着从西到东蔓延几十米的地块，说那些都是我的房子，我可没和厂里签过合同。厂子占了我房子这么多年，现在是拿回来的时候了。这年，工厂早已破败，住在这里的人没有迁走的，要不就是穷，要不就是幻想着住久了，房子就变成自己的可以世世代代传下去。他们对资本毫不了解，还活在古老的已经逝去的宗族社会中。他们养育的后代，也遗传了他们的局限，这局限体现在后辈对世界的错误认知，命运一窥到底。

那片红苕叶菜地曾经是这所房子的露天庭院，母亲种了一棵黄槿树，长得枝叶繁茂。幼年时，我经常端着碗爬上去在上面吃饭。结实的枝干被磨得光滑，如今，那些印痕还在。母亲闲居在家后，便开始将这片土地翻新，种上了红苕叶，她花了将近十年，尽心尽力地将这片菜地照顾得满目苍绿、生机盎然。这片土地，对于父亲来说，是母亲死后留下的唯一遗物。我曾目睹他搬了张矮凳子，呆坐在绿地里，良久，他才弯下腰去，一根一根地采摘这鲜嫩的菜叶，给自己做一顿简易的晚餐。

我在卫生院对面的杂货铺给父亲买了几条便宜耐穿的中裤，又回到名存实亡的工厂，到他居住的地方给他取御寒的衣物。通过密密麻麻的杂草，就到了崩塌的房屋，那里除了留出一条踩出的小径外，也被别人开垦成红苕叶菜地。幼年时，这间屋子一到晚上就被我幻想成了住满妖魔鬼怪的黑屋，不过几米的距离，放晚修回来的我却畏畏缩缩，不敢通过。宁愿花上一些时间，等待同样住在里面的工厂子弟。我赫然惊觉，我在塘镇生活的这些年，是被一栋又一栋破败倒塌的房屋串联起来的。

我不知道父亲为什么这么寒冷，据说当冰冷抵达大腿膝盖以上时，无论如何施救，命都保不住了。这说法让我很疲惫。我叹着气，来到大门边，父亲捡回的打磨整齐的石头被他垒成了一座低矮的围墙，将那块水泥洗衣板围成了半圆形。我瞅着那块干燥的水泥洗衣板，看到从前的水流，浸润了周边的柔软的土地。我怔怔发了一会儿呆，掏出钥匙打开了门，一股冰冷阴森的空气猛然扑向了我，我怕吗？怕。我怕见到在此死去的母亲。

三间没有隔开的屋子连在一起，天窗透下了一缕光，除了父亲从前工作的模具，还有从车间里搬回来的烧制精美的几百片琉璃瓦，偌大的屋子便再无其他。橱柜和餐桌已经被父亲搬进了卧室。那间尚算宽敞的房间，成为他唯一的饮食起居之地。自然，我从小到大留下的一些物件也被他收到了里面。

我将钥匙插进锁头，轻轻一扭，锁头开了。对于轻车熟路的小偷来说，这种锁头根本不值一提。小书架上有一些我早年买的书，它们被我认定并无多大价值而没被搬离。一个硬皮小纸箱里装着我和笔友们多年通信往来的一摞摞信件，进门左手边的桌子底下还有一个小纸箱，那里装的是我在镇上读书时借阅的一些童话和民间故事杂志。我曾经睡过的折叠木床如今成为父亲的午睡床。给他买的落地风扇连包装纸都没打开。他宁愿在闷热的房间里汗流浃背，也舍不得开风扇吹上一会儿，怕耗电。他每个月交的电费都是一样的数目，他说，这样是为了避免被别人偷电。

纸板隔成的墙被钉了好几个钉子，柱子之间有一条晾衣绳，挂着他的衣服。另一面柱子的铁钉上还吊着我不知哪一年买的挎包，里面塞满了塑料袋。父亲就是爱搜集这些，因为不知何时会派上用场。父亲的衣服层层叠叠，将绳子拉低不少，夏天的短袖，冬天的长衫与棉衣都挂在上面。有一些还很新，都是这一两年我买给他的，只在逢年过节的时候才拿出来穿，用透明的罩子罩着。我拿了两件，将罩子取下，折叠放进了袋子。衣服上有气味，这里有老鼠，白天也很猖狂。三角屋顶上都是蜘蛛搭的网，它飘荡的气息和父亲一样，腐臭、衰败，蚊虫在这所房子里具有旺盛的繁殖力与生命力。

我离开的时候，遇见了一个过路的男人，他穿着一条灰色的衬衫，拖鞋将长到路边的菜叶踩得噼里啪啦地响。他就住在对面那排用沙砖盖成的屋子里，一间的月租金是六十元。男人问："回来看你爸？"我说："是的。他住院了。"我从内心感激他对于父亲挑衅的举动百般容忍。

我回到卫生院，摸了摸父亲冰冷的小腿，他又睡着了。小方桌上放满了食物，他像是得了厌食症的孩子，滴水未沾。没有人在病房里，叔叔已经回去准备明天斋戏用的供品。我将凉掉的饭菜拿到外面，倒到了垃圾桶里。

停放的电动车少了很多。显得空空荡荡。我抬头看天上的云，我很喜欢看云，它安静得只需轻轻一吹，奶白色就铺天盖地地掉落下来。明天，我将在热闹散去的傍晚，离开此地。三天后的晚上，我站在万家灯火照亮的十字路口，等待绿灯的通行，然后，我接到了叔叔的电话。

6

父亲在我赶回来的半路上就断了气。我拎着好不容易在一个还营业的小店买到的本地产的白糕，它们被淡紫色的纸包成了手掌大小的长方形，走进村门，踏上那条被围墙与繁密树木遮掩的小路，下过雨的路面有泥坑，我听见黑色高跟鞋落地时的轻佻与疼痛。我努力平复心情，听出来接我的二婶讲述如何将父亲带回老宅，又是如何过世。已经可以望见那座房子了，倒塌多年的房屋烂到了地里，长出了树木，未经修剪野蛮生长，成了一片潮湿地带。影影绰绰，我透过间隙可以看到庭院里闪着一丝忽明忽暗的光亮。原来的不安与紧张突然消失了，我来到了一个纯白辽阔的世界。

我以为和十三年前一样，摆脱尾随的死亡轻而易举。直到掀开在夜晚中像游荡的魂灵垂成门帘的薜荔，跨进半开的木门，亲眼看到穿上寿衣的父亲骨瘦如柴地躺在放在大堂的木棺里，所有的预演与想象都成了泡沫，顷刻而碎。我悲从心来，泣不成声，哭声让他的眼睛睁得更大了。我走过去半蹲下来，将他依然柔软的眼睑合上了。他的嘴巴微微张开，露出满口的黄牙，一脸怨恨，写尽了对死神操纵生杀予夺的不满。之后，我将白糕摆上，在棺前上了三炷线香，我还是没能赶上他生前最后一面。再过几分钟，他就要被钉在黑暗里了。

我站在窗边，凝视外面的夜色。十三年后，没有房子挡住我的视线了。月光流泻在废墟之上。此刻，我知道哀伤是可以看见的。我望着它，它看着我。我的身边，躺着逝去的父亲。屋里被族人燃起了香火以及横七竖八的光。岁月在他身上烧杀抢掠，皱纹、脂肪、肉都被夺走了。在卧床不起的时间里，他仅仅剩下骨头和暗黄的皮肤，还有一双因为放满痛苦、不甘、回想……而空洞不明的眼睛。在过去的十三年里，我们并未彼此陪伴。他自己孤独终老，我自己长大成年。他在自己缔造的世界越陷越深，直到生命逝去。而我，见过人生的残忍与宽广，在路上越走越远。清风拂面，我终究成了我自己。

我回顾他的生平。突然悲哀地发现，我完完全全继承了他那种深入骨髓的可怕的固执，它像一条光滑的蛇紧紧地缠绕着我。村子很静，静得只有后墙草丛里隐藏的细微鸣叫。有蚊子，有时有时无的雨，这是台风来临前的征兆。

这注定是一个失眠的夜晚，十三年前，我不过十六岁，正深深陷在烦躁的前途不明的青春期中，我和病入膏肓的母亲吵架，对她——一个求生若渴的病人充满憎恶和鄙视。她的懦弱，她的恐惧，她的濒临死亡的体验都成为我唾弃的对象。现在，我终于明白了所有临终病人的愿望：我想继续活下去。

我在午夜时分从村里回到了镇上，守夜的都是家中男性长辈。我并不适合这样一个招咬蚊虫坐一整夜的夜晚。我花五十块钱在镇上一家鱼龙混杂的旅店开了一间房，我不选三楼，也不选四楼，直奔五楼。我开着刺眼的白炽灯，在亮如白昼的房间里毫无睡意，白色的床单并不干净，这张床有无数的男女在上面翻滚过。凌晨四点，我终于在这张充满男欢女爱的大床上怀揣死亡睡去了。

父亲居住的那间厂房，里面有他结婚时买的长方形红桌，破损严重还凑合着用；有锅碗瓢盆和原来厂里生产的米缸；有我运回来的几麻袋杂志以及我早已不穿的衣物。我知道，我回不去了，我的青年时期就这样被我亲手掩埋在这片土地上。我唯一带走的，就是一口的塘镇方言。

第二天早上七点我就醒了。也不觉得困意连连，脑子什么也不想，却一直处于异常活跃状态。这家店的一楼，是最负盛名的茶馆，坐了不少人。外面的街道比从前繁荣了许多。新街区不断向外扩张，崭新的楼房一栋又一栋地起来了。我花两块钱买了一份糖水地瓜，找了一张角落的桌子，默默地吃完，就穿过旁人，走下湿漉漉的台阶，在汽笛与赶集的人声中，走回村里，穿上粗布做的白衣白裤，将父亲送到了从清朝传下来的祖坟地。当小路繁茂的植被刺上我的手背，殷红的血迹淡淡流出，我突然醒悟，为什么有人相信有来生……

火葬的推行在从北往南的漂移过程中，被海风吹散了。死后被焚烧的恐惧还无法成为活人的阴影。尤其是虽然靠近城区，却由于地形复杂丛林茂密仅有一条乡道通往镇区的塘镇，资本介入也就比邻镇慢上几拍。有这一层屏障的遮挡，移风易俗的可能性更微乎其微。父亲生前看到报纸刊登的北方平坟新闻，读到为了入土为安而带着棺材自杀的老人，对火葬的担忧一跃而成为他所有心事的头位。

他觉得自己能活到的寿命最短也是八十岁。事实证明，他的担心是多余的。还有三天就是他七十一岁的生日，他就毫无征兆地将最后属于他的阳气吸尽了。他出生在这个月份，也亡于这个月份。通奇门遁甲五行八卦神秘莫测的堂叔说这是好命。父亲的灵牌是他写的，父亲墓地的风水定向是他做的，墓坑也是他找人挖的。

送葬归来，按照风俗，三百公将柚子枝放进了装满水的塑料桶里，沾水后就往送葬的人甩去，一个不漏都沾上了柚子水后，便轮流取水桶里的水洗眼睛，将澄明重归眼前。仵作们——堂叔这样喊那些抬棺人——将父亲生前盖过的被子、坐过的轮椅、睡过的席子等所有物件，装了两麻袋，并将抛在三岔路口。

我们一行二十多人则步行到了街上的一家茶店，我给每个人都点了蛋糕和牛角包，并让店家泡了九壶茶。我听见长辈们谈论父亲和金钱，晚辈们聊着工作和女人。而我在偶尔的应答中回想昨晚驱车赶回的午夜。我不过是离开了三天，死亡就毫无预兆地来了。午夜的塘镇公路寂静得除了晃荡的树影便空无一物，它是我的一座坟墓。

我很饿，很快吃完了一个蛋糕。就在刚刚，我弓着身子，赤脚走在碎石路上，腰部的疼痛让我满头大汗，甚至让我忘记了到三岔路口应该要跪下来爬行，扶着我的堂婶着急地在我旁边小声提醒。每跪一次，我就会想起母亲一次，作为没有活过六十岁的女人，她被悄然抬走，生平被悄然抹去，她的恐惧和希望，执着与认命，不能撼动繁华世间的一丝一毫。她和父亲如此相似，卑微、平庸、胆怯得不堪一击。

就在这天的上午，通往北街末那所房子的道路被围了起来，轰轰烈烈的乡村下水道修复工程开始了。到处都寸步难行，到处都变成了单行道。下午我驱车驶离时，被迫绕从了新街。我感到空落落的，我知道这一走，我看到那所房子的机会越来越稀少。我单曲循环听一首叫《In my secret life》的英文歌。我安慰自己，至少我在镇子留下了自己的芳名——刘海慈。

这段时间，我只看完了一本书——菲茨杰拉德的《了不起的盖茨比》。副驾驶座位上放着那本书，南海出版公司出版，崭新如一。随着车速的加快，我离这场葬礼越来越远。

我昏昏沉沉睡了几天几夜，醒来就胡乱吃些面包充饥，渴了就喝凉掉的开水。直到第三天的凌晨，我才蓬头垢面地清醒过来。我来到窗前，望着窗外，我并没有关窗帘睡觉的习惯，我总是在黑夜给自己留下一些光，让白天可以毫无阻碍地进来。窗外是一片寂静的世界，我看得见绿荫，看得见关了灯的房间，我知道那些房子有人，正在熟睡，做着各种奇奇怪怪的梦，或者不梦。

遲　粒

1

那塔拉起窗户，俯视外面的车水马龙。城内都是低矮的建筑，联合国教科文组织规定这里的房子都不能超过 17.5 米。街上嘈杂的声音轻易就涌进房间。

她住在这里快半年了，睡眠不好的她，大半夜还能经常听到老外发酒疯。起先，那塔还有新鲜劲儿，她会推一推睡得昏天暗地的召恩，摇不醒，便自己起身探到窗外看热闹。夏天太热，她仅仅穿一条吊带睡衣，内裤也没穿，两个外国佬正从楼下有说有笑地走过。只有这时，那塔才觉得暹粒是外国的城市。昨晚，她刚刚梦到一场大火，将故乡的半条街道烧没了，她惶恐地站着，整个人被炙热的火光烤得红彤彤的，挪不开步子，而火正朝她这边蔓延。她睁开眼睛，看到召恩正握住她的手，专注困惑地望着她。她躺了一会儿，说，做噩梦了。

他们住的是套一室一厅，离著名的酒吧街不远，每个月六十美元。从沙发到书架，没有任何的雕花，仅仅是茶色的上漆木头，光滑舒服。就连那张一览无遗的床，铺的也是素色床单，床单下面是一张白色的乳胶垫，这是房间最贵的东西。

如果买下这栋两层半的小楼，要近五十万美元。这栋房子的主人是召恩的一个亲戚，住在金边。日常的维护与打理都交给召恩。

那塔一年前来到暹粒，在一个中国人开的购物店当导购，她的工作，就是给团队游客讲解产品，讲解词在无数遍的接待中背得滚瓜烂熟。她上班的时候，会化妆，将头发扎起，穿上高棉裙，就连动作也模仿高棉姑娘。她和客人讲普通话，带当地口音，她撒谎，说自己是华裔，自称故乡在暹粒下面的一个小村庄。她回想自己真正的故乡——三亚，一个同样炎热的城市，每年冬天，大批北方人把那里占满，她被边缘化。

这不是一份她热爱的工作，但是，收入比她在国内那个小岛要好上很多，而且和亲朋们说起来也好听，虽然是一个小国，好歹是在国外。仅仅待了半年，她把名字改了，所有人都叫她那塔。她不运动，有小腹，每次上班，她都要缠一根束腰带，这让她的背部看起来更挺拔。

她看了一眼床上的召恩，赤裸着上身，毯子滑到了地上，从窗口漏进来的月光让他的轮廓看起来充满力度与美感，她跑过去，半跪在床上，俯身亲了亲他的后背。又像一只温顺的毛茸茸的小狗，在脖子上亲昵地轻轻咬上一口。

召恩是柬埔寨人，一名包车司机，开一辆雷萨的越野车，是从日本淘汰下来的报废车。在暹粒，到处都是发达国家丢弃不要的工业垃圾。他长得有些欧化，在柬埔寨的骄阳下暴晒了几十年，却不算很黑，和当地典型的东南亚面孔很不同。他的祖上有和法国人混过血，还有华人血统，是一个三国混血儿。召恩上过华文学校，这几年的航班送来源源不断的中国游客，他的中文越说越溜。

那塔跟召恩出过一次车，在大太阳下排了很长的队，看到了著名的高棉的微笑。许多中国来的老年团都很失望，他们累得气喘吁吁，有些甚至是冒着生命危险才看到这些佛像，但是，哪有什么微笑！面对质问，旁边的导游满脸尴尬。

那塔和召恩手牵手从栈道上下来。她问：“真的是微笑了，为什么他们看不到呢？”

召恩说：“可能他们不认识毗湿奴和佛吧。”那塔大笑，露出一排微黄的牙齿。

护城河的风声送来了同胞们叽叽喳喳的话语，四月的骄阳已经在灼烧着人们。那塔依偎着召恩走过了桥，一对母女正在桥边互相给对方拍照。

那塔瞅着她们默契的样子，突然想起已经死去的母亲。从前，她居住的那条街，有好多年，都有一个老头摆烟丝摊，集日的时候，她最喜欢蹲在他的摊位前，看他拿起烟斗，教人卷烟草。后来，她成了他的学徒，青出于蓝而胜于蓝。老头两鬓斑白，慈眉善目，她待在他身边，看客人喷出的烟雾，感到无比快乐。后来，母亲发现了这个秘密，连拖带拉将她拽回家，拳打脚踢了一番。

二十世纪九十年代的小镇，阴沉闭塞，作为行走的荷尔蒙，年轻人一言不合就喊打喊杀，她的母亲，徐娘半老，却仍沾染了街道的戾气。时至今日，她的身上还留着疤痕。她感到身体一阵疼痛，越来越像镇上那家私人诊所的医生，人们议论纷纷，甚至有人当她的面直言不讳。她厌恶这种说法。自从来柬埔寨之后，困扰她的事仿佛变少了。

她拉过夏凉被，遮住肚子。这半年来，她过上了梦寐以求的日常生活。她学会了高棉语，召恩出车回来早的话，会去接她下班，然后一起去市场买菜。她有自来熟的本事，三言两语的闲聊中，菜贩们总是会给她额外的优惠。她在热带的烈日中，越晒越黑，她笑着跟他们开玩笑，不上班时，她也会穿拖鞋，拖沓在尘土漫天中，阳光很密，照得灰尘都找不到回家的路。她拎着一篮子的蔬肉，和他手挽手回到住处。

她二十八岁生日那天，召恩在敞开的厨房做越南菜，他用尽耐心，专心致志地做一件事。过了一会儿，他把菜端出来，热气慢慢悠悠升起，放在小方桌上。一道又一道的越南菜：生牛肉檬粉、炭烧沙爹牛肉串、烤菠萝、青咖喱猪颈肉，他将菜的名字一个个念给她听。接着，给她盛了小半碗的青咖喱猪颈肉，她吃着，泪珠落到了碗里。她把混着腥咸泪水的汤喝下。那天，她随口一提，说想去越南，他就先在饭桌上帮她圆梦。

他送给了她一个最新款的 OPPO 手机。他说，人家说这个拍照好。只要是召恩送的，都有特别的意义。

她将自己珍藏多年的一条围巾拿出来，挂在召恩的脖子上。召恩说，这里用不着。她郑重地说，这是我自己织的。织围巾对一个从来没干过针线活的南方姑娘来说，很吃力。当时她闲着无聊，鬼使神差居然织了一条围巾。现在，她觉得是神的指引。

床头原来放有一个柜子，那是召恩放枪的地方。召恩和她描述过那把枪的样子。枪很长，那年，枪支泛滥，他四处找钱，在黑市上买了两把枪，一把猎枪，一把手枪，还有四发子弹。他和相熟的亲戚朋友组成了安全队，不是卫国，而是保家。这其中，有一些猎奇的想法。他还太年少,不知道生命和死亡为何物。在接受训话时，他面色凝重，只有一个目标，寻回父母。那是 1997 年，他十四岁。

在枪声四起的夜晚，不知道哪个倒霉蛋又死去了。那塔问他，杀过人吗？他思考了一会儿，漠然说，没有，但是见过。他又陷入对往昔的回忆中。路边一个死去的孩子，穿一件坎肩衣服，一条短裤，皮肤在日光下乌黑发亮，在暴晒中慢慢变硬。孩子可能死于下半夜。他想着。他很想把孩子埋在路边的树下，但是，他怕被袭击，于是什么都没做，就逃离了那条充满未知又危险的路。

他没杀过人，但群殴过，拿一把长刀子，和别人互砍。他并不介意将衣服撩起，露出臂膀上的长伤疤，一直划到后背，有黑色的斑点。他抚过那条愈合多年的伤疤，说："我都忘记疼痛是怎么回事了。"他的声音很轻，嵌入进房间的空气中。

她摸着那些伤疤，说可以陪他去金边走一走。他却抽出手臂，转身走到床头柜前，拿起水杯喝水，透明的水杯放大了他的手掌，他被心事呛到了，大声咳嗽。她过去，轻拍他的后背，不再提此事。

2

召恩说："白马市比金边好玩。"

那塔说："你想去白马市？那我们就去白马市吧。"她心里说，那不一样，金边是你的家乡。

他们策划了将近一个月，在雨季来临之后的某个上午得以成行。刚刚下过雨，草地和笔直的树木都是湿漉漉的。她站在车外面，抬头看了看一碧如洗的天空，她联想到浪花，浪花像是挂在树上的白衣服。他们要去白马市看海。

起先，他们开得很慢，后来，车速渐渐加快，超过了一辆中巴，又甩开了好几辆喷着黑气的老旧汽车，又疯狂鸣笛，驱逐了占道的摩托车。中途，他们停下来吃了早餐。路边有人卖竹节饭，这是召恩最爱吃的食物之一。很香。

这时，有许多人往路边后面的土地上聚集，原来，一场葬礼即将在这里举行。

火烧起来了，在阳光下越来越旺，熊熊的烈火将干枯的木柴连同那具尸骨烧成灰烬。火光映照出许许多多的人脸。那塔的手覆盖上召恩的手，温度透过肉体，往心脏蔓延，又生出无数分叉，在遍布的血管中沿着血液的路径生长。

死亡，让人变得渺小。死亡，是一种神奇的幻术。

那塔说：“我母亲是土葬的。”她目之所及的地方都可能躺着死人的骨灰，这里没有墓地，部分骨灰和灵魂都存放在寺庙中。她想起那些年过七十出家的老人，想起那些木制的建筑，这个国家的精神就投射在分散不均的高脚屋里。

母亲的葬礼结束后，她走在宁静的街上，掠过那一排被剪得光秃秃的印度紫檀树，第一次发现风景单调得只有一种颜色：灰。没有改造的房子被围起来，都是灰墙，墙上还插满了碎玻璃碴，防止有小偷或是顽皮的孩童攀爬。有骑自行车的中年人一溜烟从身边经过，卖炸红薯的油摊依旧摆在自家门口的树下。来来去去的人依然填不满这条空旷的街道。

许多年前，人到中年的医生从医院办理了停薪留职，独立创办了镇上第一家诊所，医术在十里八乡尚有名气，求医问药的人络绎不绝。一直到少年，她的感冒发烧、支气管炎都是他看的。小时候，他不知道为什么他会待她那么温柔，还买小衣服送给她。后来，她从左邻右舍的闲言碎语中，逐渐获知，为什么母亲会终身未婚，忍气吞声在族人的指指戳戳中度过作为一个女人的一生。她恨母亲所做的所有选择，这是她逃离的原因。

母亲去世后的第一个月，她的睡眠突然变得很差，梦境变成密密麻麻的小虫，啃食她的精神。每次半夜醒来，她总是习惯看下时间，凌晨 4 点 40 分。据说，这个点醒来会在镜子里看到自己前生的样子。撒完尿后，她会蹲在马桶上想一会儿刚刚过去的梦，梦里的许多旧物和人都有不好的结局，尝试在最理智的夜晚用精神分析找出与自己内在有关的蛛丝马迹。

观摩这场葬礼触发了各自的心事。她不知晓观摩的过程其实是一种死亡教育。终极一生，人的出生和死亡紧密相连。她冒出了一个奇怪的念头，人终究都要一死，那活着的意义是什么？

这时，召恩说："我父母在内战中失踪了。"这是他厌恶金边的唯一理由。他固执，在某些事上拒绝得干净利落。手里热乎乎香喷喷的米饭味道没那么鲜美了。他把东西一扔，沉默地上了车。

暹粒有一个不大的庙，收了许多无名尸骨。透明的玻璃柜里面都是骷髅头。他有空也会开车去那里，到庙里上香，庙里有苦行的瘦削僧侣，日夜诵经。他偶尔也会对着佛像念上几句经文，母亲作为一名虔诚的佛教徒，在他幼年的时候就教他诵读了不少经书。

把一切做完后，他就在亭子外面的椅子上坐一会儿。日光盖住了他，将他晒成一片金黄，他用手挡住额头，瞧向远处的上空，阳光将一切包裹起来，他只能看到朦朦胧胧的形状。姹紫嫣红的太阳花，在长方形的花坛里怒放，小小的，绿色的针叶往外四仰八叉地长。有时，他会禁不住想，里面有没有爷爷？他回身看玻璃柜里那些长得一模一样的头骨。活着的人，有充满辨识度的肉身，死去之后，单纯从骨头辨认自己熟悉的人，却万分艰难。从这点来说，造物者毫无偏颇，一视同仁。

他的父亲是一名翻译，母亲是一名中学教师。他的爷爷到过中国厦门。他问那塔：“厦门是南方还是北方？”那塔说：“在南方，沿海，秋季有台风。”厦门是一棵树，一路长过来。

那塔站在原地，隔着玻璃注视他严肃的侧脸，他的鼻子那么挺拔漂亮，深深吸引了她。她上车，他告诉她，他的爷爷和家人都喜欢去那里度假。但是，很多年了，开始之后，许多东西都被摧毁了。他显现出痛苦的表情。

有人曾拿照片给他看，他盯着那些照片，黑白照，画面的力量穿透而来，像一把锋利的刺刀，无情地捅入身体。头顶上的阳光如电，囚住他，困住他，让他颤抖不已。那是发生在二十世纪七十年代的事。而他的爷爷就在那时候去世了。一直到现在，他都没去过金边那座著名的佛塔。他曾开车在那附近，蹲守许久，想象那些白惨惨的骷髅头，他不害怕，可仅仅是几步之遥，他还是没去，又回暹粒了。他觉得，爷爷的头骨就在暹粒的那座庙里。虽然他从没见过爷爷，但他相信他和爷爷之间有一种特殊的联系，这就是他待在暹粒的原因。

在只听见轮毂吱吱的声音中，召恩压抑的言语变得虚无缥缈。她沉浸在他刚刚说的故事中。她自以为了解他，但是秘密如果没有解开，她仍旧对他一无所知。

他一年会回金边几次。前些年，公路还没修好，他要耗费一天的时间在路上。近两年，时间大大缩短，独自开车只需要五个多小时。中间会经过两个服务站，服务站有卖许多小吃的摊子。炸蜘蛛、炸蚱蜢等各类昆虫。他喜欢吃炸蜘蛛，吃的时候，会想起父亲，父亲从不允许他吃这些食物，可他还是被训练出一个不仅能容纳酸辣还能装下各种稀奇古怪的胃。

每次回到金边都恰逢傍晚，他会把车停在路边，坐在公园里阴凉的树下，望一望远处的晚霞，那是他唯一获得宁静的时候。

她纠正他，用更准确的词汇表达：安宁。他说金边的皇宫有一尊金佛，每次盯着佛的眼睛，他的泪水就落在众人之间，他堕入壁画中，纠缠的裸体生出万物，又使他们陷入寂灭。

他脚踩油门，加速往白马市奔驰。她看到他的脸金光泛滥。

在白马市度假的外国人基本都来自欧洲，为追寻祖先的足迹而来。

召恩与那塔坐在沙滩上，背后不远处是法属殖民地时期的遗留——豪华别墅，眼前滚动着小浪花的海，他们有些不知所措。辽阔会将一切吞噬掉，包括他们自以为是的成熟以及所谓历尽千帆的沧桑。

“原来海是这样子。”从白马市到磅德拉很近，那个城市离越南很近。他看了一眼旁边的那塔。他又想到尼斯，据说让他有法国基因的先辈就来自那个地方。

“可怜的人儿。”那塔笑。那些金发碧眼让她第一次觉得自己真的是待在一个陌生的国度。

浪花白似雪，召恩想起幼年时，母亲给他讲大海的故事。他喜欢听歌，放的基本是西方古典乐。这个爱好继承自他的母亲。

他带了一个随身听，甲壳虫乐队的歌。母亲告诉过他，在海边不适合听古典乐。他回忆父母的日常相处，除了争吵就是彼此冷战。彼此用漫长的时间互相折磨，比死亡还可怕。这种不愉快的相处方式伴随他长大。就算两个都是好人，也不一定适合共度余生。

他深刻地认识到，暹粒，让他在忙碌的奔波中将潜藏的犯罪动机消解。有一段时间，在寻找无果下，他有过无数疯狂的念头。他到树林里大喊大叫，引起了飞禽走兽的恐慌，整片森林都在呐喊呼救……他用了很久才平息了这股疯劲。他想，如果人不能随心所欲，那么生命的存在还有什么意思。

他的母亲是一个温柔的人，充满情趣、精通厨艺，不仅会做中华料理，还能做法式大餐以及地道的柬埔寨食物。他话音一转，面色黯淡，我母亲失踪了。这件事积压在他心里多年。

他说：“知道为什么我是司机了吧。”

潮涌吞噬了他的双脚，裤子也湿透了，茫茫中看到一点人影，有人嬉笑走过他面前。他除了小心翼翼捧着随身听，并未挪动半步。

这对他来说，是一个贵重的东西。他抠手上的死皮，又把手伸进了水里，尝试将死皮泡软，一撕而下。他站起来，她也跟着起来，双双返回到车里，互相帮对方把湿透的衣服换掉。

他和她说这些。她知道，他从未对别人吐露半分。她的手划过那些伤疤，吻了上去。她喜欢这样，把头靠在他赤裸的后背上，隔着衣服，就像被一道屏障拦住，做不到水乳交融。

她以灵巧的姿势从背面横跨到了他的大腿上，盯着他的深邃的眼眸，用平静决然的口气说："我是一个私生女。"

他亲了亲她的嘴唇，说："我也告诉你一个秘密，我们住的其实是我同父异母的哥哥的房子。"他的哥哥在金边经商，事业有成。但是他讨厌哥哥。哥哥说妈妈死了，可能死于烧伤。他见过烧焦的尸骨，他和哥哥打了一架，然后跑到外面哭了一夜。

她把头往后退，以便将他看得更清楚些，这张常年被日晒雨淋的脸隐藏着某种不为人知的失败的历史。他造了一口棺材，将这些失败一件一件折叠，放在里面，仅仅露出一个小孔，以供自己偷窥。

就是那一刹那，她感觉自己走入了他灵魂的最深处，为彼此的黑暗点亮了一盏长明灯。她不会根据观察得来的经验，捆绑一个男人，也不会把痛苦当作麻醉剂。她环住他的脖子，舔了舔他的耳垂，轻轻说，我好想和你在一起。

……

他们随便找了一家竹寮吃海鲜，又找了个旅店住了一晚。

“物价涨了很多。”召恩在前台一边办理入住一边用中文对那塔说。

他们在凌晨三点做爱，那塔觉得这次与众不同。她脑子里想的都是定居柬埔寨会遇到的各种问题。她想赚钱在暹粒买一栋房子，这样必须换一份收入更高的工作，最好是实力雄厚的中资企业。还要生一到两个孩子，他们两个人的收入，足以请得起一个富有经验的年轻保姆。还要让召恩把烟戒掉，他们在一起没多久，他就吸烟了。她不喜欢，说了很多次，屡劝不改。召恩不会和她争执，偶尔会反驳说这能让他缓解焦虑。他这样一说，那塔不好意思再说什么，就在臭烘烘的烟味中爬上床，吸着二手烟入睡了。

召恩很快进入了梦乡，明天还要开一天的车。她如往常一样，走到窗前，住的是二楼，外面的风景没什么好看的，稀稀拉拉的几棵树木高耸入云，她的目光落在远处的高空，这是一个热带国家，至今残留暴戾。

突然，她听到他用柬语喊了一个陌生的名字，那是一个中性的词汇。她回头，在昏黄的光线中看了他一眼。

他们在第二天的傍晚回到了暹粒。仅仅过了一个晚上，暹粒对她来说，具有了不同的意义。她把“漂泊”一词划掉了。

但是，人生不都是横生枝节吗？

……

3

有人敲门。召恩出车了，那塔今天休假，睡到自然醒。

那塔走过去，一个女人立在门边。她一看到那塔，就说：“我是召恩的妻子。”她瘸着腿走进来，坐在那塔精心挑选的软布沙发上。女人大约三十岁，很黑，穿了一条高棉竹筒裙。她很难描摹女人的外貌，平淡无奇的脸，有一些晒斑，人稍微不注意，就容易老去。那塔觉得她应该住在某个村庄一栋两层的高脚屋内，那是她结婚时父亲给她盖的。卧室里会有一根柱子，是升天柱，以后召恩死了，灵魂要从那里走的。傍晚的时候，女人会和召恩以及其他的家人一起，准备野餐的食物，和大多数人一样，到密林或草地中度过好几个小时，直到夜幕降临。她不应该想那么多的。她应该愤怒，愤怒于欺骗，愤怒于身体与灵魂的交付，爱一个人时，你是最有权利生气的。爱一个人，你才会在意细枝末节，对他生气。

女人说她从金边来，并未大喊大叫，可能来之前已经想好了对策。

那塔双手交叉于胸前，将自己抱紧，心脏正被某种东西拧成一团。她闻到廉价的肥皂水气味，是从女人的头发飘出来的，她的头发像黑夜一样黑，高棉女人很喜欢给头发抹自制的护发头油。

那塔突然明白，母亲从来没有年轻过，因为医生，她把自己放在行将就木的衰老中。

她瘫坐在地，气势全无，望见了自己的故乡。

树木将天空围拢，云层落在树顶上，软塌塌的。她的耳边是年迈的道士念念有词，她担心，念着念着，他的气就断了。他那么老，戴着一顶圆形黑帽，一件红色绣有太极图案的袍子，走起路来跌跌撞撞，可他是一个道士。

他摆了两张长椅，为母亲招魂，找了两个鬼婆牵引母亲的魂魄上奈何桥。她跟在他后面，觉得自己是滑稽戏里的丑角。这出戏唱完，她就到了外面，折金箔。她觉得自己应该哭上几下，可眼泪不听话，始终落不下来，反而倒流回到了身体里，让她举步维艰。

阳光如瀑布，从天空奔腾而下，席卷了这片热带土地，母亲就在密不透风的土堆之中，用自己的一生告诉她，爱，是一种孤独。

她抬头，女人用高棉语和她讲话，凌厉的声音撕扯着她的耳膜，她头昏脑涨，陷入歇斯底里中，根本不知道她在絮絮叨叨什么。她木然起身，从门口走了出去。

大街上的人真多呀。秘密被公之于众，那就不是秘密了。她准备搬回公司宿舍去住，还省钱。她没有养成储蓄的习惯，离开后，会让她经济紧张一段时间。她每个月都会给召恩一半的租金，她希望独立，不想依赖别人而活。依赖，那是她母亲做的事，她憎恨母亲接受医生的惠赠。那么多的流言蜚语，随了母亲多年。母亲从未激烈地抗争，还未开放的小镇只喜欢内敛安静的人，但是，母亲还是坚持生下了她。母亲生于爱情，死于生活。

阳光越来越烈，她跑进一家咖啡馆。服务员带着职业表情拿着菜单走过来礼貌地问她要点什么。她指着上面的黑咖啡说："纯的，什么都不要加。"

咖啡很快端上来。虽然有准备，苦味还是让她忽略了咖啡的香气。

她回想和召恩第一次见面的那个夜晚，那是在一个闹哄哄的啤酒节上，人们围在简陋的舞台周围，看着一个又一个挑战的选手上台飙高音。她看了一会儿，觉得索然无趣。退出人群坐到后面的休闲椅上。有叼着罐子的小狗和它的乞丐主人，有卖油炸小吃的小商贩，当然，还有那个以吴哥命名的啤酒品牌打造的临时酒吧，几块在空旷地带飘扬的广告横幅，一些简陋的桌子和椅子，像极了她生活的九十年代。

占了人家的位置，她只好点了一罐啤酒，就在此时，她看到了对面的召恩……她注意到他的声音，当地人讲话都是一个字一个字蹦出来的，就像可以弹跳的游戏珠，他不是，他的嗓音是连绵柔软的，就像夹了一层上好的棉花，听起来舒服，吃起来想必也是甜甜的。

她把温热的咖啡全部喝完了，胃部承受不了热量，隐隐地疼，美好总是转瞬即逝。她哭了，她将头发往前拨，不想让其他人看到一张如此悲伤的脸。

一个白人注意她很久了，关切地走到她旁边，询问需要帮忙吗？她摇头，头发跟着乱甩。他问她的名字。她说："陈心娜，中国人。"白人说："尼克，法国人。"她突然抱住他，仿佛是给自己洗一个畅快淋漓的澡，剧烈地哭了起来……

就是今晚，召恩从柜子的底层抽屉里拿出了一把手枪，里面有一粒子弹，他把它对准了女人——他来自金边的妻子。

他回来第一眼看到的是一地狼藉。床单、被褥、衣服都被剪烂丢在地上，碗筷的碎片到处都是。女人走到他面前，狠狠地掴了他，所有的平静都是伪装。她尖叫，你看我的腿，你毁了我的一切。她把筒裙脱掉，露出走形的身材以及那条难看的伤腿，痛，从内部扩张，让肉体膨胀成一个气球。她发疯地闹着，叫嚷着。她的嗓子像刀子那样尖利，捅进了召恩伤痕累累的身体。

他趔趄走向了那个存放秘密的柜子。他把所有的枪都缴上去了，包括子弹。唯独这把，他藏了起来。这把枪，留着有朝一日做自杀的用途。如今，他把它瞄准了女人。如果那天不和哥哥吵架，就不会有后面发生的事。女人，那时还是女孩，骑一辆摩托车，穿过闹市区，被召恩过快的车速撞飞了。

他告诉女人的父亲，他独自生活，有一辆车，四处拉客，没有那么多的钱。两个月后，女人的父亲帮女儿盖好了房子，他也打好了一套银饰，他们结婚了。可是没多久，他就找借口离开了这个靠近金边的小村子，来到了暹粒。

在一次给美国来的一家子当司机的几天旅程中，他英文流利的程度超过中文，他知道自己疾病的名称——创伤后应激障碍。男客人是一名心理学家，做出了困扰他已久的正确判断。他偷偷吃抗抑郁药很长一段时间，觉得效果不大，后面就没再继续吃了。

现在，他听到了烦躁的耳鸣声，他站在风暴的中心，只有一枪打中风眼，才能停止这一切。他想，所有的痛苦都该结束了，把那副毫无意义的躯壳烧得只剩一副骨架。他发现自己站在黑暗的入口处，需要一些鲜艳触目的颜色来染亮它。于是，“嘣”的一声，如他所愿，他看到了殷红从身体里流到了地板上，光明来了。

他躺到了床上，唯一完整的是乳胶垫，突然想起道路上的红绿灯，他忘记具体是二〇〇几年装的了，那时，红绿灯变成了一个景点，也意味着新的秩序和规则正式展开，而他，仍被囚禁在过往之中。此时，他却感觉脑袋一空，那些垃圾都被清理出场。他深深吸了一口气，感到了久违的自由。

他于睡梦中，用那双淡褐色的眼睛，看遍那塔身体的每一寸，看到内心最深处的那丛黑暗。被唤醒的身体是一座火山，炙热的岩浆在体内奔流，他变成了一团鲜红的火，产生了将万事万物烧毁的冲动。爱，是欢愉，是痛苦，是嫉妒，是所有或好或坏，是情感的堆积。相爱的方式有很多种，那只是其中之一。

第二天醒来，血已经凝固了，就像做了一场逼真的梦，他感到一种报复的快乐。哥哥的房子发生了凶杀案，这栋房子将会成为凶宅，为了消除不幸，他会花不少钱，不得不往返于金边和暹粒之间，为这座房子大费周章消灾祈福。

他站在尸体的旁边，默默地看了好一会儿，然后开始动手清理。这些活计整整耗费了他一天一夜，为此，他不得不找了一个关系密切的同行，接上了约定好的客人，在工作上，他认真，一丝不苟，从不违约。做完这一切，他开始想念那塔，忠诚于自己，就是对他人的背叛。而忠诚于他人，就是对自己的背叛，这真是一个无解的问题。

4

他去了那家中国人开的购物店，在门口等了三个小时，见到了那塔。

那塔化了妆，黑色眼线让一双眼睛又大又圆，忧虑便从眼睛的明亮之处走出。阳光透过路边的大树，落在被粉底覆盖的脸上。

她没想好如何面对召恩。她低头看着手机，手机页面是两件晾在阳台上的白衬衫，被风吹得衣角碰在了一起，一件是她的，一件是召恩的，她关掉屏保，想起那个叫尼克的法国人。

召恩问："你饿了吗？我们回去做饭吃。"他走去市场，她生硬地拽他回来。

他们默默无语并肩走着。

那塔把女人的脸一张一张在脑海里拼出来，轮廓清晰，突然，女人变成了母亲，衰老，哀伤，瘦削，坐在一张椅子上一动不动。那塔想，我们应该如何去爱一个人？母亲从未谈论爱情，她也羞于谈论。把事物搬到台面上，就失去了某些价值。母亲对生活有着惊人的感知力，但从不去运用这种力量，而是从此处逃到彼处。

从酒吧街绕到后面，仿佛进入了一个新的世界，道路犹如重重迷宫，陌生人会迷失在这些雷同的房屋之间。

他们走到了那所房子前。彼此小心翼翼，回避了心知肚明的事。那塔不知道，召恩用自己的方式解决了。她正在费尽心思，想一句合适的话，作为引子抛出去。

可是，直到他们上了楼，吃完饭，除了谈论了一会儿食物，仍然没有人率先提起那个话题。这是一顿食之无味的饭菜，虽然召恩费了心思，做了最地道的柬菜，酸酸辣辣的，他觉得这种味道兴许能让人的激情被调动起来。当你懂得一个人，但是不想说话的时候，某些潜藏的感情就会悄悄溜出来，在二者之间，缓慢而有趣地搭起一座高墙，仅仅留一个孔洞，只有气息才能通过去。召恩就是通过倾听呼吸，来判定那塔内心的起伏。

他瞄了一眼空荡荡的地板，那个躺在那里的无辜女人，消失了，好像从来没有来过。他有些厌倦，一枪就把一个人的几十年终结了，生命易逝。

召恩收拾碗筷，灵活的双手舞动，像远走的飞鸟，扑棱翅膀奔向蓝天。他的目光穿透水龙头落下的水流，凝视虚幻的未来，密林中的生活，在漫长的雨季中一片湿淋淋的，飞天女神像在古老的巨石和蚊虫之间。他们撑起巨大野芋叶子，当成雨伞，把经历捣碎，奔波在日常生活中。

架子上有一瓶汽水，他取下来，很想将易拉环拉开，拉开，意味着一场战争，他又放回去了。餐桌收拾干净了，他端来两个透明的玻璃杯，倒了水。他坐在另一张椅子上，木质的，大半个身体搭在扶手上，沉郁的气质显现出来。不久，他走过去，紧紧抱住她，在她耳边轻声细语地说："我们生个孩子吧。"他的泪水落在她裸露的肩膀上。她推开他，走到了另一边。

她闻到了血腥味，她蹲下来，仔细地想从地板找到一些蛛丝马迹，如蚊子的尸体，或者是什么误入的小动物，找不到出路，着急地把自己弄伤了。

他问："心娜，你找什么？"

她说："你没闻到腥臭味吗？血的味道。"

他停顿了下，说："我把她给杀了。"

太阳从建筑的后面缓慢爬升，又是新的一天，万物从未在暹粒城沉睡。

漂流鱼

1

陈安柔把刚买来的象牙芒削皮切块，盛在玻璃盘子里，望向外面日暮时分昏黄沉寂的街道时，一种被死亡笼罩的感觉涌上了喉咙，有人经过她家的走廊，打算和她攀谈几句，她却用一副应付的微笑拒绝了。她怕，怕一张口，死神便从嘴里跳出来，进行一番随心所欲的杀戮。人生太短，短得只有两天，一天黑夜，一天白天。她想。

她的名字在青年时期，喊起来还有一些娇俏，饱含少女的青春芬芳，如今，她开始讨厌自己的名字。正是这个名字，最近成为镇上的导火索。

过五十岁的女人，在镇上是做不了什么大事的。除了为家庭的一日三餐操劳，在菜市场上和油嘴滑舌的菜贩们耍耍嘴皮子，或者是在炎热的午后和同样无聊的女人打上一局索然无味的牌，这时间真的不知道拿来做什么好。欢快的小孩子们在街道上嬉戏，放学归来的初中生青涩蔓延的面孔、飞扬恣意的青春时不时会引起女人们的注意，接受自己老去是一件很残忍的事，她们就一边言不由衷地评价某某的女儿太乖戾，长大肯定是个骚货，一边暗地怅然若失地决定想上一想，自己最嚣张和辉煌的岁月存在了哪里。可最近，她们转移了目标，锋利的刀尖对准了同样年纪的陈安柔。陈安柔一直是镇上的异类，她从来不去庙里敬拜，扫墓时也不会给祖先们准备供品，而是奉上一束自己采摘的鲜花。每年初春，漫山遍野的野花把土地给藏起来，她便独自走到山野去。

于是，每年清明，在满山的烟火和爆竹中，祖坟前陈安柔的鲜花和丈夫的线香，便在村子那片墓地成为特别的存在，而陈安柔的鲜花，要从数十年前说起。

小镇下了一场不大不小的雨，古老的街道像被雨淋湿的抹布，破败的房子如同倒扣的漏斗，雨在四处的缝隙中钻爬。她顺着屋檐一路小跑，突然，靠近卫生院的那间屋子，传来了奇怪的歌声。她停下脚步，推开了虚掩的木门，一群捧着厚厚一本书的老太太，正在一名青年女子的领唱下，齐声歌唱：哈利路亚。

当她回来将这四个字告诉母亲时，母亲将她揍了一顿，并断定她中邪了。为此，带着她去了邻镇最著名的通灵师那里，找寻去掉她身上邪气的办法……

陈安柔有一个好朋友，叫周故，外地人，是镇上的异类，阴差阳错地留在了这里。周故广为人知的故事是父亲的死法，她父亲自杀而亡。她时时刻刻都在轻描淡写地讲述，地点可能是在人声鼎沸的茶馆里，或是某个喧哗的集日，与卖了一辈子豆腐的邻居七拐八弯地扯上几句。

说完父亲的死，她便会提高声调，故作惊悚地说：“我还差点被强奸了。”她没提，那群冲入她家的青年，就有她后来的丈夫，他穿了一条蓝布衬衫，出手甩了那个粗暴地把她往里屋拖的人一巴掌。乱哄哄的，这群人起了内讧，她趁机逃了出去。

她的衣服都是从城里精挑细选的，每天一早，她会将自己的头发扎得齐整，然后在跑步机上跑上两个小时。有人来她家里做客，见到这个新奇的东西，便传了出去，周故的名声随着年龄的加剧，渐渐变得不那么友好了。

周故来找陈安柔时，她刚搬了一张凳子在三楼的屋顶上坐着，秋天的阳光是小麦色，零星的路人走在街上，这是一条新兴的街道，让那些日日夜夜路过此地的人也都换了一副新的面孔。

她听到急切的脚步声盘旋而上，知道是周故，她回头盯着那扇被推开的通往天台的铁门，周故穿了一条红色的裙子，像一团火向她滚来。

周故问：“你和刘静深现在怎么样了？那些死八婆的话就跟沾了酱油似的，又脏又黑。”

刘静深是一个算命先生的儿子，他父亲除了预测命运，还给前来咨询的人答疑解惑，积攒多年的灵验与好口碑，让他父亲在十里八乡有一些声望。但他没有子承父业，而是在父亲死后，到了香火旺盛的白云庙，做了一个管事的。神庙就在镇子的尾巴上，占了一块大地方。陈安柔的村庄，就在白云庙的边上，整日熏着敬神的烟火，村庄在对新事物的接纳上，也比其他村更包容一些。

“算命折寿，我希望自己活得长一些。”刘静深对别人说。庙里每个月从信徒捐献的香火钱中拨出一些作为他的工资，由于家中衰落，人丁稀少，他没能结婚，可看他不急不躁的样子，又似乎是抱定孤身终老的决心。

陈安柔永远记得二十一年前的那天，村门建成，在村主任的主持下，举办了热闹的落成仪式，又请了城里的戏班子在庙前连演了好几场戏。

陈安柔也去看了。中场时分，她准备找个地儿小解。她来到空旷的地上，抬眼看到空空荡荡的供台边上坐了个人，翻着一本深色封皮的书，在昏暗的灯光下聚精会神地读着。她脑袋轰然一响，这是一幅诡异的画面，庙祝在读一本《圣经》!

这幅画面一直保留在她的记忆里，她对他有了特别的好感。在多次遇见刘静深中，有好几次，她都忍不住想问他从哪里要来的《圣经》，她百分百确定，不是从她这边取的，因为书看似被翻得很旧了。

她走到榕树下，看得更清楚了。刘静深侧着头，对外面的喧哗不为所动。陈安柔想，他到底是什么人？

正是那日的下午，她站在那张桌子的旁边，看着朦胧的烟雾熏花了众人的脸，刘静深突然拉了拉她的衣袖，说：“你饿了吧。”递给她一个苹果。她没有多想，接过来，笑了笑，苹果把口袋撑得鼓鼓的。

他知道那是平安夜！那年，他三十一岁，她也三十一岁，而她已经是一个孩子的母亲了。她的体重在奶孩子中增加了不少，肚子很肥。那时，她还想着如何取悦自己的丈夫，积极向周故询问健身与减肥的技巧。周故是镇中学图书馆的管理员，把馆里仅有的几本书籍借出来给她。但是，周故知晓，她是不会看的。她只会一边担忧一边烦躁地想怎么办，怎么办，而不会付出行动。

2

数十年前的某个夏日午后，太阳把土地晒得没了精神。周故和陈安柔沿着河流，穿过大坝，来到对岸的草地边上，在烈日下望着滚烫的河水缓缓而流。再过三天，陈安柔就要结婚了。

平淡无奇的相亲，男人的长相背景她是知道的，也见过。镇子也就巴掌大，要想不见，也是很难。周故头发很长，垂在前胸，挡住了大半张脸，她以优雅的姿势点燃了香烟，叫陈安柔抽一口，说上帝不会因为她抽烟而怪罪她的。周故只在陈安柔面前抽烟。她闻二手烟味会晕，反胃。自己抽的话，这些症状反而莫名其妙就消失了。

陈安柔拒绝了。她打开袋子，取出一个苹果，啃了起来。伴随着咀嚼声，目光望向对面的居住地，仿佛看见自己摇摇晃晃的未来。

陈安柔突然在地上笑得直打滚，上气不接下气地说："你——知道——吗？我居然是为了——一个厕所结婚……"

周故也跟着狂笑，笑声滚到了河水中，荡起了阵阵涟漪。她们目之所及，是镇子最美的景象，茂密的木麻黄林覆盖着此处红色的土地，不远处是内地人过来承包开垦的一片杨桃果园，偶尔会有几声狂妄的狗吠传来。

周故在朦胧的烟雾中闻到了杨桃的香气。

1982 年冬天，下着绵绵细雨，阴冷的天气让人们只想裹着棉被躺在暖烘烘的床上。房子贴满了红色的对联，卧室里的双喜字格外显眼，周故瞅着陈安柔哆嗦着在她面前换上敬酒服。上妆的陈安柔换了一副面孔，周故都不认得了。外面闹腾着。陈安柔转过身，拉起她躲进了那间厕所里。这是在镇上率先修起来的家庭厕所。落成那天，听闻消息的人们慕名赶来参观。洁白的蹲厕干净明亮，那一汪晃动的水轻盈剔透。

她闩上门，说："周故，你说我是不是有洁癖？"外面有人喊："新娘子去哪了？"

她一阵紧张，突然感到腹部有一股热流，直往下体冲去。她惊呼："糟糕，我来月事了。"她确定她的底裤沾上了血。她按住了肚子，试图掐断血液经过的路径，在奔泻中，她感到腹部胀起来，有些疼痛。

周故有些无奈，又觉得好笑。不管陈安柔出于什么目的结婚，她都不希望有任何不祥发生。

陈安柔挺直了身子，将她的金项链从脖颈衣领口掏出来，吊坠是一个金灿灿的十字架，在周故面前晃了晃。说："今晚会是一个平静之夜。"

周故说 ：“我们出去吧。”她觉得陈安柔把婚姻当成了儿时的过家家，那是对成人世界的拙劣模仿。小时候，为了摆脱大人的控制，她们憧憬长大。可是，不过是从这个囚牢跳到另外一个囚牢罢了。周故并未把这些想法告诉陈安柔。她的脑袋是一个秘密花园，种了许多年的东西，在修修剪剪中，她成了一名技艺精湛的园丁。她又想抽烟了，但封闭的环境驱不散烟雾，她会晕。她拉开门，率先走出去喊道 ：“新娘在这里呢。”

周故在晚上十点离开了陈安柔的新家。她站在门口，抬头望了望三楼透出光却静寂无声的卧室，便慢慢地朝街上踱去。她感觉到冬天的恶意，寒流南下，气温降到了十摄氏度以下，她穿了唯一的一件羊毛大衣，仍然感觉冷，不久前吃下的饭菜凉在了肚里，冷是从身体里生出来的。

大街上行人寥寥无几，穿行在这样的空旷中，她稍微舒心。她对镇子的熟稔程度超过所有人。政府机构掌握冰冷的数据，所辖范围地界，男女出生比例……而她，具备了某种特异功能，只要在人群中横扫一眼，便能迅速做出推断，此人的职业、家庭状况、贫穷或者富裕、幸福或者正饱受困扰……父亲死后，她对唯一的朋友陈安柔展示过这个能力。陈安柔吃惊地总结，这是上帝赋予她的。

她很烦陈安柔动不动就提上帝。她对世界是否存在神一直是半信半疑的态度。

父亲的死，会在寂寞的午夜跳出来啃噬她。有许多个不眠之夜，她默默起身，对着窗外的漆黑一片抽烟。外面的风景司空见惯，她知道哪棵椰子树被老鼠啃出了一个巨大的洞，却仍奋力直插云霄；她知道校园过道那丛九里香昨天刚被工人修理过，掉了不少果实；她知道哪个班的学生忘了将簸箕拿回教室，被教师的孩子拿来铲沙子；她知道……正是这种透彻的知道，让她感到压抑沉重。就像时间有二十四小时，区分出白天和黑夜，她也有两副面孔。

白天，她对相识的人都彬彬有礼，在交谈中让人觉得她亲切可人。在生活中，她偶尔会板起面孔，用犀利的语言辩论与争吵。晚上，她却经常失眠，成了一个隐秘的烟鬼。这种失常的状况一直到她结婚才暂时终止。陈安柔婚后的第一年，她把自己嫁了出去。

婚后不久，她发现了一件可怕的事实：她仅仅是追随了大流，在被称为老姑娘之后将自己匆忙嫁了出去。许多年，她一直想找出真正的原因，为什么会做出这样错误的决定，或许是对英雄的幻想遮蔽了她。

三十岁的那天晚上，她约陈安柔在镇上的老茶楼喝茶。她要了一杯阿华田，这是店里最贵的饮料。也是因为这是镇上唯一出售阿华田饮品的店铺，她便成为这里的忠实顾客。刚刚接手经营的是老板的儿子，一名瘦削的青年，一双明亮的眼睛透出无穷无尽的活力。店里的菜单革命便是由他主导。她坐的那张桌子，正好对着站在柜台后的他。她瞄了他一眼，一如既往，他看上去总是忙忙碌碌，不爱说话，总是用表情回答服务员的提问。

她开口对陈安柔说道：“我曾经对三十岁充满恐惧，我妈妈就是在这个年纪病逝的。那段时间，父亲终日哀伤，他把我拉到他怀里，揽住我的头，眼泪落在我浓密的头发上。他是一个软弱的书生，惊恐无边无际，他毫无意识地给我讲遗传学，害怕我有母亲早逝的基因。可谁会想到他用一根绳子结束了自己呢！”

欢乐的时候，周故充满戒备，只有把自己往悲伤里拖，才能平衡对安稳的不安。她认为，长久地安稳不可能存在，总会被什么东西打破。她曾问过陈安柔，自杀是不是一种罪过。她读过《圣经》，在父亲的指导下当故事书读的。她唯一有印象的是摩西带领六十万以色列人出埃及的壮举。

陈安柔注意到她语调的变化，说：“人生的变故很多，还好，现在一切都好了。”

陈安柔说：“我也年过三十了。”她比周故大一岁。

周故拿起账单，走到柜台前结账。她问：“你怎么会卖阿华田？”他说：“我在香港的时候经常喝。”她笑：“吃过资本主义的饭噢。”他说：“还不是回来了。”他黑色的眼眸似乎是漂着去往香港的小船。也是从这天起，周故养成了在此喝茶看报的习惯。

夜幕下的街道黑乎乎一片。风吹过行道树的枝繁叶茂，卷走了她们时断时续的对话。

彼时，岁月的入侵还没显山露水，她们的日子，也在似水流年的平淡中缓缓飘逝。

3

“你说，树下能看见鬼魂吗？”

“那要看是什么树了？”

这个对话发生在荒僻的、长满野生波罗蜜树的林地中，父亲给刘静深讲自己在半夜抓田鼠时被孤坟绊倒一头撞到树墩的事。这是一个从他青少年起就反复做的梦，说不上好，也谈不上坏。

刘静深的村子被茂盛的树木包围，一条羊肠小道往里延伸，似乎毫无尽头，让人走到绝望。他的宅子就在路边，他做了篱笆，把院子围拢，平整的土地种了一些好养的花草，紫苏兰繁殖很快，一大片看得赏心悦目。凤仙花一株株地向上长着，花开的季节，他会做成蔻丹，托邻居在端午前拿到镇上去卖。

他的房子看起来很旧，是用当地带孔洞的火山石砌成的。里面却别有天地。他修了光滑的水泥地板，左厢房是他的卧室，布置得干净雅致。右边的空房是储藏室，祖先们的一些旧物就放在那里，还有一些藏书，堆在最上面的是破了封皮的《醒世恒言》。他经常来这里翻书，倒是没积多少灰尘。

独居的男人，基本没有访客，他对亲戚之间的走动毫不热衷。夜晚来临，他躺在床上睡不着，最喜欢看的是那扇天窗，月朗星稀之时，月色透进来，让房间顿生明亮的暖意。这时，他的内心无比平和。

这年冬天，他买了一件暗红色的针织衫，在没有墙的庙廊里，穿堂风会把手吹得浮肿，他不喜欢戴手套，亚热带的小镇，一年最冷也只有一个半月，挨一挨就过去了。这件衣服的袖子可以拉到手背那里而且不影响灵活性，这是他钟爱这件衣服的原因。还有一个深层的原因他没说。这么多年，陈安柔的眼睛始终有神采，包容了无尽的岁月。他只要望向她的眼睛，就知道她经历了什么事，悲伤、焦虑抑或快乐。

她推门走进那间屋子时，他就跟在她身后。那时他还不认识她。他站在门边盯着她安静的背影，她穿了一件红衣，乌黑的头发刚刚过肩，她的身体随着歌声抖动起来，她瘦得像竹竿。他想，她多么像他那艘小船上的一支桨。

那晚夜色澄明，他热得满头大汗，脱了上衣光着膀子在院子里枯坐，清冷的月亮浇不散地上的热气。他把拖鞋踢到了一边，怔怔地望着月光下的紫苏兰，这花好看耐养。可惜讨厌的野芋又开始突突往上长，野芋是此地最典型的侵略者，每年，他都要花很多时间为紫苏兰与它们争夺地盘。

没有季节变化的热带是可怕的。这种可怕长在丛生的植物里，藏在普普通通的街道边。缠住每一个路人，往他们的血脉长，把自己的爪牙探到每个人的幽暗之处。

有一年，他进城，路过一条摆满盆景和鲜花的街，他慢慢踱过去，听着人们为了一盆春橘或是一株茂盛的滴水观音讨价还价，他才知道自然之远。他的目光掠过天桥，往被楼层的手术刀精密切割的天空望去，心陡然一空，坠回到那所被人诟病的百年老宅中。

他所心心念念的，不过是一个烦人、丑陋、单调的镇子。只有她，绽放了所有的美，覆盖了所有。他想起她的眼泪，从未觉得眼泪如此迷人。他想，他要疯了。疯子那么多，不缺他一个。

他泛舟江上，触目所及的是两岸苍苍。他钓鱼通常会钓一整天，会想在书中读到的种种新奇事物。而今，他有了一个人可想，他不确定那是不是爱。

父亲在世时，他跟着父亲在十里八乡参加各种葬礼，为亡人举行超度仪式，他给被人尊称为师傅的父亲搭把手。日常生活中，人们却对他们生疏而客气。他敏感细腻，感觉到这种疏远。他离开学校是十五岁。那天，他手里拿着一根细木棒，在通往家的土路上划了一条长长的线，这是烙印。他在梦中经常看到这条线，那是界限。他怀疑，自己是不是活着？他把这句话憋在心里很久。他在篱笆外面，看大人骑着自行车穿过，铃声将林子的鸟儿惊起。

就在他见到陈安柔后的第四天，他跟父亲去了周故的家，为她的父亲入殓。周故那么小，却能指挥若定，她的凶狠果断就在笃定的安排中泄露出来。

寿衣是他带来的，也是他为她父亲穿上的。周故站在旁边看着，仅仅是摸了下父亲的眼睑，说了一句："还是软的。"

他问："还要不要看？"

她说："不了。"她的语气不带任何的感情，就连悲伤也被擦得干干净净，整个屋子只有窸窸窣窣的仪式声，以及香灰掉落在炉子的声音。

他费了好大的劲儿，才给棺木钉上了最后一颗钉子。她怎么能不哭呢。那时，他多么希望自己是一条鱼，扎进她的深邃里去，把秘密凿出来。

这场葬礼后不久，他看到周故与陈安柔在街上为一根香烟争执不下，陈安柔强硬地把周故的烟夺过来，扔在了地下。

他想，她们怎么能这么要好。嫉妒是一根搅拌棒，一圈又一圈在心里晃动，可他不动声色。散场之后，满地的桃红纸屑铺了一地，他走在上面，犹如走在一场进行中的辉煌。他跟在她们背后，一路来到了镇上最大的茶店。他拿着父亲给的工钱，点了自己最爱的菊花茶，芳香馥郁。

起风了。风把一切的绿都卷走了，只剩一树一地的枯枝败叶。他的目光像是被风刮落了绿的种子，绿在眼睛里繁殖，伸出枝芽。他借着微弱的光，窥视这个陌生的冬日，路人的脚丫扬起满面尘灰，茶水装满倒影。一名衣衫褴褛的老人喝完一杯热乎的咖啡，抹了嘴唇上最后一滴的甜炼奶，没有埋单就穿过坐满人的桌子悄然离去。

老板娘追了出去，在老人的结结巴巴中索回了五块钱的茶费。

他将目光投向碧蓝的天空，无数的脑袋都是一个谜，故去的人不孤单，活着的才是。这条路径，是一把锋利的刀，割在那双长满老茧的粗糙脚掌上，刀刀见血，刻出一个名字：陈安柔。

4

年老色衰的女人，被剥夺了许多权利。在如何碾压自己的同类上，她们从不手软。嘴巴是一件万试万灵的利器，被唾沫包裹的语言飞奔而出，涌向镇子的各个角落。于是，陈安柔与刘静深的故事被添油加醋，演变出了许多版本。一个基督教徒，一个寺庙的执事，是如何混到一起的。

陈安柔坐在廊前，她很瘦，眼眶凹陷下去，连续好几晚精神都处在亢奋的状态，她的脑子在午夜像陀螺一般高速运转，充斥着各种各样的杂音。她注视着远处空荡的戏台，孤零零的几根柱子有斑驳的影子。她刚刚把这个荒谬的话题抛给了刘静深，她笑了起来，法令纹像两条年深日久的伤疤挂在那张脸上。

今天，是刘静深在庙里工作的最后一天。从明天起，他不再贩卖香火，也不会帮人解签，更不会往灯里添香油。在大家共同的压力下，他被德高望重的主事委婉劝退。他给三间屋子的神上了最后的三炷香，然后走到外面，站在鞭炮架上，世俗需求从未停止过，人与神之间，不过是以物置物的关系。

“嘿，刘静深，你还没回答我的问题呢。”

“嘿，陈安柔，你帮我想一想我要做什么养活自己？”

他们互相叫着对方的名字，爱是一条鱼，在彼此宠溺的语气中游来游去。

不远处倒塌的断壁残垣攀爬了碧绿的藤蔓，金黄的暮色给周遭披上了一层柔软。陈安柔要跟他回家看看。她想摸一摸他睡过的床，正在使用的掉漆桌子，新买的棉被花色好不好看，还有那间藏书的厢房。她想在他的院子里，在有月光的晚上，闻着花香，听他讲一讲《圣经》的故事。今日之后的所有，都被暂时抛之脑后。

他们走了将近一个小时，树木抽取地底富足的养分，越长越高，马樱丹诡异的气味飘散在空气中，鬼针草占据了公路，天空慢慢被夜色的幕布拉上，变得一团漆黑。彼此不语，内心安然。

如果不是和丈夫那场剧烈的争吵，撕开了数十年相安无事的虚伪面纱，她还沉浸在自己营造的假象中。那间坐落在镇中心，如今毫不起眼的房子，外墙多年未曾修缮，呈现出破败的气象。近年，她忙于小教堂的事务，接受捐赠、组织圣诞晚会、采购助童的法衣，虽然从没有儿童踏足过此地，可她还是每年都会定做几套，以防万一。

丈夫的生意在城里，从未坚实过的感情在人到中年后陡转直下，过着互不干涉的生活。而那天的风声，应该早已传入丈夫的耳中。

男人在外花天酒地，女人在家相夫教子，以大肚能容的姿态换取在邻里之间的声名。男人所做的一切不管对错都是正当的。而她，不过是在茶楼里，遇见了刘静深，回忆起当年他的暖心举动，于是攀谈了一个下午，从那日起，他们养成了习惯，都会在固定的时间里见面，谈话。涉及的内容包罗万象，有时，周故也会加进来，发表一番古怪的见解，在旁若无人的笑声中，他们引起了茶客的注意，皱纹早在她们二人的脸上横生，脂粉也掩不住青春的逝去，她们怎么能与他们不一样？于是，窃窃私语的谈论氤氲开来。

她想，这或许是丈夫恼怒的起因。但是，她不是他的私有物，她有她的自由。她当然知道他在外面的作为，流连风月被说成一种成功，喝成一圈的啤酒肚被人赞颂。而她，追求自我，为动乱的更年期寻找解决的方式，却被说成一个作风放荡的淫妇，她愕然发现，周遭如此恶毒，每个人都可能是同谋者。作为一名中年女性，在保守的小镇上，她早就被暗中剥夺了拥有自己的权利。她看似柔弱，内心却很坚定。她觉得，她和刘静深的渊源比丈夫多得多。

她做过一个梦，世界宁静空旷，在一片广袤的田野中，只有她和刘静深两人，她滔滔不绝，从自己小时候讲起，逝去的博学的父亲，一生未竟的愿望是没能跳脱小镇，游历四方。他把自己的幻想安在她身上，于是，她的世界就像不断裂变的细胞，从未停止生长。她的母亲则是一个巨大的容器，将父亲脑袋里的万象纳入其中。她多么爱他们两人，可是，她却选择了这样一条路，为了某个可见的事实，踏入了深不可测的婚姻洞穴。就是那一刹那，她心里沉睡的东西觉醒了。

快到房子时，她突然说：“周故说得对。”

刘静深侧头看了看她，她的容颜似乎没有变过。他想抬手抚摸她的脸庞，可他担心自己毛糙的双掌会刮疼她的脸，这是第一次，他离她如此之近，他涌起想将她拥入怀中的冲动，可他只是轻轻推开了小院门。

他说：“你知道我每年生日会许什么愿望吗？一愿你心有所得，二愿你心有所属，三愿你心有所依。”

他回头，见她站在门外，正在怔怔地望着他，两行眼泪落在了脸上。她的心有一股热乎乎的东西流过，她感到自己在飞，原来，这就是爱。

他用轻柔的语调说：“讲来吧，我给你搬把椅子。”他知道此刻自己多么疯狂，他想跑过去，抱住她干瘪的身材，将她灰色的围巾取下，吻遍她布满颈纹的脖子，以及干燥破皮的嘴唇。但是，为了她的名誉，为了挡住世人偷窥的目光，他禁止自己这样做。什么是痛苦，什么又是欢乐呢？他把那张茶色的靠背椅搬出来，让她坐下。

她坐在椅子上，双腿平放在地，房间的灯光能让她看清周围的事物，她听到鸟鸣和起飞的扑棱声；她听到风将幽暗的小森林夹住，发出胜利的呼吼；她听到紫苏兰舒张枝叶的细微之音，蚂蚁在地上攀爬，嗡嗡的蚊子飞过微凉的空气……她听到他搬出另一把椅子，坐在她的身旁。

他看上去比她年轻多了。对肉体的衰老她无能为力，她为自己羞赧。她想，时间是许多房间，她和他，在这些迷宫似的房间走来走去，遇见了很多人，也遇见过彼此，但从没像现在这么接近过。她现在和他待在同一个房间里。

他递给她一杯温润的茶水，她伸手接过，他碰到了她修长的手指，一阵电光火石掠过他的全身，他一阵战栗，迅速地缩回了他的手。多少年，在一次又一次与她的碰面中，他用眼神贪婪地打量她的身体，柏拉图之爱是残缺的，灵与肉的真正结合才能缔造真爱。他吞下口水，痛苦不可名状。

她看了看他，对他的想法心知肚明。她也有同样的感受。她看了自己的手，美是残忍的，吝啬施舍给一个老女人。她努力记起自己的青春，失望地发现都是在别人的东拼西凑中勉强成型。她记不起有什么值得记住的事,记不起有什么值得记住的人。四十岁那年，她投入热情，和有着共同理想的教徒们建起了那座小教堂，那是她实现自我价值的唯一盛举。一切都是虚空，一切都是捕风。

只有在他身边，生命的意义才彻底显现出来。接下来，她的余生应该如何度过。这个思考庞大沉重。她搁置不想。现在，最迫切的问题是，刘静深要找什么活干？窘迫的现实搁在眼前，无法逃避。

她很务实，率先开口，分析他的年龄劣势，找出他的特长，如何突围而出。她很沉静，仿佛想了很久。

他只是默默地听完，回了一句不相干的话：“我把里面的藏书都读完了。”

她起身，走了进去。她打开灯，看着满屋的书，都是很老的版本。她听他说过，在特殊年代，他父亲挖了一个坑，把这些搜罗而来的书籍藏在地下，土地之上是各种花花草草。她突然明白，他的智慧与通透从何而来。为什么？为什么？她不能将世俗像纸片那样撕碎？

过多的谈话反而会产生误会。她抚过这些书本，上面有他的温度，像蜜一样黏稠好吃。他站在门口，靠着木墙，在昏黄的灯下盯着她的背影，他跌入平静之下翻滚的欲望之中，一根绳索勒住他的脖子，呼吸被截在半路，堵得他喘不出气，他沙哑地叫了她。她转身，飞奔而来。他抱住了她。

夜，已经很老了，老得被白日一点一点蚕食。

5

就像春天里变热的风被周故捕捉，归来者给枯燥的镇子带来了不一样的气息。她已经喝完了一杯阿华田，又另外点了一杯招牌茶。她用报纸遮住脸，用余光瞅着他进进出出，忙忙碌碌，嗅出潜在的特质。

五年了。她仍然觉得他迥异于镇上的每一个人。五年了，每次和丈夫回村，族人们便围上来，给她贡献生子秘方，为她谋划这一生要养育多少个孩子。那从未砍掉的荆棘扎进了她的手臂，上面的绿叶掩盖了坚硬的刺，像大头针。她感到很饿，丈夫和别的男人进屋准备祭祀，她站在张满孔洞的巨石上，勉强挤出笑容，她有些晕，可能是低血糖。她不知道自己是怎么进去祭祖的，那是别人的祖先。

直到回到学校，她仍然浑浑噩噩。她躺在沙发上，闭目养神了一会儿，才将头绪理清，一场争吵避免不了。他再次甩门而出，她在寂静中给自己冲了一杯咖啡提神，慢慢地点起烟，往手上的淤青烫去，疼，带来了真实的快感。这只手一般都会套一个袖套，在好坏之间流转。她按压了下手臂，肉塌陷进去，又弹回来。烟雾充满房间。她想起陈安柔，如果她在，会粗暴地把烟夺走，拿起小药箱里的清凉膏，细致地给她涂伤口。她又想起，如果日子再这样下去，终有一天，她会拿起利刃，捅向这个男人。他们共同生活很久了，却看不到对方的脸。他们在黑暗中例行公事地做爱，孩子却迟迟不来。于是，人伦关系的维系在激情退却后慢慢淡去。他把不孕的责任推给她，就因为她比他多了一个子宫供养。

她唯一安宁的地方就是在那家茶楼。只要有空，她都会坐在这里，固定的位置。店主渐渐与她熟稔。茶客们在周遭大放厥词，他和她会心一笑。她继续读报看书，人们说她矫情。这不是一个独处之地，而是交际的场所，是放风的地方。

她将盖在腿上的毯子甩开，套上粉红色花边袖套，去了父亲的墓地。当年，她用父亲的积蓄跟刘静深的先辈买了这片地，她只有墓地可以凭吊。

她和留守在这里的女人们不同。她用顽强的毅力抵制漫长过热的阳光，拒绝与她们成为同类。拒绝受限在狭隘的收容所中。她把这里比作收容所。从迁来此地开始，她就千方百计地想出逃脱的办法，但从未有过具体可行的时候。

蓦然,她想起他,从香港归来的寡言青年。趁着未消散的激情,依然顽强的生命力，她决定今夜在他的必经之路等他。镇子只有两条主干道，呈“工”字形，往南的街道临江，那里日夜施工，正在建起一座水坝。人口的到来,让坡地那间三层楼房变成了小旅馆。房子前有一棵长满果实的苦楝树，她就在树下拦住了他，潜入精神的虚空。

他穿了一件黑衬衫，咖啡色的裤子，是人造绒。他的眼睛在淡淡的月色下明亮异常，她在他的瞳孔里被放大，景物被她挤出了画面。她看见他是望不到头的荒原，种满各种渴求。她是一场雨，淋湿了蔓延无边的土地，绿苗瞬间生长。

她多年的韬光养晦就是为了今晚。她将他抓出一条条伤痕，咬破他的肩膀，痛得他叫出声，她尖叫，哭泣，恨不得与他合二为一。她抡起斧头，将自己的虚伪击碎。他扯下她的袖套，手臂完整地露出来，疤痕藏在手背之下，她看见两行晶莹的泪水在那张日思夜想的脸上飞流而下。

她伏在他的肩膀上，看见树木从低矮的土地冒出，机器的轰鸣盖住了自然的呜咽，恐惧飘向远处，落在河流之上。夜，暗沉沉的夜，呈现真实。

她和他，踩上了水泥台阶，在简陋的房间里，并肩躺在破败的床上，睡了生平第一个安稳觉。她没有梦到父亲，没有梦到眼泪，那些扎根于此的早期事件没有冒出來。他离开时是凌晨三点钟，他摇醒她，他要去重复昨日的工作。她注视着他出去，门关上，吱吱呀呀的响声叫醒了黑暗。她坐了一会儿，决定也走出去，找回自己的袖套。

她比往日来得迟些，太阳落在成排的屋后。他给她做了一份炸排骨，说是刚从被宰杀的黑猪身上割下来的。她客气地微笑说：“谢谢。”昨晚的疯狂劲儿不见了。

他坐在她对面，看她咬下上面的一块肉。

她边嚼边说："你手艺真好。"她突然抗拒离他这么近，她担心自己憔悴不堪的气色会影响在他心中的形象。默契之后，担心就汩汩而来。

他说："这是我的拿手菜。"

她话里有话："你想跑吗？"

他目光炯炯，语气冒淡，她仍听出绝望："跑向哪里？"他脑海闪过几个城市名。

她说："跑向神的方向。"

他问："出走又归来，我是不是很失败？"

她说："你心里明白。"

他的父亲来店里巡视，在后面的楼梯处喊他，对话由此结束。她搅拌着杯子里混沌的茶水，晃荡来晃荡去，却流不出杯外。

他正弓着身子与父亲交谈。他长得平淡无奇，说话语速过快时有些结巴，嘴唇很漂亮，红艳艳的，如果长在女人身上，该多么有诱惑力。他的头发自然卷，微黄，从香港带回来的潮流服饰，得体地穿在他身上，让他散发着优雅神秘的气质。

这一年，他断断续续和她谈起在香港打黑工的日子。躲在厨房后面，一天工作十六个小时，宿舍只有一张床，腿都不能伸直。他带回来一笔钱，他没说具体的数目，但往后那几年，茶楼的改造和设备的更新，都让它一跃成为镇子最受欢迎的店铺。

他给她做了一对袖套，浅色的碎花面料，款式简单，套在手上像纺织女工。在陈安柔家的天台上，周故展示给她看过。那时进入深秋，冷风从空旷之处刮来，收音机放在地上，经商的浪潮从收音机那端涌入了镇子。

陈安柔还很年轻，生育过后的身材没有走形的迹象。她穿了一条宽松的长袖睡裙，她叫周故摸一下她变形下垂的乳房，讲自己身体在孩子出生后的变化、新来的布道神父、在传统节日还是会陪丈夫去白云庙，奇怪的组合，她站在刘静深的背后，看人们走动跪拜……

周故则和她谈起疯狂的那一夜。她寻找收藏夜晚的方式。她担心将来有一天，自己会忘掉。这不是没有可能，阿尔茨海默症能毁掉一切。于是，她决定每隔一段时间，就会和陈安柔重复一遍，她是她的锦囊。

此时，周故感到自己是外科医生，正给镇子做一场大型解剖手术，无影灯的强光让她看到黑色的肌理纵深，同样的面孔在上面跳着蹩脚的舞蹈。

季节的顽固让感知退化，花开花未落，两年却已过去。那日，有一场热带风暴。

耗时许久，丈夫终于在离婚协议书上签了字，风暴过后，他会搬到镇上的宅子住。她恢复了自由身。

她把协议书放到抽屉里，拿起那把花伞，走到店里时已经一身湿，他正靠着透明的玻璃柜注视外面风雨大作。她告诉他，她离婚了。他告诉她，他要结婚了。他说得很费力，仿佛酝酿了许久，倒出来时被某些东西堵住了。

他并未邀请她来喝喜酒，他盯着桌子，茶水在桌上变成一条缓慢的河流，往地上坠落。他拿起空的水壶，往后厨走去。她在椅子上呆坐了很久。

她回家，朱颜一夜辞镜，趴在桌上，用力写下他的名字，细微的笔尖穿破单薄的白纸：刘静允。他的父亲和刘静深的父亲，是同父异母的兄弟。

只是一场幻觉。她觉得他死了，在她的生命中死了。这么年轻，死去也是一件好事。不会得帕金森综合征，不会中风，不会得老年痴呆，不会瘫痪……

她将衣服脱光，赤裸站在窗前，模糊的窗残留着台风过境的痕迹。凉，她去拿了薄被披在身上，不远处的操场狼藉一片，椰子树巨大的长叶朝着风向的那端，生命安静地流逝。她在想什么，在看什么呢。她不知道。

她翻出那对袖套，剪刀在手上，她看了很久，把剪刀扔掉，将袖套塞回抽屉。她点起烟，躺在沙发床上，那只手穿过袅袅烟雾，在呼啸的风雨中把那点烟火移植到自己的手臂上。

后来，她对陈安柔说："我以为我会和他结婚的。我不仅跟上帝许愿，还跟菩萨、跟各种各样的神灵许愿。你说，是不是太贪心，所以神才惩罚我？"

她唯一的信仰是爱情。

6

每次路过妇人的服饰与床上用品店，刘静深都会停住张望几下。有人告诉他，妇人和他逝去的母亲就像一对双胞胎。他不以为然，直到某天的清晨，他走到那里，站在丑陋的黄槿树下，看见妇人正将铺面的木板一块一块挪开，上面都标有序号，开始一天的营生。妇人的头发不知何时长了，用一根黑色的发带绑在脑后。他瞥见她的侧脸，眉梢之间是母亲的复刻，他心里微微一颤，感到自己埋在了漫天大火之中，无法扑灭大火，就把自己掷于火中。金黄的阳光被浓密的树影收起，那是他投身其中之后掉下的黑暗。

那时的房子没有翻新，一切看起来就像落过的雨一样陈旧。他回忆起自己出生的八月。据说那年酷热难耐，女孩子们都裸着身子躺在房间冰冷的地板上乘凉，有人在屋外高喊她们躲起来是在做爱。今年的八月，同样挥汗如雨，这热闹又寂寥的八月。此刻，他站在八月的树下，和这名陌生的妇人攀上了血亲。

他成为妇人最忠实的客人，从头到脚的衣服都被这家小店一手包办，还有夏冬两季的棉被、床单。他大包小包拎着战利品回家时，觉得这是母亲的馈赠。他从不还价，当然，熟稔之后，妇人也经常给予优惠。他在店里时，故意拖延很久，挑一些小毛病。妇人温柔，不厌其烦地从仓库里翻出一件又一件尺码不一的商品，有时他喜欢穿紧身一点的棉质上衣，有时他跑步，需要宽松一些的运动衫。妇人去城里进货，他会将需求告诉她，让她帮忙选一些床单的花色。

这天，他来到店里，从前店里没有灯，现在电力足了，装了白炽灯，满屋的货物成为人的主宰。他东拉西扯了一些别的话题，最后才吞吞吐吐地从口袋里拿出一条白银手链，挂着一个心形吊坠。他问她，送人可以吗？他将几个煮好的咸鸭蛋送给妇人。其实，他心里有了答案，只是找不出合适的时机送出去。

他在那里待了一个上午，又怀揣着链子走出来。烈日落在一堆盖房子用的青石上，一辆拖拉机装了一车的木头朝他驶来，一个老太太正拧开屋前低矮的水龙头洗菜。

他忽然想起陈安柔站在庙廊的柱子旁，双手插在外套的口袋里，他用余光扫过她的手，不是很白，有细细的汗毛，静脉血管小径分叉，任何首饰都没戴。他觉得，她应该有一条漂亮的链子。只是想着，那天下午稍晚一些，他就去金银铺选了一条。然后，麻烦就来了，他不知道如何送出去。

这些年，他一直风闻她的事，她是爱花之人。只要有人进城，她总是拖人帮她带一束花回来，玫瑰、月季、百合、满天星、康乃馨。奇怪的是，她从来不养花。多年后，她对他说："镇子的土地养了太多，无须她人工培植。"

他给她戴上手链，是三十七岁那年。他在堂弟的茶楼里，她也在。他说自己的族妹要结婚了，嫁到邻镇，他准备了一个小心意，想让她帮忙拿捏，看合不合适。他在桌子上垫了一块软布，把银链放到上面。她取过来，戴在自己的手上，说真好看。

话锋一转，她开玩笑地打听为何至今他还孤身一人。他郑重地看着她的眼眸，如果眼睛可以说话，他想她已经明白。她被他看得有些慌乱，将头瞥过去。

他听过她和周故的聊天，两个女人会为一个瓷器的实用与美感谈上许久。她是一个懂生活的女人。他为自己十几岁就知道她的与众不同而沾沾自喜。他也曾看她滑进生活的泥坑里，奔波于家庭琐事，面容憔悴，那是她最不美丽的日子。但他对她的感觉一如从前，这是他一生中最坚定不移的事。

他返回到妇人的店里，说起此事。妇人很吃惊，她指责他撒谎，他不能这样去喜欢一个人，何况，一个家庭主妇有什么好，他单身，有更好的选择。妇人说这些话出于真心。他为了安抚她，假意应允。他走出去时想，如果是他妈妈，会不会也要说同样的话，还好，他没了双亲，凡事皆可自我定夺。

他穿过那片甘蔗林，若干年后，这片土地会盖起许多楼房，此时，人迹罕至，阴森荒凉。源泉叮咚作响，如果往左边的小路走，就是江河，许多小泉和瀑布在此汇合，涌进碧波荡漾的河面。他抄近路，拐上了去往村子的路。他踩到一株含羞草，叶子闭合，就如他逐渐枯萎的心。甘蔗林里有松鼠在跑，附近那几株波罗蜜树吸引了它们，熟透的果实落在地上，种子被它们收藏。

他知道，有很多单身的人，他们的母亲都来庙里求一支竹签，然后虔诚地找他，叫他念出上面的字，询问是不是祠堂或者遭遇了某些未知的事情，挡住了子女的姻缘。他会问，祭祀的时候摆放的烛台位置正不正，邻里之间有没有过口角，上坟时是不是踩了人家的墓……然后会根据回答给出相似的答案，只要把这些细枝末节纠正过来，缘分就来了。他们的母亲怀抱希望，日复一日地等待下去，就像他等待绵绵无期的她一样。

他把积攒数十年的心底话全部述之于她。她听完，问起那本《圣经》在哪里？他打开床头柜的抽屉，指给她看。他说："因为你，我想上帝爱我多一点。"

清晨的空气从窗户飘进来，她仍然躺在床上不动。她发现自己缺乏勇气，迈出这个陌生的家门。白天让人恢复理性。他的手摸过她又厚又密的大波浪卷发，她习惯往头发上涂抹椰子油，或许这是她头发保养这么好的原因。他轻触她高耸的鼻子，鼻子让她的脸有浮雕般的立体感。接着，他的手划过她的脖子，有颈纹，一圈一圈，像盘旋的山路，他觉得真美。他握住了她的手，这双手并不柔软，摩擦甚至会刺得生疼。他的手继续攀爬，干燥的肌肤泉水断流，是一片寂寥的荒漠。

这时候，她看见他白色的发丝，突然抽泣起来。在被洪水淹没之前，她迅速进化出呼吸的鳃。

他把她紧紧搂在怀里，语言从他略微张开的双唇之间，一个一个畅快地蹦出来，它们被时间包裹太久，此刻终于化茧成蝶。

她离开时是傍晚，一轮红日躲在树的背后，把绿意吹散，田野如梦如幻。她站在竹子做的木门前，指着它说：“我就是在那里采摘花朵，花一年一年地开，我一年一年地老去。如果十五岁那年，我从那间满是歌声的屋子回头，看见你就站在门外，一切会不会改变？”

她看到新的人生，从这条村庄小径一路延伸，通往未知的远方。接着，她又说：“你不要送我，我自己走回去。”

他目送她缓缓地往镇上走去。他们都是镇上的怪人。有人出生，有人死亡，有人残疾，有人发疯，有人离开，有人一辈子足不出户。什么是肉体，什么是精神？答案在今日揭晓：她是他的肉体，她是他的精神。

空气时时夹杂着野花的香气，风在此地流连不去。他走出来，站在风中，朝向幽远的天空，思考一些东西。他在谋划一些事，由于想了许久，实施起来驾轻就熟。人们对一个女人的鞭挞要比对男人严厉得多。绯闻是推波助澜的对象，现在绯闻已经成为事实，他不是英雄，他是一个完整而真实的人，卑微活在这纷纭繁杂的世间。

陈年旧事打包送给留在此地的人们，他决定和她，远走高飞。他捡起一块小石头，以抛物线的姿势，扔了出去。

7 尾声

女人坐在柜台前收账，无事可做时会茫然地望着外面，双眼空洞无物。这是刘静允的妻子，长得中规中矩，样貌平淡无奇。菜单上多了一份新开发的点心，炸排骨，最贵的一样食物。周故没再吃了，他也再没给她端过来。他对待她，就像对待其他常来的客人，这让她很失落。她从来不是多话的人，从未追问他的私事。

后来，她看到他的孩子出现在店里，先是抱在怀里被大人逗乐，接着，很快撒欢满堂跑，渐渐地，变成一个眉清目秀的少年。她瞅着他们一家三口在柜台的神龛下进进出出，看久了，难免有错觉，把自己代入。她感到自己与他同息同起，数十年行云流水的日子不过恍如昨日，他的身体被她用笔一圈一圈地绘出岁月的年轮。

每次她读完报后，他都会过来，用她点的茶壶给自己倒上一杯茶，聊头版新闻，顺口会问起近期过得怎么样？她不想回答他，但鬼使神差，她却滔滔不绝。她说起中学图书馆的书很旧了，苦于没有经费一直没有更新,学生们来得越来越少。说起房子的灯泡坏了，太高她不敢自己换，怕触电死了没人知道，黑灯瞎火了两天才厚着脸皮找来邻居帮忙，她不喜欢求助于别人。说起最近开始举哑铃，多了这项健身项目，耗去了不少时间。又说起她找到一本父亲留下的法语书籍，她居然能看懂大部分……

通常是他的妻子喊他，他们的话题便中断。她自斟自饮，百无聊赖地看着那些经常出没的面孔，一个人坐到了五十多岁。她仍旧和从前那样瘦，倒是那个女人，生育过后，进补过多，体重飞升，坐在那里就像一座山。这是她唯一宽慰之处，至少，她有一点是可以赢她的。

有人担心她会孤独终老，拐着弯问过她如果躺在床上动不了时谁来照顾她。她说她不仅会有退休金，还给自己买了一份保险，到时会找一所疗养院。她的想法与此地格格不入，问话的人觉得她可怜，又觉得她有一份安稳的工作比他们好太多，便讪讪地住了嘴。

五十九岁那年，刘静允的妻子突发脑出血，死了。他关门好几天，头七过后，仍未开张。她决定去找他，她无须打探，就知道该往哪里找他。刘静深走后，把钥匙给了刘静允，如果刘静深故去，按照传统，他会继承他的房子。现在，那是他存放货物的仓库。她先是站在院子外，喊了几声。没有回音，正要往他村子的住宅走去时，房子的门开了。他说：“我在里面整货。”

她轻轻一推院子的木门，走进去，看着他染过的黑发，许多话如鲠在喉，只化作三个字：“你好吗？”

他说：“挺好的。头七过了，就等来年新坟扫墓了。”他走到那丛牵牛花前。刘静深走前，和陈安柔一起种了这株花，短短几年，蔓延得到处都是。

周故突然觉得，自己的人生一分为二，前半生颠沛流离，后半生伪装入世。

她蹲下来，摘了一朵紫色的小花，说："如果想太多，许多事情就没办法实现。"她又补充说，"这是安柔说的。"她想，不知道他们在别处过得好不好，应该挺快乐的吧。她低头，稍微一扭，清晰地看到他脚上的黑皮鞋，他仍然与众不同。她稍微宽心。时间最容易带来变故，还好他一如从前。上了年纪，他没将自己抛入大流，像一个老年人那样垂暮地生活，不穿布鞋就是一个明证。

那年，周故带了一袋水果给陈安柔。房子空无一人，她直接走上了屋顶，每一层都有回声。她和她一起看着笔直的街道，夏日的燥气还是钻入了这个深秋的傍晚。房前的遮阳树被环卫剪得光秃秃的，秋天是台风易发的季节，凡事都要做好准备。她注意到，陈安柔的手里拿着一本破损严重的基督教《圣经》，左手戴了一条银链。像她这个年纪，最合适的首饰是金子，挂在耳朵上、脖子上、手指上……宣告自身的富有、张扬和在镇子上的地位。她们二人，都是镇子的漏网之鱼。

决定快速有力。陈安柔要和刘静深离开此地。短短几天，她们成了人尽可夫的狗男女。陈安柔面无表情地把这些话说出来。一个绝经的女人，还能在床上怎么折腾？两个加起来上百岁的人，怎么苟且到一起的？种种面目可疑的窥视一浪又一浪朝他们精准地打来。

陈安柔简单收拾了行李，把存折放在箱底，又取了些现金。

这是一场私奔。周故并未说出来。她用轻松的口气嘲弄了人们一番。她指着那些坐在门口谈话的人，说："这些人都已经死了。"镇子小，人口少，大家抬头不见低头见，各自那丁点破事都了如指掌。

她戒烟有一年了。这很艰难，她又染上了另一种瘾，吃糖，过多的糖分让她担心发胖，她加大了运动量。她从裤子的口袋取出一粒糖，椰子味，将糖衣剥开，从屋顶抛下去，风却托住它，往前飘飘荡荡，兴许它早已迫不及待，去新的地方安营扎寨。这死气沉沉的街道却有迷人的天气。突兀地，她想起摩西的《出埃及记》。

她问陈安柔几时走。她说定了明天上午七点，雇了邻镇一个卡车司机，拉货时顺道搭上他们。她不想坐镇上的中巴，拥挤的车厢都是嘈杂的大人小孩，闲言碎语太多，她不知道是否有足以抵御入侵的力量。周故明白，只有她知道他们出走的消息。那天破晓时分，半梦半醒的她仿若听到卡车碾压路面的声音，脆弱的小路一截一截地断裂，变成一个又一个深坑。

陈安柔说："会在异乡忏悔。"

需要忏悔的事很多。她回忆母亲，仍无力化解对母亲的恨。好多年前，她还是个姑娘家，母亲不知哪里找来的细条藤子，在村子那棵老人聚集的榕树下绑住她，剥光她的衣服，用放了柚子枝的驱邪水，泼向她的裸体，然后抽打她的全身，疼得她哇哇大叫。那时她的身体已经发育，乳房隆起，没有任何遮羞的布块，被围观的耻辱，被虐待的耻辱，让她弑母的念头从未停过。有人帮她，说：“邪气去尽，可以了。”趁细藤未落时脱下衣服包住了她。她记得他健硕的上半身，泪水盈满双眼，他很年轻，她在他怀里发抖，晕了过去。

她在家躺了几天，有几次去到江边徘徊不回，却没有勇气结束生命。那个人，一直默默地跟着她。她竭力忘记此事，如今终于有勇气说出来，那个帮她的青年小伙是刘静深。

周故对此事有所耳闻，过去这么多年，它早变成众人记忆中淡淡的斑点，那个荒唐恶心的年代早被新的东西覆盖，但听来还是如天方夜谭，让人震动不已。

周故安静了好一会儿，说：“你没有错。”自始至终，她确实觉得她没有错。

陈安柔用牙签叉了一块芒果吃，看着放学的孩子们占领了街道，走在门廊里，树下，路的中间，嘈杂的声音比人率先远去。她说：“人是不能对比的，我们时日无多。”

周故蹲下来，想起这些，眼泪掉在花上，花朵抖动了下，水珠太重。她看见荒废的农田长满荒草，一个人的一生应该怎样度过。她不止一次问自己这个问题。她想刘静允是否问过自己，这些年，他真的爱这些普通平淡的日子吗？那个经人介绍成为他妻子的人，真的幸福吗？人太透彻，将人心看得太清楚，只是徒增痛苦而已。

她感受到他的气息，顺着空气飘来。他站在她身后，离得很近，一种安全的近。他说："厨房我搞好了，你饿吗？我给你做些小菜。"

她第一次和他在一张小饭桌上吃饭。在房子的中堂，也就是公共区域，他支开了一张活动的小方桌。他应该是经常来的。隔着喷洒热气的菜，她端坐地瞪着他的脸，刚刚意识到，他青春洋溢的脸早已被冷淡严峻取代。他不苟言笑，皱着眉，再也未和别人提起过在香港的岁月。

房里有刘静深和陈安柔的影子，那些旧物被收在一边，她闻到陈安柔的气味，她忍不住起来走进卧室，一眼看到床头柜有一盒香膏，那是她最常用的牌子。这时，刘静允在门槛边上，打破平静，说："他们成了他们自己。"

她补充说："安柔发现了自己。"她原来还忐忑不安，直到现在她才放心，她和他仍然未变。她过来时戴上了那只袖套。

爱与欲望搏斗多年。她想，可能只有他和她，才能理解这对离开的老年人。或许刘静深会在城里的天桥下摆个算命摊，城里人对命理风水之类很讲究，他会很有市场。陈安柔很可能继续是个家庭主妇，她有一笔钱，不着急工作。如果做事的话，应该是酒店的清洁工，或者是临时保姆。她虽然有南方口音，但普通话说得和城里人一样好。

她很快恢复了昔日的口才，用方言与刘静允交谈。她问他葬礼的事，他说了墓地的方位。突然，他说，他不会和妻子合葬，但是按照规矩，将来他死后，会安葬在她旁边。她也平静地谈起自己，如果她死得早，不知道前夫会不会出来主持。但她最大的愿望是退休后把房子卖了，住到疗养院去，立下遗嘱，死后火化，将骨灰撒到父亲的墓地周边，成为那片林子的养分。

生活是一片玻璃，容易粉碎。她吃了七分饱，知道了这些年他的一些事。然后，她独自从村里走到镇上。年少时，她从来不觉得累，经常和陈安柔，走遍镇子的角角落落，她知晓哪里的泉水能够甩掉漫长夏季的纠缠，适合泡澡。知道哪片甘蔗林的甘蔗最甜，她们像游击队一样潜入林子，掏出作案的砍刀，唰唰几声，几根甘蔗应声而倒。知道哪座废弃的旧房子，适合模仿家庭游戏，她们偷偷带来书本，扮演并大声朗诵。她边走边对生命充满感激，感谢她遇到一个与她一样的怪胎——陈安柔。

她去了那间小教堂，在此之前，她从未来过。在那片原生林里，白石灰的平顶房，端坐着一个红色的十字架。镇区的发展，树木越砍越少，新开辟的道路透过稀疏的树影，可以看到新建起的楼房。教堂离生活区越来越近了。有人曾因为十字架，上门闹事，好久才将争端平息。她含着糖，口腔都是甜的，围着房子走了一圈，林木潇潇，并无特别之处。她想，安柔是遵从内心的旨意，还是上帝的？归根结底，他们去往了神的方向。

她走向清爽的江边，当年陈安柔差点跳江的地方，她觉得自己像一条鱼，漂流而过，望见她，站在那块被水漫过的巨石中，像猫有九条命，不断重生。

刘静允的店重新开业了。现在，许多聪明的年轻人也开起了各种水吧、奶茶店，过剩的物资让人眼花缭乱。他的生意不如从前红火，他更新了一批新桌椅，她坐在新的椅子上，吃着秘制炸排骨，感觉自己和刘静允，遇见得恰逢其时。再过两天，也就是八月倒数的第三天，她就六十岁了。

浮 游

1. 他

他靠在床上，从床边望出去，便是水泥地的北街，集日的中午，赶集的人早散了，北街又回到了平常人烟稀少的样子。房子与房子之间在行道树后互相拥挤着，他心满意足地抽完了一根烟，又从烟盒里取出一根，抽的是芙蓉王，二十四块钱一包。好烟！买烟的钱是他刚给别人刷了几天涂料赚来的。连日的暴雨将大街上的灰尘冲刷得干干净净，就连井盖上的瘢痕都可以看得一清二楚。偶尔有年轻仔骑着电驴经过，看到他，会喊上他的名字，在慢吞吞的行驶中扔下几句交谈。

他是一个三十岁的男人，眉毛在三年前的春节因为骑摩托车摔破了，细长的伤疤将其一分为二。左耳打了一个耳洞，戴着一个银色的耳钉，太阳一照，反光就照盲了别人的眼睛，脸颊饱满，双眼皮，眼神老是在半空中飘。从毕业回到这里，整整六年，还一直飘着，像空中的云，看着漂亮，抓却抓不着。

他正等待下午的一场见面，一个女孩，长发，在镇上的移动专营店当柜台营业员。比他小的孩子都有几个了，他还单身，年过五旬的母亲非常着急，四处托人给他说媒，恨不得代替他娶了。他却一点不担心，整天跟着那帮同村的工友们喝酒抽烟、吃茶打牌。作为这帮工友中学历最高的人，工友在对外宣传中，总喜欢报上他的大学毕业身份，他只是读了个民营大专，这能让女孩子对他有个好印象，也能让他无形中获得某些特权。读书人在乡野村汉中还是受人敬重的。但是，他是一个矛盾体。他并没有体面的职业，也没有什么特殊的才能，反而沦落为涂料工。这项刷涂料的技能还是比他小好几岁的同村青年教他的。朋友们也会调侃他，说读书有什么用，出来还不是和他们一样。他不还嘴，龙生龙，凤生凤，母鸡窝里出来的还想当凤凰了，简直就是白日梦。

他高中时的恋人也住在镇上，另外一条街，另外一个世界。他家在那条街有一块地皮，母亲老是念叨，说要在有生之年把房子盖上。今年初，村里由于处在饮用水源保护区，部分田地在警戒线里，被征用了，他家刚好有一亩多的地，拿到了近二十万的补偿款。母亲找三百公择了吉日，前两天破土动工，他是有点小兴奋的。北街的房子都是老宅，低矮阴暗，采光不足，住久了会得风湿病。所以，在这条街上的老汉们大多走路都是一瘸一拐的，他们身体的某个部分变形了。

他下床，穿上了凉拖，走出门外，望着对面那家快餐店，有零星的客人正在吃粉汤。透明的柜子里是各种菜肴。这时，他才感觉到肚子饿了。母亲早已午睡，厨房里的菜也凉了，天气热，可能都馊了。于是，他决定走到对面花钱吃顿午餐。他点了一份地瓜叶、一份猪脚，还有一碗米饭。这样的搭配让他想起她。他在西安，吃的和这里完全不同，外面的小餐馆，还附赠一瓶汽水。他曾把这事在电话里说给她听。他回想她当年的模样。短发，高瘦，喜欢穿纯色的衬衫，长裤，像个健康的男孩子。听说她在城里工作，逢年过节才会回来。六年中，他只遇到她一次。她变了，穿上了齐膝的连衣裙，淡色的碎花，看上去很清爽。他在拐角的茶楼里望见她，在呼朋唤友的喧哗中感到错乱，算算，已十几年了。

他吃完饭，回家躺了一会儿，介绍人的电话就来了。他在机关大道新开的茶水吧与女孩见了面。这是镇上唯一一家有空调的茶吧。夏季天气闷热，除了头顶上蓝白相间的天空，最多的就是让人心生浮躁的阳光。镇上的年轻人都爱到这里来，组局打牌，或者打情骂俏。

母亲曾让介绍人给女孩打预防针：“他不善言辞，不会说哄姑娘的话。”

他要了一杯香芋奶茶，糖精的味道掩盖了芋香，甜得发腻。对面的女孩满脸雀斑，披散的长发依然掩不住她的大饼脸，他略微失望。介绍人找了个理由走了。就剩下他们面对面坐着。他低头看杯，女孩则看着低头的他，突然说：“我早就认识你了。”女孩一派少年老成，“我经常看到你踢球。”

他抬头，说：“我几乎每天都有局。你也喜欢看球？”

女孩摇头：“一般，无聊呗。”

封闭的茶吧里到处飘散着烟味，他点起了烟，抽起来，烟雾朝女孩飘过去，从鼻孔钻入了肺，钻入了胃。女孩站起来，地板有污水，她担心滑倒，走得小心翼翼：“我上下洗手间。”

她站在洗手间的大镜子前，将一颗冒出来的新痘挤出来，挤压的快感让原本想停下来的她继续在脸上搜寻。她身材微胖，由于坐空调房，皮肤尚算白皙。她听着喧闹的男男女女的牌局，衡量着相亲对象的物质和样貌。她并不好看，但胜在年轻。介绍人吹嘘的也是这点。

这几年，她经常看到他在中学的操场上踢球，穿着六号的球衣，蓝色。经常踢后卫，有时会当守门员。她开始认清他的脸，就是从他全神贯注当守门员开始。她鼻子灵敏，隔得远远的，也能闻到汗水的味道，这汗水在傍晚的阳光下结晶，亮闪闪。中场休息时，他离她很近，近得能听到他的喘息。这时，她感觉自己的心脏变得更强劲有力了。一条路在她面前铺开，细长的芦苇在风中摇曳，他在芦苇的那一边，很近，却够不着。很远，却能无比清晰地看见他的一举一动。

她停止了动作，拧开水龙头洗手，透明的水落在了掌心，她感到自己正赤身裸体地躺在河流上，顺着水势一路往东，肚脐上生出一朵红如血的花。右手边是勤劳的农人开垦的菜地，每年的几场雨季，都会卷走几条人命，绿油油的菜叶在水底腐烂。

她关掉了水龙头，走了出去。他的背影有点佝偻，耳钉夺目。她坐回他的对面，什么都没有发生过。茶水吧里充满喧嚣的勃勃生机。

2. 她

当营业员让她有一些优越感，这优越感是和镇上大部分的服装女工相对而言。下班后，她换上了一双米色的平底凉鞋，从店里走出门外，想着昨天的见面，她通过介绍人知道他含糊其词的回答。她把放在墙角的自行车推出来。她租住在菜市场旁边的一间平房里，那是镇上一个有权有势的老太盖的，租金便宜。

她经常骑车回到村里，给家人做好饭后，又骑车出来。在外人看来，她有着悲惨的身世。母亲是一个只能靠臀部进行移动的残疾人，父亲是一个先天智障，哥哥也遗传了父亲。只有她这个幸运儿健康完好。她能读到初中，全靠爷爷编筛子卖来的钱。她家是村里最老的宅子，房龄都快赶上村口那棵大榕树了。在镇上读书的时候，她认识了与她同龄的北街孩子。晚上，她们会带她去镇上那家唯一的大世界歌舞厅跳舞，认识了许多三十多岁的男人，他们当中，有些拥有良好的职业，比如开私人诊所的医生、教师等。男人们请她们喝茶、划拳喝酒、半夜飙摩托……当年把她拉进那腐烂得养分十足的社交圈子的两个人，一个因为贩毒还在坐牢，一个听说已经沦为妓女。

如今，她回想这段荒唐岁月，怀疑他看不上她的原因是那时她声名狼藉。她骑车，在修整的乡村公路上飞驰，路边开满了马樱丹，还有麻风树，麻风树也被孩子们称为泡泡树，买不起玩具的孩子们都到山野里玩了。山野里的植物拼命生长，一派生机盎然。她看到熟悉的土堆，那是路边的一个坟墓，每次经过那里，她都会产生幻觉。坟头上坐着一个背影忧郁的男人，对着木麻黄树林，清风吹过，树叶沙沙作响。这条路虽然宽大，却很僻静。她真想学祝英台跳进去，小时候，爷爷对她讲过，地下的世界和地上的一样，只不过人与人之间的关系瓦解了，妈妈不再是妈妈，爸爸不再是爸爸，你也不再是你。

她知道，这是和现在不一样的人生。她拿着爷爷的毛笔，蘸了清水，涂涂写写，却很快了无痕迹。她感到了一种虚无。那时，村里的小孩都骂她。在这绵延不绝的骂声中，她产生了作为一个正常人的负罪感。村里有木麻黄树，针叶扎得人发痒。她会独自跑到树下，把自己扎得笑起来，她这样寻得了快乐。

她回到镇上时，天色暗了下来，整条街道都被笼罩在一片淡黄色中，从租住的地方走不远，便可以望见那条江水。现在是枯水期，水流平缓，可以望见对岸的拾木人。建好的水塔成为男女约会的场所，扶梯口成为一个风景瞭望台，被称为情人塔。她经常独自散步到此。每次都会看到一两对的情侣在塔边，或者是在岸边嬉笑搂抱，或者肩并肩地走在绿油油的菜地边上。这时，她会心生羡慕，尤其是在今天这个时候。

她无数次梦到自己在柔软的水中挣扎，或淹死。这让她对水心生恐惧。她是一个勇敢的人，她通过与这条江的亲近来驱赶自己的恐惧。她身上具有一种坚韧的毅力，这种毅力是她在少年时声色犬马时期能冷眼旁观他人的重要原因。

菜市场是连接北街与新街的通道。1988 年的经商浪潮，开启了塘镇对金钱的崇拜。富裕阶层陆陆续续在新街形成，宽阔的大堂、光滑亮丽的瓷砖、铝合金的窗户，采光良好，这些无不显示出舒适。这条新兴街道的行政名也按约定俗成登记在案，正式被纳入了塘镇。行道树是外来的印度紫檀，从街头走到街尾，一路阴凉。

塘镇变化的另一标志是开始出现红灯区。讽刺的是，猎艳的场所就在镇中学的旁边。那些袒胸露乳、举止风骚的女人在半开的门后嬉笑打闹。墙壁上镶嵌着几块镜子，理发的工具一应俱全。进去的男人会装模作样洗个头，然后帘子一挑，就闪进了最里面。这一排发廊开业时，正是她快要离校时，那段时间，它成了学校高年级讨论的重点，粗俗的语言撩拨蠢蠢欲动的性欲，就连空气也弥漫着情色的味道。耳闻与目睹，让她对男女之事有了更多的了解。

大量的劳动力集中租住在菜市场一带。她知道那些人穿的衣服是从哪里买来的。她们大都穿着三块钱一双的拖鞋，晚上有约会的会稍微打扮一下，换上轻巧的高跟凉鞋。女孩们普遍因为营养不良而长得矮小，脸蛋因为工厂的布屑粉尘积压太久，怎么洗都洗不干净，给人一副脏兮兮的形象，但这无碍男孩子们的你争我逐。

她端详这一切，为了显示自己的与众不同，就连下班，也要穿着工作制服，她对白衬衫情有独钟。唯有这次的相亲是例外。她穿了一件黑色的裙子，由于长得高，将略微丰腴的身材包裹完美。只有面对这张长得像圆周率的脸，她手足无措，她对自己的要求颇为苛刻，但她不知晓，正是这种对自己的苛刻，让她显出一种异于别人的美，她这种冷傲与拒绝，不时地也吸引着一些对她展开追求的男生。在外人看来，她离丑陋还有一段距离，单从容颜上判断，她并不出众，和普通人无异。

她穿过一株黄槿树，树上开了黄色的花朵，夜色下朦朦胧胧。她走神，走错了道，进入屠杀区，浓重的腥臭味往她敏锐的鼻子里钻，她辨别出鸡屎和鱼腥味。她快步走了过去，混杂的腐尸气味让她想起了三年前猝死的初恋情人，他们牵手、拥抱、接吻，各自分开。不久,她听到了关于他的死讯。她伤感之余却又有一丝庆幸，传闻他的死因是吸食毒品过量，那年，她十七岁，他也十七岁。生命就这样结束了它的旅程。她记得是个白天，阳光明亮，天气一如既往地好。她一个人，坐在中学的操场上，看着两队球员厮杀，她闻到活着的气味，那是阳光晒焦、用力过猛的气味。

3．他

这六年中，村子里的同龄青年成了他朋友圈重要的组成。他们日日夜夜在一起喝酒、抽烟。他现在一天要抽掉两包烟，年轻的身体并不担心会像大伯那样得肺癌死掉。母亲是一个退休工人，每个月的工资养活两人绰绰有余。若照北街的条件，他的家庭并不差。对于他未来命运的走向，母亲没少到邻镇著名的通灵师那里花钱询问。前阵子祭祖，摆好的烛台被风刮倒了，母亲担心是什么不祥之兆，又雇了辆三轮摩托车跑了一趟。结果在回来的路上司机一个闪神把车开到沟里了，母亲摔断了腿。

母亲躺在镇卫生院的住院室里，腿上打了石膏，走动不便，躺在床上的时间之多超出了她的想象能力范围，为了将超出的部分消耗掉，她不断回想事情发生的经过，并将原因归咎到鬼神上。

他对母亲不断重复的话语感到厌烦，从里面走了出来，站在外面的台阶上抽烟。医院是有阴气的地方。他在吞云吐雾中对这所医疗条件有限的镇卫生院下了结论。他对这里充满警惕，恢复了在西安读书时观察的本性。

昨天，一个消瘦的癌症病人选择了医保目录里低廉的抗生素，他瞅着病人脸色变蓝、抽搐和抢救的过程。之后，他旁听了医生和家属的谈话，卖二十八块钱一支的头孢美唑不在门诊医保目录内，自费药，要往吊瓶里注射四针，通过静脉注射输入体内。头孢美唑比现在的药水更加安全有效。

平日没到这里来，光从街道望进去，院子一片空旷，刚栽种的树木长得稀疏。给人一种错觉，医院生意清淡。但真正进去之后，在三层高的大楼里面，才发现热闹非凡，尤其是针水区域。四个护士忙个不停。他盯着细长的银针扎入血管、拔出血管，眼前的所有人都变成了一条又一条通红的蚯蚓。

他的耳边，充塞着许许多多的话语，以致连母亲的喊叫也听不清。卫生院里从几个月大的婴儿到八十多岁的老人，都挂盐水。父母看到的是孩子的咳嗽两天变好，鼻涕也不流了。老人感觉的是身体立马舒服了，所有的痛苦症状很快消失。他们唯一不知晓的是自己的身体正流着抗生素。护士的护理工作在逐步退化，唯一擅长的仅仅是打针，医学知识正随着年深日久而忘却。他想起自己曾经在广东打工的工厂，医生成了产品线上的工人。

随着公路的修通，越来越多的外来方式涌了进来。但是人们学会了什么？

年轻的姑娘追逐享乐生活，将孩子和丈夫留在镇上，被包养，出卖身体，整日嬉皮笑脸，偶尔回来，便迫不及待地和左邻右舍分享遇到的嫖客和性爱经验。丈夫心安理得地享受妻子卖淫得来的钱，打牌、喝茶，热衷做一个无所事事的青年。

在监狱里蹲了九年的青年在三十岁之际出来了，面对父母的棍棒交替，无家可归，他在这条街上并无立足之地，他对仅有几面之缘的朋友黯然神伤地说："在牢里比在外面好。"没过几天，如他所愿，又进去了。

年近四十的女人成了镇上出名的大众情人，有人怀疑她得了性瘾，还没来得及查证求实，女人就因肝癌挂掉了，和她睡过的男人们惶恐不安，生怕自己也染上了臭名昭著的恶疾。

年轻力壮的村汉摔断了腿，半年躺出了抑郁症……医院的空气是故事的流淌。

他是一名经验丰富的精明猎人，捕捉到了那些四溢的事情。他待到下午，看母亲睡着了，便决定离开这个阴气与怨气太重的地方，走到大街上，看到麻将馆里挤满人，他压抑的心情顿时得到了释放，心情舒朗了不少。

他回家，拿了球，准备和球友们踢一会儿。机关大道两边停了不少小车。他从这些车子旁经过，慢慢来到了专营店。他扭头望进去，看到她正忙着给客人办业务，球在他的右侧，被他用腰力夹紧了。他犹豫着要不要进去交话费顺便打下招呼。他一边想着，一边走过了店铺。

街道上除了茶店有些人外，来往的行人只有零星几个。他将球扔在地上，把他当成篮球拍打了几下。他下意识地望了一眼那家快餐店，只有十多步的距离，昔日的恋人站在透明的餐柜边，一只手扶在上面，与他目光相对。他突然觉得自己从没这么狼狈不堪过，也不会想到自己六年中第二次见她会是这样邋遢的形象。由于照顾母亲，这几日他都懒于梳洗，头发乱糟糟，手朝脸上一摸，满手的油污。衣服也洗得不彻底，汗渍将白色的球衣染黄了，球鞋也不新了，就连手里的球也快被踢烂了。他一边缓缓而行，脑子百转千回。他们互相脱离了视线范围，他知道，只要她愿意，她还可以继续看到他的背影。他走到拐弯处时，终于下决心确定了一件事实：互相对视的那一眼，彼此都读出了对方的幻灭。那一刻，他知道，他与她此生缘尽。

他走着，望着远处那片落差很大的木麻黄树林，细长的针叶飞舞，赫然发现自己的记忆被挂在了树上，默然，无视，与消失。

头脑越来越澄明清醒，走到球场时，队友已经在那里等候。他将球往下一扔，准备上场。右侧操场的台阶上并没有她。

4. 她

仿佛是从饥荒走出来的人，不论吃何种食物，她总是喜欢发出很多的声响，声音让她具有安全感。在村里代表父母吃流水席时，吧嗒吧嗒的响声让人觉得与她一桌会吃不到什么好东西，最好的烤乳猪整盘都被她吃完了，接着是糖醋鱼，再接着是白斩鸡或咸水鸭，最后才是那些微不足道的素菜。她在村里成了声名远扬的危险人物，十多岁从学校回到村里和年迈的爷爷砍竹子，编筛子等各种竹制品时，都没有媒人敢上门给她说亲。

有一天，她站在那棵大榕树下，旁边是被屁股经年累月磨得光滑的火山石，她突然发现，爷爷的脸长满了老年斑，就连眼睛也有了老年的纹路。她慢悠悠地走在这些纹路上，脚步沉重。她突然意识到，爷爷终究会埋在六尺之下。这时，她产生了强烈出走的欲望，她将削好的竹子一扔，跑回家，推出那辆年迈的自行车，蹬着往镇上骑去，骑到了后来声名扫地的同学家，直觉告诉她，这个未来的雏妓能将她带离村庄。同学叫青青，每次她或者别人喊青青时，她的体内就会涌起踮手踮脚的敲门声——当，当，当……

后来，这踮手踮脚的敲门声在一个月光皎洁的晚上被她扼杀了。她记得那栋塘镇最高的楼，隔成的包间会传出流行歌曲，那时，刘若英的《后来》在大街小巷到处传唱。她在歌声中被扒光了衣服，赤身裸体地蜷缩在角落里抽泣，中性的打扮被剥开后，脆弱展露无遗。她感到自己的贞洁正被屋内的男女随意参观，她听不到任何的声音，只看到满屋子的恐惧与仇恨。被叫作青青的人周旋在这些看似体面的人之间，不动声色地将衬衫扔给了她。她的白衬衫，她的遮羞布，她即将被包裹起来的贞操。她边穿边走到门边，突然用力一拉门把，奔了出去。她在洒满月光的街道上跑了很远很远，直到跑不动了才在一棵紫檀树旁停下来，没有人追来，眼前只有鬼魅在晃动。

这起事件是她的年轮。一年中总有那么几次，她都会无比清晰地将它在脑海里放映一遍。时间的血盆大口具有吞噬一切的力量，她不断地让自己记住这件青春时期最严重的事件，可她清醒地明白，所有的细枝末节都被时间吃了。据她所知，这件事情谣传很广，许多人在转述中都加入了自己所期待的部分。他们的眼睛穿透时光，穿过墙壁，停留在那间包间里，现场录制，多年后，进行回放。

她对他有过几场恋爱、曾在哪里读书与工作、家庭人口的组成都了解得一清二楚。镇子也就那些人，只要留心，一切信息皆可获得。她望着从树荫里漏下的阳光，思绪万千。谎言之上的往来才是最安全的。人们终将妥协于社会，屈从于看不见的习俗，按照它们的意愿规规矩矩、老老实实地活。

她读书不多，却是一个聪明人，世俗智慧随着年岁逐渐增长。她远离了那些别人口中的堕落青年，在十八岁那年穿上别人眼中从良的衣裳，正儿八经地工作、挣钱、补贴家用。当她坐在有空调房的专营店里，隔着玻璃门观望外面炙热的街道，总能看到碧绿的竹子，竹子在水泥地上漫天疯长，很快占满了街道。而他，就坐在竹林中，面无表情，无所事事。

这个归来的男人，带着点偏执的孩子气。眉毛上的疤痕清清楚楚，带着几许的戾气和混来的江湖习气。和兄弟们拼酒、猎杀过冬的候鸟、野炊与聚餐、唱歌与赌博。这是他自以为是的荣耀。

午后寥落，适合胡思乱想。她的目光回到桌子上，一大堆票据等着她整理，旁边的同事坐着睡着了，她的痛苦趁着日头清淡，再次纷至沓来。她变态地喜欢这种毫无来由的痛觉。

村里的百年龙眼树上爬满了绿色蜈蚣藤，采药人很久没来了。

5. 他

这几日，他正忙着盘下镇上一家茶吧，将它改成麻将馆。这平房在北街后面的巷子里，青年们娱乐的地方大多集中在街头一带，极少有人在这里买水喝，老板的一厢情愿便以经营不善告终。母亲一听他的计划，觉得这是他学习生意的好机会，立马从紧巴巴的征地款中取了两万元给他作为前期投入。他稍微改了下原来的吧台，进了三张麻将桌，选了个吉日，正式开张了。这名字也取得应景："角落吧。"

从繁忙中抽身而出，他趁着开张之前又去操场上踢了一场球。这场球并不是一个好兆头，他队里的一个球员被撞破了头，倒地不起，还未结束就中止了。受伤的球员被人送走了，他看到血从头部流到了场地上，有点晕血。他走到台阶上，坐下来，环视四周，发现她不在。几次了，他都没发现她，他突然怀疑起她的话，女人是谎话连篇的动物。他扭头，却看到篮球场的石椅上，她正背对着他。

他站起来，隔着短短的路和铁丝网，喊了几声她的名字。她听到，回头，朝他嫣然一笑。他被这一笑弄得有些恍惚。她回他："嗨。"她站起来，绕出了篮球场，向他走来。道路两边是成排的椰子树，椰果在很小的时候就被摘下来了，怕顽皮的学生上树摔下来。

除了偶尔互发信息交谈几句，他感觉已经很久没见她了。塘镇很小，但不相往来的人多的是。他想起她的时候，初恋那天的身影总会闯入脑海里，挥之不去。时间就像丰茂的印度紫檀一样，每天换一张面孔。这么些年过去，他偶尔会回忆往昔，但那个世界已经离他远去了，他忘却了大半的故事。他伸手触摸到她的脸，皮肤接触的真实感惊醒了他，他被自己轻佻的举动吓了一跳，露出尴尬的笑容：“有点晕血，人有些蒙蒙的。”

这场见面比之第一次，多了偶然性。他有些羞涩与不自在，这对一个三十岁的男人来说，极为反常，但他不自知。阳光将道路晒得晃荡起来，九里香的香气在空气中黏稠，他感觉自己正在荡秋千。他们并肩在水泥的校道上走着。他曾在这所学校复读一年，他望着远处低矮的房屋和石墙，那是学校最后一片未经改造的地方。当时，里面除了是学生宿舍，也是学校粉笔生产基地，学生每天都在粉尘满天中端着饭看着工人晒粉笔。有许多人会闯入这片禁区，只为捡拾粉笔。校警每天都要应付与驱逐这些闯入的少年。他们乐此不疲，互相斗智斗勇。

回忆从阳光的缝隙、从风的流动中缓步而来。他想找几句话打破这缓慢的沉默，但话到嘴边，他便哑口无言。母亲最讨厌的也是他这一点，她伶牙俐齿，说得一口漂亮话，却生了这么一个笨拙的儿子，她心急如焚，数落的口气也一日比一日重。但是，他大了，拥有了独立的意志，这三言两语怎么打发得了他？

他们走到花圃边，一盆一盆的花，长春花、太阳花、蝴蝶花、凤仙花，还有兰花。都是这里常见的花草。他们继续拐了弯，进入老师宿舍区，两排瘦骨嶙峋的椰子树张着巨大的叶子，给地上留了很多阴影。他不知该拣什么话说，于是胡乱问了几句。她比他稳重，听完突兀的问话之后，都会沉吟一会儿，才慢慢吐字。他并不礼貌，也不懂得拐弯抹角，而是直截了当地询问："你爸爸是个疯子？"

虽然她的家庭稍微打听便可知晓得一清二楚，她也不曾试图隐瞒什么。但这句话还是刺痛了她。她没有任何迟疑，略带着一种无可奈何的痛苦语调，承认了这个事实。她的父亲是一名智力障碍者。她目光转向远处的红砖围墙，想起自己曾想改善家里的生活。她去城里打工，带着父亲和哥哥。他们生活可以自理，下班回来很晚，父亲能给她端来热乎乎的饭。但是好景不长，在一次出门中，父亲和哥哥走丢了，她费了好大劲才把他们找回来。那天，她在那张简陋的小铁床上泪如雨下。那是二月里的春天，挺冷，要盖厚厚的棉被。不久，她将他们俩送回了家。用打工挣来的钱买了一辆三轮自行车载客。那年，她不过二十三岁。她遇到过老家的一个朋友。当时朋友匆忙上车，报了地址才问多少钱。她们认出了对方，到目的地后她执意不收钱，朋友还是硬塞给了她。她在天桥下，望着她拎着黑色的提包，走进公园跳舞的人群中，最终消失不见。她有些心酸，心酸自己的落魄。可是，她很快又朝前走了，她要努力，避免重蹈覆辙。

半年之后，她回到了塘镇，在一条街道上安营扎寨。街道有许多灰，扬起来，又落下去，积了厚厚一层。她的鞋走了一天，晚上必定要拿湿毛巾将鞋子擦一遍。黑色，容易沾灰。她低着头，盯着自己的鞋子，对他鲁莽的问题有些心痛，他并不是一个体贴入微的人。

他又问一句："你要来我的茶吧坐坐吗？开张了。"

她说："好啊。"她的目光穿过那堵长出苔藓的墙。

他们并肩折返，穿过种满九里香的校道，走出了学校大门。他们在三岔路口分别，他走了一段路，忍不住又回头，她已经湮没在街道或破旧或崭新的楼房之间了。他有些怅然，人生是否可以将就？他是一个固执的人，痴迷于睡觉与玩乐，将这两样发挥到极致。他摸了摸自己的耳朵，耳钉上的假钻早已不再闪耀，他还是继续戴着，哪怕收到如潮批评也顽强抵抗，他的倔强已成为内心最锋利的精神。

6. 她

父亲失踪了。父亲是一个沉默寡言的人，脸长年累月的浮肿，和他瘦弱的身体不成比例。在夏天，父亲有两套换洗的衣服，他穿一套,另一套会叠得整整齐齐放在他的身边。睡觉也坚决不会压到。她搜寻着衣柜，这个黄色的布衣柜是她给父亲和哥哥买的。里面放着她给父亲和哥哥买的衣物，夏天的、秋天的、春天的。这些衣物压住了她，她感到沉甸甸的。她抹了眼泪，走出去，穿行在阴冷的竹林中，踩过一丛又一丛的植物，有刺扑上了她的牛仔裤，可她顾不得了。

最后，她来到村尾的池塘，看到父亲那套衣服，端端正正地放在那块光滑的火山石上，风猎猎而过，也掀不走衣物，上面压了一块小石头。父亲，是一个智障。这时，她感到自己体内的疯狂正突围而出，在这空旷的天地间崩溃了。她的哭声穿梭在树木、植被之间，枝叶落尽了洋洋洒洒的伤悲。

之后，是放干了池塘的水，父亲就躺在淤泥里，穿着他最喜欢的衣服。她强撑着，主持丧葬的一切事情。趁着间隙，她不断追溯父亲为什么自杀？生活了这么多年，她仍然无法理解父亲。他们之间，缺乏沟通，除了日常吃饭琐事，再也没有交流。

人在极度伤悲的时候，总会抓住一些虚无缥缈的精神之物。父亲出殡后，她躺在那张老床上，线香与纸钱的灰烬之味飘进来。她想起了他。这是一种真真切切的念想，她抓住了它，握在手心，让寒冷的身体暖起来。

她给他发了一条信息："我爸自杀了。"发完后，她就后悔了，这些事，跟他无关。

他仅仅回了一个字："哦。"或许，这镇上，多一个疯子或少一个傻子，都无关紧要。

她想到逃离。她是一个四肢健全、头脑清晰的人，离开对于她来说，是随时随地的事。母亲，她数年没见到了。她当然知道母亲在哪里，母亲能走多远呢。她盯着手机黯淡的屏幕，想象母亲的双腿，想象母亲艰难挪动的样子，她也在这样一个被密林环绕的、深不可测的村庄，空气清凉无比，却是一个无法出走的巨大牢笼。

丧假一过，她又穿上了白衬衫，回到镇上。她的脸上除了熬夜的憔悴，看不出悲喜。她当然也听见议论，自杀，这种非正常死亡现象总是令人震惊，她能感到自己的心，又多了几道愈合的伤疤。父亲的死，对她是一种解脱。

她木然地操作着电脑，旁边的同事偶尔会打量她，试图找到她悲伤过度的证据。这时，他走进来，轻声说："这里交费吗？"

她一边说“交”，一边抬头，他的面孔赫然映入她的眼睛。她心一松，嘴角上扬，笑容掩不住。

他写了单子，递过五十块钱。她接过，打开系统，将十一个数字输入。

他问：“下班了吗？”
她说：“还要一会儿。”
他说：“行，我转转，一会儿回来接你，带你去我的水吧看看。”

这家水吧躲藏在僻静的巷子里，灯是普通的白炽灯，里面坐了三三两两的人，都是他的朋友。有人起哄，他出声制止。他给她调制了一杯不放黑珍珠的奶茶，暖的。她拿在手上喝了一口，味道偏淡，适合她此刻的心情。她感到水里正晃动着一个池塘，天空的倒影全部落在里面，变小的父亲就住在水底。这几日，她有些病态，只要看到液体，就会想起父亲，以及父亲的不幸。不幸让人记住，而快乐，转瞬而逝。

他们坐在靠卡通墙的那张桌子旁，店面不大，基本没有人，完全靠朋友捧场。但是，他喜欢并享受这种自我做主的感觉。他问：“你还好吗？”他语气凝重，却没喊她的名字。而他的名字，陈双桥，在她的心里飘飘荡荡。她终究对他有了深切的好感。

她看上去若无其事，笑着说：“下次和朋友来喝茶就来你这里了。到时记得打折。”他们有一句没一句地聊，有时陷入尴尬的沉默，她四处搜肠刮肚也找不出合适的话题。她的目光望向门外，盯着对面的某处。

只要离开村庄，她便感觉到放松，悲伤自然也被这镇上司空见惯的景致冲淡了几分。她的目光所及，是一栋又一栋的房子，是陆陆续续来往的行人。把自己放在热闹中，内心才不会感到空寂。虽然她曾经用癫狂的热情去追逐热闹，并为这种热闹付出了代价。但是，现在，她又要靠这种热闹来拯救。在这点上，她想得很明白。

她看到通往楼顶的台阶，便拿起奶茶，说："我上去看看。"他说："行。"他正忙着招呼两名新到的客人。

她走上去，来到了平整的屋顶，她又看到了那条河。这个镇子，就是一条宽阔的河流，她独自一人，撑着木筏，在这孤寂的山水间漂流，她是一朵花，靠汲取别人的养分为生。陈双桥，不过是她顺手抓住的肥料。

她往前走了几步，只要轻轻一跳，就会落到底下坚硬的地板上，但多半不会死，因为一楼的楼顶太矮了。关于死亡的念头，她已经不再去想了。假若死亡真的来了，她只会想尽办法千方百计地救活它，然后狠狠扇它几巴掌，到底将父亲的魂魄藏到了哪里？

父亲的死，将她隐藏的暴力倾向激发出来。她还是有那么一点疯狂的基因。她越来越了解自己。

这里最大的优点是凉快。

她听到了他的声音，顿时安静下来。她发现，他的言语开始具备抚慰人心的力量。

就是在这云淡风轻的一天，她将裹挟着狂风巨浪的言语抛向了他。事后，她回想起来都觉得不可思议，她说了有生以来最多的一次话，说得嗓子发疼，还在滔滔不绝地说着。

他虽沉默寡言，却是一个很好的聆听者。就是这天，她十分确定，他终究会被她捕获。

7. 他

风从江边吹到了屋顶上，他独自坐在上面，一边在树影婆娑中抽烟，一边望着对面发呆。月色让这周围的一切如梦似幻，他也宛如在梦中。店里的生意并不如他所期许般兴旺，他不是做生意的料。这让他产生了挫败感。捧场的朋友们大部分都被他免单了，哥们义气让他拉不下脸面去赚他们那几块钱。

他沮丧，他不会一夜暴富也终将一事无成。和留在这里的青年一样，他从事不稳定的涂料工，有时会被拉入花天酒地的局。粗鄙不堪的话就在酒精的作用下源源不断地流出。他感到自己稳定的心智正在丧失。除了母亲记得他的年龄，不断地提醒他，他还停留在十八九岁猖狂的年纪。他不想过快地承担责任，别人结婚，他也要结婚吗？说真的，他对婚姻有恐惧。

他想起刚刚丧父的她。他开始对她具有好感。他问自己，是否需要一个女人？当然需要。从西安回来后，他便远离了城市生活。在这个小镇耗掉了许多时间。他并没有意识到，自己年岁渐长。母亲在这些年中，也毫无老去的迹象。时间借助不分明的四季，扫出一个静止的镇。夏天，就像蒸笼，把他们的皮肤蒸得像馒头一样白，再给染上一层可食用的色料。地理和气候，让他们越来越雷同。

她当然不知道，池塘抽干水的第二天，他偷偷骑车去了事发地。他想亲眼看一下这名跳河自杀的人。他在街上见过他，他有些面瘫，让他看上去始终像在微笑。他独自走着，路过的行人偶尔会看看他。他拿着两根长棍，可以支撑身体，他本可以扔掉棍子的，可是出于一种保护的本能，这两根棍子能让他安心。他一直走到了女儿工作的地方。站在玻璃门口张望，女儿不在。他又折返。

他站在路的对面，那栋破旧的戏院建筑前，瞅着他拎着那两根木棍，走了好远。他设想，他和她结婚，他的兄弟们跟他进入村子迎亲，智障的岳父就站在那张铺上红布的八仙桌边上，接受别人的指指点点……他无法忍耐。现在，他死了，他舒然。娶一个老婆陪嫁穷困潦倒的外家，一有什么风吹草动就可能压垮他，这或许是他一直不为所动的原因，对后代的遗传性反而没有考虑。反倒是原来有些顾虑的母亲，越来越操心他娶不到媳妇，目标明确只要是能生养的健康姑娘就好。

他抽完了十根烟，眺望远处的树影婆娑，终于下定决心，展露笑容。母亲在楼下喊他回去吃晚饭。他将烟蒂一弹，站起来拍拍屁股走了下去。

母亲的腿在休养几个月后，除了不能做过于激烈的运动，比如奔跑，挑重物，走路还有点拐，基本和常人无异了。她又事事操心起来。

或许是孤儿寡母的日子过久了，让她染上了神经质的毛病，总是觉得老大不小的儿子娶上老婆一切就安好了。自己也能在人前笑逐颜开地说得上话了。母亲聪明，话语之间能将自卑掩饰得完好无缺，让街坊邻居觉得，就算家里少了一个男人，这个家还是维护得有模有样。母亲深知，人情社会，必须将弱点掩藏，才能避免被攻击。

他虽然年过三十，却并未在社会历练多久，并不老练精到，说话直来直往。饭桌上，他总是忍不住反驳母亲，将在学校里学的一套一套理论搬出来，年深日久，他居然还能过目不忘，着实让他自己感到讶异。之后，他便知道记忆从何而来，他坐在梯子上，给墙壁刷白色的涂料时，会回想在学校的时光。和现在一样，他还无法完全自食其力，还时不时需要母亲资助。母亲太聪明，太会安排一切，让他隐藏的才能毫无发挥之处，他也就心安理得地这样生活。

这时饭桌上的母亲突然换了一种口气，旁敲侧击地问起他和她的事情。这段时间，他抽烟太猛，咳嗽久治未好。他用一阵咳嗽回答了母亲。母亲盛了一碗汤给他，不再过问他的感情生活，转而数落他跟着村里的青年学坏。他也觉得，自己确实抽得太凶，把肺抽虚了。缓过来后，他把汤喝掉了。不耐烦地说："不要老是问了。"

饭桌上，只适合谈论轻松有趣的话题。

他快速吃完饭，将碗筷一放，就出去了。清风顺着两边的行道树吹过来，有一丝凉爽，顿时让他耳聪目明。他来到了专营店，望进去，她不在。他给她打了电话，这是他第一次主动联系她。

之后，他们的联系越来越频繁。他经常骑着摩托车，进入藤蔓滋生的村道，在层层叠叠的秘影中，用呼啸的车声打碎了黑暗，在稀疏的村落灯火中将她接到镇上，在风景秀美的河岸边，在简陋的临街茶馆，在烟雾缭绕的麻将包厢……

他们会绕着重要的几条街区，转上几圈。他的话还是很少，大部分都是她在说。她说自己的工作，谈自己如何上进，她表扬自己滴水不漏。偶尔也会说一说互相认识的朋友，评价他们的品行和婚恋，却再也绝口不提自己的家。

而他，被她的谈话兴致所吸引，偶尔也会聊上几句自己读书时候的事。

有一天，他和她在傍晚经过机关大道，他又看了看那家快餐店，见到十多岁的初恋穿了一条淡蓝色的裙子背对着他，和坐着的食客收账。他突然感到一种无以言说的惆怅。时间就在他面前，划动双桨，慢慢地沿着透明的水流远去，而他，不曾挥手说声再见，因为，后会无期。

8. 她

生活在这样的时代，要小心翼翼地将灵魂收起，藏在不为人知的地方，在森林的罅隙中，或是一望无际的田野里。她不能吐露真言，她将内心的话语随灵魂一并寄去了未知的远方。这样，她可以安安心心为欲望而奋斗。

她曾经认为理想的生活，是遇到一个她愿意为之洗衣做饭的男子。现在,她遇到他。她不再问自己这个问题了。人生是一场将就，并不存在那么多的情情爱爱。除了固定的住房,物质达到她的目标，有关精神上的一切都可以打折。

出头之日扎根在她的身体，她提供养分，无时无刻不为它服务。有时，她会在幻觉中举起刀，将自己的身体一分为二，看到一边装着生活的村庄，一边装着她设想的未来。

这日中午下班后，她不像往常在店里休息。她从钱包拿了五块钱，去了和他第一次见面的二楼水吧。中午，整个水吧空荡荡的，玄关那里将那桌永远在赌的客人与她隔开了。她要了一杯热茶，坐在窗前，眺望外面的世界。那天，电话铃响之后，她知道，她终于在他心里留下了一点位置，她赢了。

窗外的景色，除多了新的建筑物之外，和十五年前一样。她看到十五年前的自己，穿着黑色的休闲裤和白衬衫，头发剪得很短，正骑着一辆二十六寸的蓝色自行车飞速经过这条街。她看到夜晚，她和其他的女孩们，蹲在大门紧闭的邮政大楼前，百无聊赖地，为了度过这漫漫长夜而绞尽脑汁。

她盘腿而坐，转头去看那杯晶莹剔透的茶水，茶叶在水里慢慢舒展，张开了翅膀。她搅拌了几下，为自己的了若指掌与如愿以偿露出了微笑。

每隔一段时间，她都会去坟地，把坟头上面蔓延的野草砍掉，撒上几筐新土。她知道，以后她走了，这墓也就荒掉了。他来她家时，她把锄头递给他，叫他帮工一次。他虽然有些迟疑，还是跟她去了。不是清明时节，去墓地总让人觉得不吉利。

她一只脚踩在石头垒起的土堆上，用弯刀将杂草割掉。他禁不住问："这样踩上去好吗？"

她说："没关系，反正人是睡在棺材里，踩不到的。"

他不再言语。却始终不肯将脚踩上去，只是帮忙将周边的小木麻黄树砍断，能拔掉的就拔掉。她旁观他的一举一动，觉得他真固执。

这片野林子，是她童年最爱的地方，当年堂哥就是在这里犯了精神分裂，追着众人猛打，她站在旁边，却看得乐呵呵的。四五年前，堂哥的躁郁症和妄想症又犯了，将整个村落吵得鸡犬不宁，被长辈花了三千块找派出所的人抓进了精神病院。她躺在床上，听警笛长鸣，想：还好父亲和哥哥不是精神病。她运用想象，在变热的三月，在扫墓的时候，铺上一块适当的桌布或野餐用的摊子，搭配一些食物，度过不需要耗费任何脑力的一天。至今，她都还没真正实现这个愿望。她利用想象，去抵御现实，避免被侵犯。

她突然说：“我欠你的，终有一天要还你。”

他一怔，问：“欠什么？”

她从坟头下来，说：“扫墓。”她知道，还没结婚，也不是扫墓季节，一个男人能去女方家的墓地帮忙，尤其是在某些方面保守得近乎偏执的此地，实属不易。

他们带着一身泥和沾满裤腿的黑刺回到了村里，在水龙头下清洗之后，就去了镇上。他骑车，问坐在后面的她：“你哥呢，怎么没见到人了？”

她装作没听到。

她第二次，来到了他开的水吧。他打开卷帘门，等待上升到可以弯腰进去的高度，他钻了进去，她也跟着钻了进去，坐到了椅子上，盯着门慢慢升到了顶端。最初的新鲜劲儿过后，他对水吧经营再也提不起兴趣，过着三天打鱼两天晒网的生活。

店里还有一些饮料。她问了储藏的地方，就自己进了柜台，拿了两罐可乐，打开易拉环，将其中一罐递给了他。他们就在那里坐到了傍晚。她的斗志也是在那天丧失的。那时，离他们的婚事已不足两个月的时间。而他们还未知。

两个月后，她穿了一件一字肩的蕾丝边红婚纱，脖子上戴了一条十二三克的金项链，项链是她用微薄的积蓄自己买的，站在盖好不久的房子前，层挑得很高，明亮的阳光倾巢而入，她半是自嘲半是胜利地嘴角上扬，在一鞠躬、二鞠躬、三鞠躬声中，木然地完成了所有的仪式。

她服从主流，如愿成了胜利者。她将黑暗之处的痛恨抛回了村庄，那间阴森孕育了几代人痛苦的破屋。阴冷的火山石被夏季的暴雨穿透，落到屋里的泥地上，却再也跟她无关。哥哥在两个月前走丢了，爷爷以年迈之躯，简单操办了她的婚事，她不再贪婪地对待食物，而是慢条斯理地细品慢尝，她不会饿了。她与这世间，两不相欠。

他们在彼此的小算计中，于阳光普照的今日，终成眷属。

普通家族史

过　去

龙兴茶楼的主人周老头在悄无声息的岁月中由一个两手可拎两大桶水的中年壮汉变成了一个精神萎靡的驼背老头。他虽然老，但他做点心的手艺却日益炉火纯青。一大早，新鲜出炉的包子香气溢满了整条机关大道，早起的人们纷纷往茶楼里涌，买上一个香喷喷的白肉包子当早餐早已成为习惯。

再过上两三个时辰，茶楼开始热闹起来，宾客盈门。算彩票的引车卖浆者、谈小本生意的贩夫走卒、经营大型服装加工厂的大老板等三教九流都坐在粉红的塑料靠背椅上，喝着从五毛钱一大壶涨到两块钱一杯的茶水，说着各行各业的新事旧事，或大笑、或黑脸、或面无表情目光呆滞，有时有人茶喝多了，也会在茶楼里寻衅闹事，但并没有踢椅子、砸桌子、扔杯子的事情发生，因为闹事的人早已被劝阻下来。挨着旁边就是派出所，那口没能发泄的恶气只好撒在了对面政府的垃圾箱上。所以，镇上的垃圾箱无论换多少个，没几天又会变得和以前一样破旧。

周老头裹着一条白色围裙，围裙中间缝着一个大口袋，买包子的人懒得往里面的收银台走，直接把钱递给了正忙着给客人打包的他，他接过，直接就往口袋里塞，满兜的零钱鼓鼓囊囊，让周老头过足了富翁的瘾。应该是十六七岁的时候，周老头坚定不移地认为自己会成为富翁，拥有一辈子花不完的钱，住不完的房子，从村里一直到镇上，再到城里，到时爱住哪儿住哪儿，想买啥买啥。只是事与愿违，他的一辈子也就挣了这么一栋破楼，一辈子捏着面粉做着包子到七老八十了还不能退休。

茶楼原来总高两层，周老头挣到一些钱后，又加盖了一层。新盖的那层贴了暗红色马赛克瓷砖，是 1998 年风行塘镇的颜色。周老头不落人后，不顾周奶奶的劝阻在一楼二楼都是石米粒外墙的情况下让这栋茶楼具有了后现代主义的特色。

除了做点心，周老头还喜欢在六十年前的世界兜兜转转，他幼年和青年的奇异经历让他的故事源源不断地从他身上、口中流出来，成为他晚年孤寂生活的动力之源。六十年前的塘镇有扛着枪、戴着钢盔的日本人，日本人和中国人长得一样，但他们的神情和刺刀都让人明白他们与中国人不是一个族群。周老头说："日本人就一个字，杀！"其实，他更喜欢回忆父亲的故事。一场突如其来的瘟疫比日本人的洗劫更让人印象深刻。

中午，塘镇天气闷热，江边的风因为房屋的阻隔而吹不到街上来，树木静止不动，溜达的野狗死气沉沉地吐着舌头，茶楼空无一人。

周老头依然坐在那张波罗蜜木做成的扶手椅上，扶手椅很老了，在长达半个世纪里抵抗了白蚁的侵袭。前段时间，周老头刚刚给它上了一层暗红色的油漆。偶尔有茶客递过来一两根烟，他也不客气地接过抽起来。烟雾、水雾弥漫在他面前，他呼吸着这些混浊的气体，突然起了谈话的欲望。午后的阳光和空气使人缺氧，周老头在给周慈的讲述中半梦半醒。

人们的嗅觉里只剩下了腐烂的气味，听觉里只有野狗兴奋的号叫，它们撕咬着那些不知从何而来的尸体，江边的风越来越腥。每天每时每刻都会有死人的消息传遍狭窄低矮的街巷，江面的浮尸越来越多，漂走浮来不断轮替着。人们在恐慌之后渐渐习惯了这股恶臭，开始谈论上游的村镇，他们并不知晓那边的灾难是否比这边多，流言比官方掌握的信息更加可靠。

周老头说的故事便是从百年前席卷全镇的鼠疫中开始。鼠疫的源头至今不详，死的人越来越多，住在靠江的福气巷的人全部跑到篱墙的另一边。篱墙是为了隔离脚河上漂浮的尸臭和传染源而连夜修建起来的隔离墙。后来聚居在篱墙这边的人越来越多，房子也越盖越多，又由于它位于脚河的北边，人们便随口把它称作了北街，自此，它就成了一条正式的街道进入了塘镇人的日常生活中。据存活下来的人说，瘟疫蔓延率先从福气巷开始。说的人回忆起自己当年的死里逃生，仍然惊魂未定。

塘镇只有巴掌大，到处是被大树遮蔽的池塘。其中最出名的一处称为龙塘，据说很久以前，这里曾经有一条沉睡的龙，许多年后，这条龙被一头喝水的牛惊醒了，龙的咆哮引来了雷火，它乘着雷火往天空奔去，留下了清澈见底的龙塘。后人敬畏，给它立庙供奉，从此，龙塘成为一个地名世世代代传了下来。后来不知过了几生几世，龙塘被一个新调任的领导将名字一分为二，把龙字去除，成了塘镇。

人们的房屋都散落在池塘边，汲水而饮，围塘而歌。大约一万年前，这里经历了火山喷发，留下了取之不尽、用之不竭的火山石，人们用这火山石盖起了坚固的房子，房子的屋顶都是用瓦片砌成，呈三角形，通风纳凉，世世代代居住在里面。又不知是多少年以前，塘镇人讲着当地的土语，把外面来的汉人称作客人。他们对自身如何走到这片土地漠不关心，只有从语言中才能发现一丝蛛丝马迹。若干年后，有人考证，这个族群是从印度的阿萨姆邦迁徙而来，也有人说，他们迁居自曼谷与当时的安南中部地区，称为村人，讲的话称作村话，归入熟黎。专家各执己见，争论不休，最后达成了一致，每个人的假说都是正确的。这只是一个微小族群，引不起外人很大的兴趣。年深日久中，各家各户都记载起了族谱，有了自己的历史。他们的言行都和汉人一样，就连发源地也明晰了，因为族谱写得清清楚楚。

周老头的父亲去得最远的地方是省城，当时靠着不知疲倦的双脚踩着大雨过后泥泞的土路一路默然地走着，沿着河流的方向。父亲偶尔会转头看看，岸边的森林像一幅静默的油画。目光稍不注意落在河流上，就会从油画回到现实，河流太脏了。那种脏，不是暴雨过后上游冲下来的垃圾，那种脏，带着恐怖片的味道，死人的气味无处不在。父亲虽然不想看那缓缓流动的水，可是他对死人的河流充满了好奇。如果从斜坡走下去，就能来到河边。不过现在，还有谁会跑到河边呢。只有那些感染了疾病的人才会跳到江里去。

他要去省城进一些药材。他揣着列出的清单，并不知晓自己身上的担子有多重。他对围拢交缠在一起的树木并不稀奇，过多的行走令他感到全身燥热，他很想把身上的长袖衫脱掉，但是他怕，他怕自己会病死。他脑子一片空白，不知道为什么会有这么多人接二连三地死掉。他想，老天爷发疯了。他的内心满是对死亡的恐惧，当恐惧盈满整个胸腔时，他反倒平静下来了。

父亲从祖父的手里接过北街中药铺已经多年。父亲是镇上仅有的几个医生之一。他没有牌照，也没有营业执照，他的医术是跟着祖父手把手学来的。鼠疫已经发生数天了。来求药的人络绎不绝，大部分都是穷人，富人们已经逃到外乡去了。父亲心肠软，药一次又一次地施舍出去，最后连中药渣子都被讨要得一干二净，父亲的药铺成了一个空壳子，钱也在长达数月的鼠疫中施舍殆尽。后来，周老头谈起父亲，不只一次说："他不懂经营，要留本钱让钱生钱才能帮更多人哪，守着一间空铺子吃什么，不得病死，也要饿死了，人不能断了源头。"

老年后的周老头学会了整理物品，他翻出旧衣、旧箱子、旧药方、旧事、故人，死去的和正在活着的，街道，瘟疫，一遍一遍地梳理着。瘟疫发生时，他还远未出生，他所听到的皆是多年之后步入中年的父亲闲暇之时的提及。那时日头空荡，父亲凝望着外面挤挤挨挨的低矮房屋，雨后的路遍布水坑，他突然想起了从前。周老头依然记得父亲开口说的第一句话："人真多啊。"许多年后，周老头才明白这句话的含义。他复述父亲讲过的故事，在转载中经过了自己的过滤。

周老头讲到这里就戛然而止，他口渴了，需要喝水。其实，这只是他的一个借口，因为他发现自己的记忆越来越模糊，他看不清曾经的影像。茶楼的墙壁原来是白色的，在茶水和人声的烟熏火燎下，渐渐变成了灰白色，手一摸，粉末扑扑地往下掉。每次坐在墙边的客人抱怨，周老头便笑着说："不是不想重新涂一下，可是你看，这么大的一个店，这么多的人，我不能歇业啊，为人民服务嘛。"他时时将这句话挂在嘴边，好像怕人们怪他招待不周而去投诉。

周老头有两个儿子，大儿子叫周大头，小的叫周小头。从儿子的名字即可看出周老头是一个随随便便的人。周老头的老婆从嫁给他的第一天开始，便不断地重复着"男怕入错行，女怕嫁错郎，这倒霉的事就落在了自己身上"的话。按每天说一次的频率算，她已经说了 18250 次。从风华正茂说到了风烛残年。是的，确实已经是风烛残年了，她七十岁的脸上已经长出了老年斑，手臂的褶皱成了苍蝇、蚊子飞进来绝对出不去的大峡谷。她并不管事，只是每天在茶楼里进进出出。她步履稳健，一看即知是很长命的人。和周老头相处久了，她也染上了周老头慵懒的秉性。虽然懒，但嘴巴却永远闲不下来。她有时站在店门口，有时坐在里面的靠背椅上，对着忙忙碌碌、来来回回的服务员指指点点，"快点给外面那桌上茶呦，等好久了，""阿梅，你看你，笨手笨脚的，端个盘子都不懂端平，快掉了，快掉了，小心点呀。"她自顾自说着，声音充斥在茶客的周围，却没人理会她。

茶楼的对面是镇政府，一排刚建好的平房就贴上了时下最流行的白色条砖，门店上都写着招租启事。周奶奶弄了许久都未明白，对面的位置正好在镇中心，人来人往、熙熙攘攘绝对不愁租，怎么还要写一个招租启事呢。王三三是周奶奶的大儿媳，她一边烧水一边据此推算,周奶奶果然老朽了。不知道就算不愁租也要装装门面。这老太婆还停留在旧世纪。她对着烧得红红火火的灶台冷笑。她长了一张若干年后明星扎堆削骨整成的锥子脸，这让她本来就大的眼睛显得更大，大得眼珠子都要掉下来一般，有点吓人。她嫁进周家已经十八年了，她最常念叨的是嫁给一个废人什么好处都没捞到，还倒贴了满屋的嫁妆。

她时常会想起年轻风光的时候。那时镇上的戏院已经开业了，不知道是哪个工程师和塘镇开了个玩笑，把雅典神庙的那几根柱子搬过来了。看惯了灰瓦石墙小木楼的居民们，一致认为戏院是镇上最怪异的建筑。落成之初，伟大领袖毛主席逝世的消息便通过电视广播传到了千里之外的塘镇。于是，戏院还没播上一部电影，内部装修还未完工，就一夜之间匆匆忙忙被改成了追悼礼堂，人们从四面八方云集到这里，来不及对戏院外观形象品头论足就在电视广播中神色凝重地落下了眼泪。

戏院不分昼夜总是熙熙攘攘，热闹得像天天过春节。王三三就住在斜对面的邮政宿舍楼里。周家还没来说亲，她天天没事就往那里窜。

镇上除了这个豪华戏院,还有什么可消遣的去处呢？男男女女、老老少少、正经的歪经的、二流子、体面人……就像混在茶楼一样，没日没夜混在重复放着一部电影的戏院里。周大头年轻正盛，荷尔蒙无处发泄的时候，就从茶楼中偷溜出来，拿着灌满了茶的水瓶，在狭小的如同地牢一般的售票口跟老郑买一张票，便在附近转悠直到电影开场。渴了就往嘴巴里咕噜咕噜灌上几口茶，深红色的茶水顺着嘴巴缝隙流到了沾着白色面粉末的围裙上，浅色的围裙早已斑斑点点，这让周大头看上去始终像从油里捞出来一样。不明就里的人总把他误会成屠夫。虽然他长得矮小外加外形稍显猥琐，并不具备屠夫的霸气。

周大头跟着周老头学了十几年的做点心，他木讷、少言寡语。碾面粉时力大无比，和姑娘家说话时却没了那种气势。二十好几了还说不上媳妇。他活动的最大范围就在茶楼半径以内，他最喜欢做的事就是揉搓弹性极佳又软绵绵的面粉，估计是耗在这上面久了，导致他的点心手艺多年来毫无长进。

王三三每次看到他，都会说上几句他的玩笑话。王三三决然没想过自己会嫁给其貌不扬的周大头。她父亲是邮政局的老职工，母亲是一个家庭主妇，上有一个姐姐，嫁给了镇政府计生办的一个小青年。

塘镇流传着一个风俗，如果一直生不出男孩，就要给女儿取一个异于常人的名字，并取得男孩化一些。至于这种风俗的源头，年代久远，已经无从追踪，人们按着这些约定俗成生儿育女。王三三的母亲生下王三三后极其伤心，因为丈夫是个吃皇粮的，按照国家政策，如若再生，丈夫有被革职的巨大风险，但她又不甘心，想拼第三胎，于是，她把这种愿望寄托在了王三三身上。这导致了以后她对“三”这个数字的敏感和神经质。所以，她从来只会把王三三叫作二妹，而不是直呼其名。

许多年后，王三三会一边烧水一边想，燃烧的火柴烤红了她的脸，土灶台的大锅咕噜地沸腾着，水费劲地顶着锅盖，太热太烫了，你们想出来啊。王三三把火柴夹出，放在旁边的灰烬上弄了弄，灭了，把锅盖打开，水泡渐渐弱了下去。王三三觉得自己一不缺胳膊少腿，二长得虽然不漂亮，但也不至于丑到无法见人的地步，家庭在镇上虽然不算富有但还算殷实。何况，父亲是邮局的，她没理由嫁不了一个好男人。王三三就是这个样子，多少年来一直纠结于自己嫁给了周大头并为他诞下一男一女的事实，有多少次她都在自我否认，闭上眼，或者在茶楼以外的地方，她就如同做梦一般，回到青年时代的车水马龙。

王三三除了烧水，几乎无事可做。几十个热水瓶空了，她总是很及时地拎着大水壶过来，打开塞子就往里倒，水蒸气“噗噗”地往上冒，熏热了她的脸，使得她的眼睛整日整夜湿漉漉的，让人误会她受了什么委屈眼泪止也止不住。头发随便往后一束，没多久就被她自己弄乱了，乱糟糟的与最宏伟气派的机关大道一点都不相符。

镇政府的临街门店有一家杂货铺，人们把镇政府称为公社，这是几十年前公社化运动残留下来的历史。这个词语进入了塘镇的日子，人们随随便便在大街上就把它给拎出来，却再也不会追究它的由来。杂货铺从女性用品到烟酒茶油及小吃水果应有尽有，那里经常摆着一两张桌子供人打扑克牌。王三三每次从茶楼望过去，总有想过去凑脚的冲动。但是一想，四个人，一副牌，满满的，自己凑也凑不来了,便继续坐在土灶边烧水去了。偶尔周大头会喊她几声，让她帮忙打下水，送到点心间里，她就会一边不情愿一边骂骂咧咧地说：“没看我正忙着吗？”然后手里提着一桶满满当当的水亦步亦趋地走过来。

机关大道的绿化树是椰子树，但除了椰果能供人解渴之外，遮阳避雨的功能太差，在群众的呼声中，椰子树被换成了印度紫檀。于是，每年夏天一到，行人总会闻到一股腐烂的气味，这是印度紫檀的叶子发出的气味。起初，人们并不习惯，每次经过时都会捂着鼻子行色匆匆。久而久之，不仅是机关大道，就连北街人家的自家门面，也开始种上印度紫檀了。没办法，谁叫它这么容易就长得这么茂盛呢，能把塘镇毒辣的阳光挡上一挡。

周老头谈得最多的是电影，逢年过节他们会接一些在村里放映的单子，雇一辆拖拉机，将放映设备放上去，跟着车子“噗噗”进村去了。放映一场两三百块，成本剔除后，每人大概赚个四五十块的茶酒钱。

周奶奶接过了周老头卖包子的活，一边给客人打包一边插话说：“你这老不死的，你看你，都缩成什么样子了？还去弄这些玩意儿，设备多重啊，小心砸死你！”周奶奶的话里含着诅咒和预言的成分，她希望这些恶毒的话能收到适当的效果，让周老头适时地撒了手，回归到他平常的生活中。他老了，家里不缺衣少钱的，他还去挣这点钱干吗呢。周奶奶想不明白。她和周老头生活了一辈子，都没能理解透他。

周奶奶也喝茶，当然，喝的不是对外卖的茶，那些茶梗她才看不上哩。她种了几株茶树，养得枝繁叶茂。哪天突然心念一动想喝茶了，她就会走进后院，摘上几片，放在热乎乎的开水杯里泡上一泡，待水半凉了，她就开始慢条斯理地细品。周慈曾问她：“这样喝有味道吗？”周奶奶瞅瞅四下无人，才偷偷地附在周慈耳边说：“其实呀，奶奶是装的，除了一股清香，什么味道都没有。所以呀，有时候得加糖。”

周慈的名字是她取的，她信奉大慈大悲的观世音菩萨，拎着供品去村里的佛堂问了庙祝之后，便定下了这个字。周慈出生的时候，她有一些失落，怎么不是个男的呢，这二胎一定要生个男的啊。王三三躺在洁白的床上，听着周奶奶形容她生周慈的时候就像拉了一次顺畅的大便，好生得很咧。王三三白了周奶奶一眼，回顶了一句，女的就不是你们周家的了，给你生已经不错了，还嫌这嫌那的。当然，后两句她没说出来。但周奶奶是何等人，察言观色知道媳妇也不是省油的灯，罢了罢了，闭了嘴，迈着矫健的步伐出了门，走了回去。

周奶奶每次看到长到了一米六三的周慈，都会精神恍惚地想，那时她才多大咧。她记得，周慈出生的那年，机关大道刚刚铺上了水泥，搅拌机日夜地“噗噗”叫着，多年后，周慈还不时出现耳鸣的幻听现象，拉长的“噗噗”声刺痛了她的耳膜。

现　在

我叫周慈，1980 年出生在塘镇一个茶楼内。王三三说我出来得太急，她还来不及迈开步子我就呱呱坠地了。王三三是我妈，一个老是抱怨不停的女人。我出生没多久，就因为母乳缺乏而改喝奶粉和米糊了。我的床是一个悬空的藤编摇篮，用一根结实的麻绳绑紧了钩子，挂在梁上。我呜呜地哭起来时，忙忙碌碌的王三三就会腾出一只脚轻轻地推上几下，摇篮晃晃荡荡，在我随时都有可能飞出去的时候，她又匆匆忙忙地走了。她喊来奶奶，奶奶正在门边训斥着端茶倒水的服务员，可是没有人理她。越是没人理她，她叫得越起劲。人们说，她天天这么练下去可以去唱女高音了。

我五岁的时候，从无人看管的桌子上跌落，摔倒在放在角落的陶炉上。那是每逢初二和十六给神上香的炉子，我们把炉子当成了神的使者，素日都带着敬畏经过它的身旁。里面是燃尽的灰烬，上面还插着几根仅剩细木条的香。这些香非常廉价，香铺里卖一块钱一大捆。我倒在那里，惊天动地的哭声把茶客也给吸引上来，都想上二楼看看出了什么事。

我的脸上流满了殷红的鲜血，王三三一把扛起了我，一只手捂住我流血的左眼，一边大声咒骂：“让开让开，你们这些死人给我滚远一点。”她想起了跛子阿珠，眼泪滚滚而落，她以为我肯定要当一个独眼瞎子了。但她的悲伤和为我前途的担忧并没停留多久。在镇卫生院里，医生用蹩脚的缝针技术在我左眼的眉毛中间缝了几针，说对眼睛毫无影响，只是以后面容有所破损，刘海留长一点遮住即可。左眼的眉毛从中间被切断了，疤痕从那里长出，一直抵达额头，命理学上说，断眉的人会兄妹疏离。

王三三又像个没心没肺的人开心起来。她把我甩给了周大头，自己牵着弟弟周因走在前面，像一个凯旋的将军，走得昂首挺胸。这一刻，她是多么兴奋与骄傲。我盯着她深绿色的裤子，瞅着她的长辫子在背后一甩一甩的，只觉得伤口又疼又痒。于是，刚停止哭泣没多久的我又哇地大声哭了出来。最后，周大头不得不让我坐在他狭窄的肩膀上，将我扛回了家。

茶楼开始热闹，是在卖过早点之后，越来越多的人涌进来。桌子渐渐不够了，周大头和周小头便开始把那些备用的搬出来，摆在路边。来往城里的客车一拐弯进站，喇叭总是鸣叫个不停，司机探出头，骂骂咧咧，怎么老是占道啊，这车还怎么过呀。吵闹、繁忙与肮脏，是这条街道最大的特色。虽然它最宽阔，看起来最气派。有时，我会支着下巴在那里想，是不是我们家茶楼的原因，让这条街道看起来总是无比地忙碌和拥堵。

斜对面不远处的邮政局住着我的外公外婆。用塘镇话讲，他们无儿无女，断子绝孙。这是很恶毒的话，只有在吵架的时候人们才会把这些话端到台面上。一般情况，大家都心知肚明，绝口不言。外公有退休金，可以养得起他和外婆。他住在邮政宿舍楼里，套间，有客厅和铺着瓷砖的卧室，这在镇上是一件很时髦的事。毕竟，镇上有公职的人不多。哪怕做生意的有点钱，盖起了漂亮的楼房，却仍是羡慕这些住套间的人。

外公喜欢买彩票，每天都来茶楼喝茶算彩。但他很少和周老头讲话。他只是安静地占据着一张小圆桌。有时有人看他一个人，就会拉来椅子打算和他凑桌。但是外公会推一推老花镜，眯着眼睛对来人说："有人了。"外公说的是假话，他聚精会神专注于某件事时，并不希望别人来干扰，这会让他气急败坏，暴跳如雷。他这个怪癖曾引起周老头的不满。虽说是亲家公，但是周老头认定了外公的不通融，偶尔也故意放一些风凉话出去。这些风凉话传着传着，就变了味。再传着传着，就变成了床上的事。床上的事镇上人最爱听。于是，人们一看到外公就捂着嘴哧哧地笑得暧昧不明。北街的尽头有一家白天黑夜都闪红灯的发廊，有些男人会偷偷摸摸地去，有些男人会光明正大以此为荣地去，一进去就会顺手摸一把圆滚滚的大屁股。

外公对周老头也看不顺眼，他瞅着王三三从一个大姑娘变成了一个庸俗丑陋的中年女人，时时痛心，他对做茶楼生意颇有微词，利润低下，却每天要起早摸黑，一生最好的时光全耗在上面了。何况，掌柜的周老头晚年了还一手抓着财政大权，一手还腾出时间去玩电影。精力难继。这电影是他该玩的吗？现在是年轻人的天下，不是他这种快入土的人干的事！真是嗜钱如命！迟早会被钱吞掉！外公是个有风度的人，他痛陈周老头的种种劣质时都是在家和外婆吃饭的时候。外公沉默寡言，他话多时正是在吃饭时。

茶楼对面的公社里，住着姨妈。姨妈是镇妇联的一个小领导。姨父是计生办主任，专门干一些半夜让男女鸡飞狗跳、翻墙而逃的事情。如果半夜风声鹤唳，就是姨父的工作时间。这句话不是我说的，是我姨妈和王三三在稀疏平常的聊天中说到的。王三三第一次叫他姐夫的时候忍不住咯咯地笑。姨父浓眉大眼，鼻子坚挺，和土生土长的塘镇人一点都不像。王三三有时会嘲讽姨妈，说她嫁了个外国人。那时人们讲究血统纯净，还未学会崇洋媚外，姨妈眉眼一挑，口气不悦："你去查查，你姐夫都几代在这里了。"王三三憋着笑，心平气和地听着。

为了能和妇女们打成一片，及时了解妇女们在家庭生活中遇到的困难，姨妈几乎天天都在杂货店里打扑克牌。王三三每次拎着水壶出来，瞅到对面的姨妈，心理失衡，总是恨恨地暗中骂道，都是一个娘生的，怎么差别那么大。她气，手里难免发痒，可是发泄不得。她想将水壶甩手给扔出去，又怕热滚滚的开水把她或者别人烫伤了。医药费赔不起。于是，她只好憋着，憋得她越来越瘦，脸越来越长，年纪越来越大。我看到她苦大仇深的样子，都羞于承认她是我妈。

外公和姨妈的关系有点疏远，很少上姨妈家串门去，这让王三三的心里挽回了一些颜面。只有逢年过节姨妈才会拎着鸡鸭鱼肉和孝敬钱回到她生活过的地方，和外公外婆说一些应景的话。当然，王三三和周大头也都会带上我和周因过去。一大家子人吃上一顿丰盛的饭。回来的时候王三三就会面带笑容，以一副胜利者的口吻对我们俩说："还不是因为你们姨父干的杀人的活。"王三三是有笑的本钱的，作为一个不按常理出牌的人，她竟然能顺利并相隔四年生下我和周因，这不得不令人啧啧称奇。她带我和周因到菜市场买菜时，两条又长又瘦的腿裹在裁剪得过于宽大的的确良布裤里，走得招摇显眼，一些憎恨姨父的人一边望着王三三，一边懊恼暂时没有了扳倒姨父的把柄，只能等待时机另寻机会。

这时我已经上小学了，弟弟周因也上幼儿园大班了，我的叔叔周小头却一直没有结婚。周老头已经愁白了头发，虽然他的头发在许多年前已经无法找到一缕黑丝。周小头放浪形骸，做点心也不好好地学，总之做什么都四不像。茶楼一收摊，他就骑着那辆拉风的铃木王“噗噗”地出去了。那时油价便宜，家里零钱又多，随手抓一把就够他用上好多天。周老头苦口婆心地劝他有个正经样。他跨在摩托车上立马回顶道：“你不想要儿媳妇了吗？”周老头就无言反驳了。1990 年的塘镇，能有一辆铃木王骑，这户人家肯定家道殷实，姑娘嫁进来绝对不愁吃穿。这时，周奶奶就高兴了，一兴奋她就抖个不停，待平静下来就靠着门口对着摩托车的尾气喊道：“还要钱不，见姑娘家要钱的，来，给你些。”

周小头在我小时候经常抱着我，坐在里屋的门边上望着周奶奶种的茶树，他的双臂孔武有力，高兴时会把我举得很高，几乎都要举到蓝天上去了。我竟然不害怕，还高兴得拍着手咯咯地笑。他长着一张圆脸，脸上长满了青春痘，腮帮子总是鼓鼓的，让人误会他正含着东西，随时都会吞下去或吐出来。他不抱我时会拿着一根圆木棍。他和周大头一样，每天都在不停地碾面。其实他可以去做点别的，比如蒸包子，可是他不喜欢那些高温。他讨厌流汗，讨厌肮脏，他总是想把自己收拾得一尘不染。可是，这是不可能的事。他总是因为磕磕碰碰致使衣服沾上了酱料或者食物的碎屑，这时他就开始破口大骂。当然，他的骂功是不及王三三的，但是声音气势上却赢过了王三三。

这便是我在这条街上的家人，从还没有长大的眼睛中，我所看到的他们，行为总是古古怪怪令人惊奇。许多年后，我才明白，我身上所流淌的血液和他们一样。我还有一个跛腿的表姐，大家都喊她跛子阿珠。

一百年前的塘镇，除了外观有所改变外，和一百年后的它并无任何不同，人们在这里生老病死，代代相传。从我出生之日起，每天一早我睁开眼睛第一时间看到的总是镶嵌着木头的天花板，然后，我会摇醒和我睡一个房间的周因，拉着他走下狭窄而蜿蜒的楼梯，楼梯咯吱咯吱地响，太老了，老得让年幼的周因害怕自己会从隔空的木梯之间掉下去。他在想象中感受到毛骨悚然的疼，每次都吓得哇哇大哭。我牵着他柔弱的手，总是不耐烦。

茶客们的声音离我越来越近，人声晃荡令人恍惚。周因一踩到硬邦邦、滑溜溜的土地，立马停止了哭声，他朝着蒸炉跑去，让周老头打开锅盖给他夹一个白晃晃的肉包子，然后蹲在门口眼神空茫地望着街上吃了起来。

王三三把周因教训一顿："说多少次了，不要在门口吃东西，你是乞丐吗？乞丐才会蹲在门口吃东西，要不要再给你一个破碗和拐杖？"她语带讽刺。习惯性地挖苦别人，好像所有人都应该过得比她差，比她不如意。

周因充耳不闻，王三三粗糙的脚丫会随着拖鞋一起踢到周因的屁股上，有几次，周因趔趄着差点翻滚下那几级台阶。这时，周老头就会充当和事佬：“小孩你管那么多干吗，他要做啥让他做去。去，小因，到外面玩去。”周因嗖的一声跳下台阶，朝戏院奔去了。虽然周因和我是一母所生，但我们两个长得却截然不同，他鼻子扁平，是典型的塘镇人鼻子，眼睛大而有神，这是我最嫉妒他的地方。皮肤还保有着婴儿时期的细腻白嫩，是啊，他才五岁。因为特别能吃，他长得胖乎乎像一团和了水的面粉，捏起来特别有弹性。我则瘦瘦巴巴，像一根细面条似的晃荡在他身边。

我和周因从小缺乏玩伴，机关大道上的野孩子不多。政府机关林立，稍微有点钱的都把孩子送往城里了。整条街道除了放学时间从北上街下来的一群中学生外，其余时间都是做生意摆摊的，赶集的，相约去白天也放映影片的录像厅的，骑着自行车到服装厂赶工的……形形色色的人。他们穿着颜色单调的衣服，大部分人穿着拖鞋，“双鹅”牌的拖鞋。偶尔有一些稍微有些钱又喜欢装扮的，会穿“越秀”凉鞋。我和周因最喜欢做的事是在最凉爽的傍晚，在大街上慢慢悠悠地走来走去，观察人们脚上的鞋子。我们对这个游戏乐此不疲。

这条街是唯一一条没有服装厂的街。从 1988 年起，服装加工业开始进驻塘镇，一家又一家的服装作坊开了起来，成批的成衣通过面包车行驶在凹凸不平的土路上，一路往城里奔。大量的劳动力开始涌入塘镇，随着外来人口的增多，娱乐业和饮食业开始在仅有的几条街道上相继开张。不过，再怎么热闹，机关大道依然没有服装厂。它已经被政府机关占满了。邮政局的旁边是供销宿舍楼，供销宿舍楼的对面是供销社门店，还有刚落成不久的镇委镇政府、贴着当时最昂贵瓷砖的税务局、占地宽广的塘镇戏院以及唯一私营的茶楼。这些是机关大道全部的不动产。

茶楼的门廊种了三株印度紫檀，隔两个月周老头便拿着锋利的弯刀在宾客大多散尽的时候喊来周小头，让五大三粗的他爬上纤细的树身，将枝繁叶茂的枝丫砍下来，捆成几捆，拿到戏院后面的垃圾站扔掉。由于羊不吃印度紫檀叶，所以每次周小头上树时总会边砍边想，为什么要把原来的黄槿树砍死呢？当初，黄槿树颇受村里人欢迎，常常是树木刚冒出几片叶子，就已经有人来和周老头商量着什么时候把叶子卖给他了。他讨厌砍树，觉得这是一项鲁莽而粗暴的工作，对他的形象很不利。但是在周老头的威逼下，他只能边干边诉苦：“为什么不叫大哥砍呢，我上去要是树枝撑不住掉下来怎么办？”

没有人回答他这个问题，所有人对他的死活毫不关心。这仅仅出于一个原因，周大头已经成家立业，而他至今孑然一身。年过三十却依旧单身令人怀疑要不是生理有问题，就是自身条件太差，显然，后者的条件周小头并不具备。于是，周小头只好在疯言浪语中继续存活。

周小头砍树经常会吸引一大群人来围观，打完牌的姨妈也会过来给群众做上一会儿妇联工作。我和周因站在空旷的街上，确保树枝与树木分离时不会砸到我们身上。确定安全后开始欢呼雀跃，拿着吊着几片绿叶的枝干耍打狗棒法。周小头砍完树，弯刀一扔，就噔噔走上台阶，往后院走去了。周老头和周奶奶齐声喊：“还没绑起来呀，扔这里怎么摆桌子呢。”

这时，王三三会自告奋勇地拿着一捆结实的粗绳过来，哗啦几下将树枝拢在一起，捆绑得干净利落。人们夸赞她的速度，她弄得更起劲儿了。姨妈站在那里指点江山，告诉王三三怎么可以做得更好。王三三绑完，望了姨妈一眼，扭了扭腰，扯开粗大的嗓门将周大头震了出来。本来，她觉得这是周小头干的事，但是她知道周小头的脾气，进去了就不会再出来碰这些充斥着腐烂味的树枝。

印度紫檀刚开始在塘镇繁殖之时，有过关于它的恐怖传说：近一百年前的那场瘟疫，使得成千上万的人失去性命。他们被埋在塘镇各处，由于细菌传染，又让更多的人染上了瘟疫，接着更多的人死去。那时候，塘镇的死人比活人多。没有象征坟墓的小土包，没有红烛和冥币，葬礼习俗早已被分割得干干净净。人们惧怕那些土包，在埋葬亲人的同时只能在晚上偷偷摸摸地干，房前屋后，或者隐秘的森林里，都有新挖的鲜土混着人僵硬的身体。人们知道脚下踩的是什么，却自欺欺人地装作不知。

一百年后，印度紫檀开始进入塘镇，它吸取着地下的养分，长出腐烂之味。人们说这是死人的气味，它被染上了不祥。但人们很快打破禁忌，大量种植。时代风气变了，人们更愿意花心思在如何挣钱，如何比邻居更富有上，也不愿意耗费时间和精力在这些无用的胡思乱想中。大规模的死亡发生在他们的父辈甚至祖辈上，离他们太远了。

塘镇隔天一集。集日当天，茶楼忙得不可开交，每个人都急匆匆的，脸绷得很紧，在茶客的呼唤中只听见拖鞋像雨水从屋檐淌下的滴答滴答的走动声。周大头捏面粉的手因为时间过长而抽筋，他会坐在那张特制的高椅上，一脚踩着横架，从上衣的口袋抽出廉价的香烟，划上一根火柴，点上，慢慢地抽起来。狭小闷热的屋子空无一人，只有寂寥的烟雾和他。

王三三拎着水壶给客人添茶倒水，她裹着半身围裙，上面缝制的口袋和周老头的有一拼。如同女性生理期来临前的那几天，她在集日当天会特别烦躁，只觉得水壶的手柄特别烫手，把手心都烫出汗来。她拿着一团柔软的白纸，不断擦拭，却毫无用处，流汗的速度比擦拭还要快几倍。她忙里抽空地拧开水龙头，来来回回地洗手，她不讨厌流汗，也不厌恶弥漫不尽的汗臭味，她仅仅是不想让自己变成黏糊糊的人，她的双手没有任何物体可以遮住并将那些液体吸走。她对洗手超过了对这份工作的喜爱，她对从事了十几年的千篇一律的工作已提不起任何兴趣和感情。

她还是一个姑娘时，镇上并没有这么多可供选择的职业，也没有林立的工厂。她家没有土地，当不了农民。读书没有任何长进的她在镇中学上完初中就成为社会青年。塘镇中学原来是一所完全中学，升学率在本城中名列前茅。许多人都讶异一个乡镇的教育竟能如此完善，师资力量竟然比城里的一些中学还要强上一些。这种日子很快在 1966 年开始的“文化大革命”中遭到了破坏，直到 1983 年才恢复,却已是强弩之末。之后,塘镇中学越来越走向堕落,普通高中撤掉后，基于塘镇服装业和运输业的发达，它开起了职高班，设有缝纫和货车班。但已经不合时宜了。没有人会因为想进厂当一名制衣工人而每个学期花几百块进学校学习。塘镇的服装厂都招收学徒，由老练的缝纫车工从最基本的布片拼接做起，用心学上三个月左右，就掌握了缝纫技术，而且，更重要的是还有微薄的工资领取。

货车班还能招到一些生源，但不多，塘镇的司机基本都是父带子，不用上什么理论课，只需把车往空地一扔，在副驾驶座上教孩子打方向盘，男孩子艺高人胆大，很快就可以开着车在路上跑了。塘镇中学在专业设置上的失败，导致它的高中招生一蹶不振，最终无奈撤并，沦落为一所初级中学。

也有媒人给王三三介绍男孩子，那时候，十六七岁结婚是很正常的事。媒人每介绍成功一对，都会收到男方包的一个红包，还会获得参加婚礼的机会，部分习俗也由媒人操办，所以，媒人在新人的婚礼上，权利比父母还大。外公是一个古板的人，他对媒人的殷勤感到不快，不管媒人如何巧舌如簧，他都冷漠而礼貌地替她拒绝了相亲的机会。许多年后，王三三经常回想此事，会幻想回到几十年前，外公答应了婚事，她又是怎样的一种命运。这种念头很快一闪而过，她又回到了无休无止的重复中。

外公一直想将两个女儿供成大学生，可事与愿违，姨妈仅考上了城里的一所中专，而王三三生不逢时，学业也并不优秀，勉强念完了初中。外公对女儿的智商仅此而已感到懊恼和愤怒。一向冷静的他第一次对外婆大声地骂出口。他斥责外婆的脑子拉低了女儿智商。过后他又如酒醒般自责不已，为了弥补心中的愧疚对外婆异常关心起来。

王三三整日整夜和一帮与她一般大的青年游荡在塘镇上，十六七岁、十九二十岁的都有。那时，她想去北下街河边的陶瓷作坊学习制陶，她想学陶的原因是她喜欢玩泥巴。但她走到遍布锋利碎片的河边就退缩了。那里飞机草疯长，散发着酒精一般的气味，她连连打了好几个喷嚏。她被江边的大风吹感冒了，软绵绵地躺在床上整整一个星期，其间，除了外婆会对她嘘寒问暖几句外，外公几乎从没走进房间看过她。她感到失落。读书期间，她每天都会走机关大道，然后拐上北上街，坐在一楼的教室里听老师用本地语言授课。每天，她都清楚地知道自己要做的事情是上学，毕业后，她反而无所适从，感到了前所未有的迷茫。

没有汽车，连摩托车也很少有。最常见的是凤凰牌自行车。铃声四起，清脆悦耳，有时在王三三耳中变成了烦乱嘈杂的声音。她热衷于追逐声音，她喜欢在心里弹唱。姨妈在城里，家里就她一个年轻人，她霸占整个房间，感到前所未有的自由。谁的青春不猖狂。她和我说起往事时，面带微笑的表情，手指微微颤抖，宽大的裤子很空，装进了许多许多的风，那时我年纪尚小，决定进入青春期后也如她一样青春猖狂一回。

王三三的几绺头发紧紧贴在左脸颊上，湿漉漉的双手使劲一抹脸，头发被撩开了，没多久却又贴了过来。她把周因给踢倒了，周因摔破了膝盖，正抱着左腿坐在地上呜呜大哭。茶客们悠然自得地喝着茶，瞅着周因，乐呵呵地笑。周大头一根烟还没吸完，听到哭声手指夹着烟急匆匆跑了出来。一边走一边怒气冲冲地想着到底是谁惹到了他的宝贝儿子。他看到王三三正用力地将周因拉起来，眼睛往下一沉，发怒了，但在众人面前，他将火气硬生生压了下来。

他走到门边，对王三三说：“踢踢踢，儿子不是你生的吗？踢那么重！”

王三三对他的话毫不在意，将周因拉起来后斥责道：“哭什么哭，把眼泪擦干，快点，别在这里丢人现眼。”

这样的事情经常发生，多得人们习以为常。人们在烟雾缭绕的茶楼里，看着这些剧目一天天上演，一天天落幕，对周家的日常生活了如指掌。有时，我会立在墙边，头微微抬起，赤着脚，我的脚心一到夏天就汗流不止，塑料拖鞋因为汗水而积了许多黑色污垢，王三三却没帮我用刷子刷洗过。她的座右铭是小孩脏点好，脏了才健康，正是基于这样粗糙的理念，她将我和周因放任地粗养着。

周大头唯一看不顺眼的人是王三三，他会指责王三三大白天的连灯都不关，会骂王三三让水流到了地上，水表转啊转地浪费了太多钱，会说王三三不勤俭持家，总是铺张浪费，连扯布做衣裳都选最好的去做。“你什么身份啊，整天在厨房穿好的给谁看啊，还不是被水泡坏了。”他说。他沉默寡言的特点在此刻消失了，变得唠唠叨叨，他的脸部肌肉扭曲着，像一团绞过的丝，他的肉体比他的年龄还要更加衰老。

张瞎子曾经帮年轻的王三三算过命，他摊开王三三的手，望着她干净的掌心，上面仅有的几条纹路和一双饱经风霜的手是多么不吻合，说了一句令人惊骇的话：“你的生命线呢，你的生命线在哪里？我怎么找不到？”张瞎子感到一丝慌乱。王三三倏然一惊，也跟着紧张起来，忙问：“怎么回事？”

张瞎子的震惊倏然而过，他缩回了手，取下自己的眼镜，放在油漆剥落的长方桌上，掩饰着："没什么，只是你这手相有些奇怪而已。"张瞎子用对付其他来看命的人的态度打发走了王三三。王三三走得像一阵风，她沿着印度紫檀的阴影往北上街走去，张瞎子知道，到了北上街，她会往右一拐，进入开始繁华的机关大道。作为镇上最灵验的算命先生，他知晓塘镇的前世今生。他想起曾经发生在该镇的种种事情，脑海泛起了连绵不绝的死亡，突然猜想，王三三是不是那些死亡中的一个，只是以另外一种形式继续存活在这个世上。王三三的手上，根本没有普通人的生命线！一切变得古怪和诡异起来。但他又十分确信，王三三确实是其母怀胎十月所生，他深究其中错综复杂的命理，却仍然不得要领。

彼时，王三三和周大头已由媒人说了亲，结婚日期早已择了吉日定下，只差等待。她每天从邮局宿舍楼走出来，都会望一眼龙兴茶楼，站着望久了，她的眼前总泛起一层雾气，她清楚，这些雾气来自一摞叠一摞的蒸笼，里面的馒头包子正热乎乎地躺着，煤球正红彤彤地在底下的炉子烧着。她对未来的丈夫并没有什么期待，因为她对周大头再熟悉不过，熟悉得像每天吃饭夹菜那样稀疏平常，导致她对婚姻失去了冲动的想象力，可想而知，她未来的人生将是多么乏味。反而，她对每天都可以吃到香喷喷的包子垂涎三尺。她记得好几年前的那场饥荒。她坐在门槛边，苍蝇在身边嗡嗡地飞个不停。她心烦意乱,却连抬起手的力气都没有了。那时她是那么小，那么瘦，母亲将她拖进屋，喂了她一碗稀烂的米饭。从 1961 年开始，她身上的饥饿感再也没有消除，无论她的食量多大，她吃下多少米饭，训练有素的胃很快就会消化一空。

王三三的婚礼在萎靡的夏天进行。她去北中街的陈记布店做了一件大红旗袍，旗袍上绣了一只镶金的凤凰。陈记布店是镇上最好的裁缝店，量身定制，特制的布架上有一溜布料任君选择。外婆本来不想在这里给王三三定制。虽然陈记布店有一个一流的裁缝。但相传裁缝患有严重的肺炎，会在不久的将来死去。人们分不清肺炎和肺结核的传染性，对裁缝心存戒心。看她那病恹恹的瘦脸，传言多半是真的。外婆好几次故意走过那里，只是为了让自己放宽心，相信这个女裁缝是一个健康的人，经她之手量体裁衣的礼服将带给新人一世幸福。但事与愿违，每一次路过都加重了她对裁缝患传染病的疑心。她劝王三三到城里去，购买结婚所需的同时，顺便把嫁衣买回来。

外婆的举动遭到了姨妈的阻止。刚生下阿珠不久的姨妈心怀私心，为了公平起见，她要力阻妹妹进城去。塘镇什么都不缺，供销社出售的货品琳琅满目，婚礼所需的一切都可以在镇上采购到。她絮絮叨叨说当年自己结婚如何如何，热心指导王三三各项采购。从随身的贴身衣物到陪嫁的大宗货品，她一应俱全地帮王三三想到了，并自告奋勇地帮王三三采购其中的一部分。王三三想要一台缝纫机，但认为自己以后不会过上缝缝补补的生活，心里犹豫不决。这时，她还没有以后那么衰老，脸上流露出对即将结婚的迷惑和慌乱，一副犹疑不定的样子，这让她看上去美丽了些。

姨妈果断地替她下了决定：买。就算不缝缝补补，女孩子也要有一台缝纫机，这样才能显出新媳妇的贤良淑德。何况，以后有小孩了，小孩到处乱蹭，衣服坏得快，修修补补自然少不了。于是，姨妈拿着外婆给的钱，到街上帮王三三购置结婚用品去了。

王三三对这场婚礼毫不在意，直到结婚的前一天，她都在怀疑，她是不是正在做一个少女的春梦，她要嫁到镇上的龙兴茶楼去，每天有吃不完的包子。一想到吃，她就垂涎三尺。她对食物的热爱超过了对作为婚礼女主角的兴趣。她对如何操办并不操心，只想着怎么省事怎么来。王三三这种不分轻重缓急的性格，后来不幸地遗传到了我的身上。

婚礼前的筹备是漫长的，他们结婚的日子，是张瞎子结合他们的生辰八字选的，王三三的八字就像一条无边无际的道路，看起来仿佛可以无限延长，直抵永生。张瞎子觉得，有这样的命，也要看有没有这样的运，不然一生也就平平无奇地过完了。张瞎子从王三三现有的资质上，看不出任何出彩之处，她长了一张略显刻薄的脸，看着这张脸，就让张瞎子断定了王三三的一生，那种奇怪的感觉很快在忙碌中消逝了。

从上门取女方八字开始，只要埋在米缸下写有八字的红纸能让家里平平稳稳度过三天，毫无杀戮和死亡等预示坏征兆的事情发生，婚礼就进入了既定的程序。一切都按照塘镇的传统循序渐进。许多年后，王三三总会想起许多年前的大红旗袍，那件旗袍被压在她陪嫁过来的箱子里，放了好久，颜色如新，衣服却已经跟着年代旧了。

龙兴茶楼歇业三天，周老头领着一家大小回村里办喜酒去了。这让习惯在茶楼消磨时光的人感到异常难受。有人拐进邮政宿舍楼，看着狭小的空地被王家支满了遮阳的棚子。棚子下架着几口大锅，一位长得很像弥勒佛的肥头大耳的厨师正赤裸着上半身抄着大铲炒着黑豆地瓜梗。这道菜是塘镇传统婚礼上必备的一样素菜。腌制过的地瓜梗酸酸咸咸，是塘镇特产。塘镇人爱吃地瓜叶，地瓜叶长得快，一年四季都有供应。地瓜叶吃多了，患上心脑血管疾病的概率会增大，因此，塘镇每年死于脑出血的人都比别处多。虽然也有学医的人知晓这种美味的青菜吃多了的坏处，但都会这样想，这菜能有多大的害处，百分比这么低，轮也轮不到我。于是开开心心地放开大吃起来。外来人永远不会明白，这里的人对这种绿色菜叶的迷恋。

后来，有一个年近九旬的老人揭开了谜底：从晋代开始建墟的塘镇，在历朝历代的大饥荒中，都靠此维生。

看热闹的在临近中午时都走开了。他们和王家并非沾亲带故，在喝喜酒的客人陆陆续续到来之前，为了避免尴尬和惹人非议，都折返到街上去。街上除了腐烂的印度紫檀气味，和庞大怪异的塘镇戏院外，都空空荡荡了。

塘镇的婚席，都持续两天，第一天摆流水席宴请宾客，第二天是接亲或迎亲的日子。不管男女双方,都会举行一个“吃满”仪式。这种习俗实用而严谨。亲戚由近及远地往两个用红布包着的口杯塞着给新人的钱，作为他们婚后开始新生活的启动金。一般家里富裕的和亲戚多的，这笔礼金就会收到多一些。像外公这种迁居而来的家庭，家族人丁飘零分散，亲属不多，因此，这笔交给新郎的礼金比那边给王三三的少了将近两倍。

那年不兴婚纱，西式风格还未“入侵”塘镇。王三三穿着陈记布店裁制的衣裳出嫁了。她一直记得那天，天空灰蒙蒙的，随时都会下一场暴雨。她在朋友的簇拥下一路闻着大街上散发的腐烂气味，内心油然而生了对死亡的恐惧。她感到焦虑和憎恨，她的焦虑源自憎恨，她不知道这股令人窒息的憎恨从何而来。她神情严肃，围观的人群以为她的不苟言笑是害羞的表现。

周大头这个矮小的男人，穿着一身不合体的中山装，走起路来硬得像电影里面的僵尸，神情庄重严肃，和王三三几乎一模一样。他的服装是去城里采购的。在售货员的伶牙俐齿下，他对着镜子东看西看，虽然还是可以挑出无数的缺点，但他拉不下脸面拒绝售货员的热情，还是咬咬牙掏钱买下了。买回来放了一段时间，直到结婚当天才翻出来。这时，作为母亲的周奶奶才发现自己犯了一个严重的错误。这几天忙得人仰马翻，顾不上周大头个人的物品，最后关头才知晓出了差错，但已经来不及补救了。周奶奶恼怒地骂，这些年的周大头活成一个傻子了,带着身体去买衣服还买不到合适的，穿这身衣服出去让人笑话。她觉得这几天的操劳因为这身衣服全都付诸东流。愤怒却让她的脸显得饱满，看起来更有精神。

村庄的老宅久无人居，周奶奶带领两个儿子提前回来收拾几天才焕然一新，勉强可以入住。房子是用万年前流过的熔岩浆在万年后凝固成坚硬的黑石头雕筑而成。石块与石块之间露出小指般大小的缝隙，人们在里面说话，风就呼哧呼哧地将话传送到屋外来。屋前的空地上有几株高大的割舍罗，一到果实成熟的季节，附近的小孩都会扛着竹钩子将成串的紫色果子钩下来，吃得舌头像割过一般的疼。

周小头穿着一条破旧的黑色中裤，坐在屋前的门板上，用耷拉在背上的毛巾抹了抹额头上细密的汗珠，心底突然流过一丝悲伤，他为自己莫名其妙的悲伤感到恼火。他带着玩世不恭的表情，嘴角轻蔑地微微上扬，眉毛也跟着往上抬了抬。周奶奶又发现了几处蜘蛛网，催着他去将屋顶的那几根梁柱上的蜘蛛网扫一扫，他懒懒散散地答了一声："知道了。"

由于树木众多，土地湿润，地上长满了贴地而生的植物，石缝之间的骨经草一株一株排列得齐整。三根细长的叶子微微晃动，中间长出的白色小花像一顶手工织成的毛帽。骨经草治肝癌，因此，经常有人四处搜寻它。周小头瞅着周大头穿戴齐整，抿着嘴笑了笑，扛着长棍扫屋子去了。

来看接亲的人颇为大度，虽然一致认为周大头精心打理过的头发因为太多的发胶让整个脑袋看起来非常僵硬，和一身中山装严重不匹配，但是，结婚嘛，喜事，不能过多去挑人家瑕疵。

王三三穿着旗袍从房间里走出来时，望见了周大头，倏然之间，她有了一丝紧张。她仍旧一言不发，穿过旁边撑伞的人，走了出去。八音队奏起了音乐，唢呐喇叭夹着鼓声朝天响，将原本聚在一起的浓厚云层给吹散了。人们期待一场瓢泼大雨倾盆而下，却看见云端里穿出了一束光亮。

有那么一瞬间，王三三觉得自己令周围的一切黯然失色，她脸上搽着劣质的粉底，两颊被蹩脚的乡村化妆师画得像猴子屁股一样，烈焰红唇与她瘦弱的身材那么不相符，头发高高地绾了起来，插上红色的花瓣，衣服上的凤凰随时呼之欲出。她觉得自己全身上下充满了嫁入豪门的本钱,可是她就要嫁给这个矮小丑陋的男人了，她心有不甘地在心中呜呜哭起来。她跟着周大头坐上了拖拉机，驶向了一个熟悉而陌生的村庄，八音队一路丢下的热闹乐声，渐渐散尽。

对瘟疫的恐惧在几十年的岁月中早已慢慢散淡了。许多人都已经遗忘。原来的街区格局变得面目全非，越来越多的人迁居到镇上，生下一个又一个孩子。这些孩子长大成人，又生下一个又一个的孩子。整个镇子，失去了阳刚之气，越来越呈现出一种阴性的气质。这是瘟疫时期遗留下来的截然相反的产物。

1958 年出生的周小头已经三十有六，依然未能娶到一个婆娘，虽然还是一个年富力壮的小伙子，但在周奶奶眼里，早是一个娶不上老婆的老光棍了。

他从三十多岁开始就有了遁入空门的念头，只是塘镇没有收留他的和尚庙，他便在周老头不断给他张罗的相亲中经历一次又一次的失败。在一次苦闷中，他不由自主地去了街头的发廊。他已经想去好久了，那里是家风森严的正派人的禁区，除了每天放学时间一帮熙熙攘攘的中学生从校门奔涌而出，极少有成年人会光明正大地走到这荒凉的街头。下坡的路两边，是遮天蔽日的树林，隔着缝隙依稀可以看到平静的南渡江水，走上几百米，才可看到一户人家，那一户人家，是镇上唯一做死人生意的店铺，相邻的两间房子，一间裸露着青色石头的粗糙外墙的平顶房是起居室。屋前的空地上是打磨得很光滑的石碑，横七竖八地躺着，中午的时候，经常有赤膊的矮小男人躺在上面睡午觉。他们皮肤黝黑、泛黄，脸上身上总有擦不完的汗珠。几年后，镇区再次扩张，面对南渡江这一面的土地开始盖起了许多石头砌成的房子，才渐渐有了些许人气。

周小头自从在里面睡了一夜后，便惹上了梦魇，睡梦中，他总是感觉有人正用力撕扯他的黑色长发。现实中，他刚刚剪了一个板寸头，熬夜显现出来的老态无处隐藏，五官看起来更立体。剪板寸头回来的那天，周奶奶正摇着一把椰子叶制作的扇子倚着墙望着地上金闪闪的阳光，中午茶楼空了，两个稚气未脱的服务员正伸着脚，一边抠着脚指头一边说话。

斜对面新开了一家发廊，这是一家正规的发廊，但保守的人们还是时不时拿这家店和中学旁边的那家比较，晚上，一家开着白炽灯，一家亮着暧昧不明的暗红光，多多少少让人意味深长。

刚从城里的美发学校学习归来的女孩是店里的唯一负责人。她第一次给人剪板寸头，手不稳，在周小头的头上划了一下，血从头顶上溢了出来，她惊慌失措地不断道歉。周小头对着面前的大镜子轻描淡写地说了一句："给我点纸巾。"她慌忙将纸巾递了过去。周小头擦了擦小伤口，说："继续剪，没关系。"

美发店的租金一个月三百块，装修简陋，几块廉价的大镜子井然有序地镶嵌在墙上，悬空的长桌台上，各种各样的梳子、在塘镇中学附近那家制造洗发水的店铺买来的大瓶洗发水、从城里带回的烫发夹子、过期的报纸都堆在上面，三张可升降的黑色靠背椅安放在镜子前面，周小头坐在中间的位置上，望着镜子里自己的脸，殷红的血在还没开始流的时候就被他用柔软的白纸摁住了。

女孩的手有点抖，她对自己的理发技术产生了不信任感，越加谨慎小心，她比平常多花了半个小时才理好周小头的头发，这时，她才长舒一口气："终于好了。板寸头是最难剪的了，等我练久了，技术更纯熟了再帮你剪。"她起了兴致。此时，周小头已经把披在身上的围布收到了一边，把理发钱放在桌子上，一言不发地走了出去。女孩站在门口笑眯眯地朝他喊："下次来啊，下次来一定给你理好，免费。"虽然第一次实战不是很成功，但是好在周小头好讲话。

周奶奶看到他的板寸头，小小地惊讶了一下，尽管心里不满，但她并未表现出来。她想着媒人说的事，急急地将媒人的话转述了一遍。她观察着周小头，周小头面无表情，只是摸着自己的后脑勺，最后才冷冷地说："给我介绍就给我介绍个好的嘛，居然给我介绍一个死男人的人，还带这么多孩子，谁养得起那么多张嘴。而且，人家说那女的招鬼，不信你去问问张瞎子。"

自从在中学附近那家店睡过一夜之后，周小头的行为举止开始变得放荡。这种心理上的变化让他惴惴不安，有时，他会沉默不语地独自躲在二楼的房间里，感到心浮气躁时就会用力地在地板上跳跃。"咚咚"的响声持续不断地影响着楼下茶客。王三三一边抹着桌子一边往上看，骂骂咧咧地喊叫："吵什么吵，把人都吓跑了。"急促而连续的声音很快散尽了。王三三得意扬扬地继续用肮脏的抹布抹着桌子上洒出来的水。

那段时间，我对周小头的举止失常感到奇怪，我会偷偷地跟踪他，他经常摸着头，用力地往后扯，其实，上面什么都没有。我不明白他为什么会不断重复这个动作，有好几次，我都按捺着想跑上去询问的冲动。这年，我稍微长大了些，知晓并懂得了部分人事。因此，我越来越觉得周小头可能得了精神病，他扭曲奇怪的表情，眼睛经常往上抬，黑眼珠躲到了眼皮那里，这使他像一个盲人鬼魂。

我在周奶奶和王三三的日常谈话中知道了他的所有事情。我沾染上了周奶奶焦急的毛病，上课的时候，空闲的时候，上厕所大小便的时候，脱光衣服冲冷水澡的时候，吃饭的时候，大口大口喝着发甜的红茶的时候，我的脑海随时随地都会蹦出来："周小头为什么不结婚？别人都结婚，为什么他不结婚，他为什么要做一个与别人不一样的人？"其实，所有的问题都是我独自提出，跟周小头一点关系都没有。

许多年后的周小头白发苍苍，他坐在滴水的屋檐下无言地望着通向村口的水泥公路，这里的土地很浅，却养分丰富，挤挤挨挨的灌木丛和高大威猛的苦楝树、波罗蜜树数不胜数，热带气息迎面扑来，周小头却从不认为他所处的地方在地理上属于热带，这里所有的物品极易腐烂和繁殖，唯有他坚硬如那些经历万年岁月侵蚀的黑色石头。

周小头是我认识的最长寿的人，之后的很多年，镇上陆陆续续有人死去，病逝的、出交通意外的、寿终正寝的、吸毒死的、被杀死的……唯有周小头安然无恙。我一直以为，如果塘镇有人死亡，那么第一个被抛弃的会是我的叔叔周小头。但他活得那么自由自在，那么安然如故。我听到从江边传来的风声，声音尖细而锐利，它们围绕在我的身边，在我睡着的床边，在我每天的必经之路上，在龙兴茶楼的所有缝隙中。

自从周大头成家后，周小头和他疏离了很多。有一段时期，他对自己的命运充满好奇，和张瞎子走得很近。他会骑上那辆威猛的摩托车，排出一团黑色的尾气直奔北下街。张瞎子的摊子正对着塘镇卫生院的大门，上午人来人往非常热闹。许多从偏僻的乡村赶来的人都会在集日那天来看病。看完病后还有多余的时间逛逛街市，采购一些家里需要的东西。

周小头将车子停在印度紫檀树下，他曾听说，印度紫檀是鬼魂之树，在树下，你只要想你所要想见到的人，意识或潜意识里，你便会看到他，并和他交谈。

于是，他看到了他的曾祖父，并知晓了祖父选择学医的原因。曾祖父背着挖土的工具，跟着同村的几个男人跨过了轻浅的南渡江，来到了存在多年的泥坑。他们是一帮年轻的陶工，每隔几天，就要来到这里挖制陶的原料。他们赤脚踩在黄色的泥滩上，脚踝陷进去，拔出来，继续艰难地往前走着，曾祖父被泥坑吞没后，周小头知道了镇上随处可见的几毛钱一个的生活粗陶是用灵魂筑成。曾祖父跌入坑中时是凌晨五点，坑的深浅人们无从获知，因为积满了浑黄的水。人们在坑的周边开工了。周小头站在旁边看着曾祖父扑通一声跌了进去，周围松动的淤泥纷纷往下陷，很快将他埋住了。

曾祖父在暗无天日的淤泥下，整日与土地和水相伴，他适应了地底的生活。他活在另一个地下世界，与阳光相距不到四米的距离。三年后周小头看到曾祖父被人从地底抬了出来，他的眼睛蒙着一块黑布，通体透明，隐隐约约可以看到胃部长年累月积下来的淤泥。他微弱的呼吸离开身体，在田野山林间四处飞翔。人们把随身带来的稀饭慢慢地喂给他吃，陶工更新快，三年间已换了一代，人们已经不认识他了。他细细地讲述着他出生的村庄，他的孩子和他以前的生活。没多久，太阳从江边升起来了，成了他回到地面的裹尸布。

目睹一个人从生到死的过程刺中了周小头的脆弱，他回到孩子的模样，情绪失控，放声大哭，一个人可以忘记自己年龄应该是在这种时刻。当时我正坐在卫生院的一棵紫荆树下，卫生院种了两棵巨大的紫荆树，用石头砌成围栏，将树围了起来。石头上面铺了瓷砖，光滑洁净，来打针的人都喜欢坐在树下，那里阴凉，让人舒心。从树下望出去，就是张瞎子的算命摊，一张长方桌子上放着一块深红色的棉布，棉布上的黑字是细小的楷体，工工整整。镇上的算命事业还没有发展到如火如荼的时候，人们的婚丧嫁娶几乎由张瞎子一手包办，渐渐地，他成了人们心中的神，人们就像天空的云那样若即若离地敬重着他，这种敬重深入骨髓，让张瞎子感到孤独。

他的脚下踩着一副灵骨，塘镇还没诞生之时这副灵骨就暴晒在阳光之下，慢慢地，有人逐渐迁徙至此，灵骨被就地掩埋。一百年前，人们想起了它，把它归为瘟疫的罪魁祸首，这里的河流和山丘，这里的灌木与树林，这里的病菌与死亡，都从这副灵骨开花结果。

塘镇刚刚铺上了水泥路，路面比两边的房屋高出了一截，雨季一到，房屋走廊就积满了污水，人们拿着水瓢不停地往外泼水，没多久，水又流了回来。我看到周小头的眼泪，便看到了每年九月的雨季。雨水从天空倾盆而落，淅淅沥沥地响在屋顶和大街上，那些并未经过修缮的木屋顶长出了密密麻麻、湿漉漉的绿霉菌，一把小刀在顶上活动着，割了又长，长了又割。直到来年夏天的阳光来临，才杀死了它们。

媒婆给周小头介绍了一个隔壁村的寡妇，寡妇从十五岁开始，每隔两年就会生一个孩子，人们一边惊讶于她的生育能力，一边遗憾她生的全都是赔钱货。这十年里，她一连生了五个女孩。小女儿生下来后不久，去河边钓鱼的丈夫便失足落入水中淹死了。有人把他的死描述得绘声绘色：他是被河里的水鬼拖下去的，你以为他不懂水吗？他游水的技术方圆百里谁比得过？你以为河里那些长长的像头发一样的东西是水草吗？你错了，那是水鬼，他把你拉下去，死死地缠死你，这样他就可以转世投胎了。你呀，就等着下一个倒霉蛋吧。

周小头和女人在北下街一家新开的茶店见了面，一株巨大的波罗蜜树长在店面的中间，横生的枝丫覆盖到了屋顶。周大头结婚的家具就是用生长了百年的波罗蜜木打成的。周小头坐在一张塑料椅上，这里的店面比龙兴茶楼小了一些，摆设和龙兴茶楼毫无差异。这些年，茶楼越来越多了，茶的档次和味道却没有任何变化。他望着那棵树，仿佛看到自己的婚姻，嵌在木头的纹路里。他说："我父亲差点死在 1959 年，差点死在 1969 年，差点死在 1988 年。"女人惊愕地望着他，不知道他为什么会提这种话题。女人对死亡充满惊惧，她的丈夫不久前离开这个世界，她在生小女儿时由于高龄和难产差点血尽人亡。现在，几个月过去了，她仍然时时刻刻地闻到血腥味，这股味道令她吃不下饭、洗不了澡，水龙头流出来的水被她一摸就变得黏稠无比，抹在身上会变得像血一样的红。她整日整夜在恐慌中度过，她不想变成奇怪的红人引人注目，她经过村庄，会低着头，畏缩着身体，像一个逃犯。

当时姨妈也在现场，据她后来讲述，这件事最终不欢而散，周小头神游太虚，不知所云。姨妈悄悄地对众人说：“他呀，就像个神经病！”

作为一个旁观者，我对王三三和周大头之间的争吵一直作壁上观，当然，我能做的也仅此而已。八年前我十岁的时候，王三三丢失了一副金耳环，多年来一直平安无事的塘镇在那年刮起了一场突如其来的台风，自那时起，台风年年袭击这个处于岛屿腹地的小镇。

人们还不习惯从电视和收音机收听天气预报，只有少数人知道这场台风会在夏季的半夜里降临。瓦舍、庄稼和树木，散落在村庄和镇区街道上，铺满了一层又一层。连续刮了十二个小时的台风让江水上涨了一百米。岸边的良田全部被淹没。灾难让这里的土地和人民猝不及防。一座年久失修的瓦房倒塌砸死了一个追台风的少年。

窗户被王三三关得严严实实，她一会儿跪在地上，使劲地瞪着眼睛望着低矮的床底，试图找到那对她结婚时买的金耳环。耳环很小，两个圆孔，可以套进我的尾指。王三三高兴的时候，会拿出她的金耳环套在我的手指上，仿佛看着我的未来，笑嘻嘻地说：“慈啊，你看，你有戒指了。以后结婚你就戴这个了，多好看啊！”

如今，她正一边气急败坏地咒骂偷她耳环的人不得好死，一边又祈祷奇迹出现，耳环突然出现在她面前，或者在某一个意想不到的地方被她找到。她把正在和面的周大头喊上来，过了一会儿，又把周小头叫过来，接着是我和周因。最后是得了老花眼的周奶奶。碍于平素周老头的威严，又要照顾茶楼的生意，她硬生生压下了叫周老头过来帮忙的想法。这年金价好像是几十上百每克，具体多少我记不清了，我对这不能吃的冰冷金属并无多大兴趣，我不明白为什么这么多人热衷于收藏这个东西。

她从地上站了起来，裤子沾了一层薄灰，房间有一个月没打扫了，窗户从早到晚大开着，来往车辆扬起的灰尘毫无阻挡肆意地飞了进来。落在衣服上，床单上，桌子上，椅子上。她走到桌子边，同时拉开了两个抽屉。这时，她突然想起了老郑的婆娘有一对和她一模一样的耳环。其实，在土三三那个年纪的女人中，除了粗细不同，人人都有一副毫无雕饰的金色耳环。女人们在年轻的时候并不喜欢戴上它，生了孩子被家里的琐碎摧残成黄脸婆后，才会在某日春光明媚的下午醒悟过来，赶紧从繁忙的厨房里抽身而出，直奔卧室将珍藏已久的首饰拿出来，对着镜子笑眯眯地将耳洞上用鸡毛做成的细条取下来，换上了金光闪闪的耳环。

她显出失望的神色，继而感到懊恼，她没找到耳环。她站在窗前，望着被她叫上来的那些人，恼怒他们的无所作为，她朝周大头骂骂咧咧：“肯定是被你搞丢的，你什么东西都乱扔乱翻。”

周大头的活没干完，坚硬的地板踢得他的双脚疼痛难忍。他坐到了床边上，挂在挂钩上的蚊帐因为剧烈的风被吹落下了一半，贴到他汗涔涔的脸上。他从一上来就显出不耐烦的神色，他的眼睛半开半闭，这是他对王三三隐忍时的唯一表情。

有时，他在屋子里面对着白花花的面粉时，会突然想，他怎么会娶了这个婆娘，这个年纪又小又爱浪的婆娘。他沾满面粉的手往身上擦了擦，闷声闷气地走出来，随便找了个位置坐下，望着对面的公社，年轻时期经历过公社运动的他，和同龄人一样，习惯把镇政府称为公社，“公社”这个词已成为他永久性使用的词语。

他曾经是一个热血沸腾的青年。他趴在那棵树龄几百年的榕树上，居高临下地看着那些曾接受他家恩惠的人用黏稠的土扔到周老头身上。周老头闭着眼睛，起先，人们还畏畏缩缩，不敢放手，第二次、第三次后，他们上了瘾，便放开手脚地打起人来，难得打人不犯法，人的残忍在此刻显露出来。他看到周老头的血，愤怒地摇了摇树枝，坚硬的树枝丝毫未动，他颓然地松了手，找了一个舒服的姿势，面朝天空，阳光穿透树叶将他的脸照得亮晶晶的，他侧了下头，看到不远处围墙背后的破败的庙宇，门把早已被卸下来，里面塞满了“破四旧”搜刮来的东西。他满腔干劲慢慢地被阳光晒去，直到气息奄奄。

榕树很古老了，据说村庄还没诞生，它就已经被栽下。气根落在了地上，又慢慢地长出新枝条来。时间越来越久，人们已很难辨认它的源头来自哪里。

周大头梦到自己变成了榕树，枝繁叶茂遮风避雨。又梦到父亲变成了树下的一株药草，被行医的祖父顺手采摘。多年后，他长成二十多岁的青年，他的活泼藏在沉默寡言之下，那时，这个故事离开他已经很久了。

王三三望着面无表情的周大头，揣测他正在想什么。她因为找不到金耳环而情绪败坏，她尝试激怒周大头。结婚后不久，她就当着周奶奶和周老头的面和周大头爆发了第一次争吵。她记不清吵架的原因了。她从结婚时的村里搬到镇上的茶楼不久，斜对面就是邮政局，邮政局后面就是她居住了二十多年的宿舍楼。她一直惶恐不安，仿佛一夜间，她什么都没有了。她变得歇斯底里。语无伦次的指责让周老头怀疑她染上了癔症。癔症曾经是瘟疫时期最严重的后遗症，有些严重的患者甚至遗传给了下一代，现在，街上闲逛的那几个疯子便是那些家族的遗留。

这说长也长，说短也短的几十年里，他们用彼此仅存的一点爱意互相折磨伤害。"时间流失太快，快得我来不及年轻就老了。"她微微叹着气，堆满皱纹的眼神满是对过去的追忆。她不想成为外婆，不想成为母亲，不想成为一个生老病死的经历者和承担者。她渴望岁月凝固在二十岁之前,她喜欢自己当年吊儿郎当的男孩模样，那时她刚剪去一头乌黑的长发，留起了流行一时的男子头。

这年，我望着王三三，如同望着一尊雕像，她老了，牙齿没剩下几颗，嘴巴一张一合，语言就从这漏风的屋子不清晰地传出来。杨桃树枝叶繁茂，结满了酸涩的杨桃，熟透的掉在地上，慢慢地烂到了地里去。老年的王三三回到了村里，村里植被丰盛，氧气过分充足，让人微微地醉了。

此时，我也感觉到自己衰老了。我再次睁眼仰望这个地方时，它已经不是以前的模样，过去的热闹消失殆尽，村庄日益凋敝，唯一香火繁盛的只余村庙。曾经我是一个无神论者，我对村庙的唯一记忆是桌上的供品，我为自己曾偷过上面的苹果而忏悔不已。我不知晓为什么每逢节日和祭日，那么多在外的人都会回到村里来，带上煮熟的整只鸡、米饭、水果和香烛来此祭拜这些木头雕像；我不知晓为什么一座神像的重塑金彩会举办得这么隆重，成为全村的狂欢。王三三对我说：“人家怎么做，我们就跟着怎么做即可，这样就错不了。”

她精力如此旺盛，让人误以为她会无休无止地旺盛下去。可是她还是抵不过悄无声息的时间，她的容颜慢慢地退却，让我再也找不到记忆中的她了。有一天，她还很清醒地知道我是谁，隔天一早，她就死了。这已经是多年之后的事了。

周大头觉得自己的神经系统出了问题，他在和王三三的争吵中越来越感到疑虑。他很担心自己会变成一个神经病。他听周老头提到过，周家的祖辈曾有过精神病史，致疯的原因不得而知。

在怀疑自己可能成为下一个受害者之后，他开始对街上的疯子多了几分留意。他观察他们的一言一行、一举一动，比画自己和他们相似的地方。在长期的臆想和观察中，他发现了一个惊人的事实，建立塘镇的智者是一个精神病人，所以，塘镇具有精神病遗传史。他遵循着这最终的结果，如愿以偿地出现了精神病患者的特征，他跑到疑似和他作对的人的家里，在别人的一楼铺面吐口水，并语速极快地用塘镇话骂男主人只有半个管理生理系统的大脑，除了吃喝拉撒之外别无是处。骂完后，他心里舒坦了，回去面对王三三时候心里也平衡了。

消息渐渐传开后，大家都惊异不已，一个看起来老实巴交连家禽都不敢宰杀的男人竟然有这个勇气闯进别人家里，难道是老来勇？或者是姗姗来迟的鲁莽左右了他？

周大头望着头顶的星空时，想过这个世界到底有多大，后来，他将这个问题丢给了我。他用神秘而荒唐的语气对我说："阿慈，你走吧，沿着江边的土路一直走，你会经过一片菜地、一块墓地和一片丛林。丛林里住着一只乌兽，你不要看它的眼睛，只需要听它的声音，就像陶瓷厂五点的鸣笛一样响亮漫长。"突然，他止住不说了。有些事是不能谈的，有些话也是不能说的。到他去世后，我也想不明白他为什么和我说这些事。我隐隐约约地觉得，他的晚年真的染上了精神疾病。这最终结果使我感到痛苦和羞愧难当，我最终没有走出塘镇。

当地人热衷喝茶，却不知道西湖龙井和碧螺春，他们只认得两种茶，一种是红茶，一种是绿茶。绿茶太苦，无论加多少白糖进去苦味都驱之不散。在家里，我只喝红茶，只吃一种点心。周大头和我说了陶瓷厂之后，每天凌晨五点，我总会听到下面传来拉长的鸣笛声，我知道，走下去是一片灯火通明，工人都已开工。那里建起了先进的隧道窑，在可控的高温下烧出了一窑又一窑精美的瓷器。龙兴茶楼的茶壶和茶杯，都是从该国营工厂进的货。

王三三当天没能找到她昂贵的金耳环。在一番混乱之后，她突然有想哭的冲动，但是，她只是将头用力往上抬了抬，她的注意力被天花板上的蜘蛛网吸引住了。周奶奶率先颤颤巍巍地走下楼去，为了显示她的年老体衰。接着，周大头看了她一眼，话也不想说，噔噔地越过周奶奶很快没了影。周奶奶有点不满，说："你这没良心的怎么不扶我一把。"她将扶梯握得更紧，走得更加慢了。

王三三望了我和周因一眼，就躺到了床上，折腾了半天，她感觉疲倦，很快便沉沉睡去。下午醒来的时候，她才想起，那对耳环借给姨妈去喝喜酒了。

姨妈有一条金项链，一个金手镯，就是没有一副金耳环。当年结婚时，打算去打耳洞的姨妈看到尖叫和流血的打耳洞场面后立马落荒而逃。那时讲究三金齐全，她却竭尽全力、力排众议拒绝戴耳环出嫁。外婆觉得兆头不好，但素知姨妈性子，只好随她去了。结果来年就生下残疾的表姐阿珠，外婆顿时悔恨不已，她将阿珠致残的原因归咎到缺少一副耳环上。外婆悲叹自己怎么这么不会生养，竟然生了一个我行我素的姨妈，凡事都太过自我主张，这不是一个女人该有的美德。姨妈出嫁后，她失魂落魄，总是和左邻右舍婆婆妈妈地絮叨，一脸悔不当初的神情。

阿珠的手指坚硬地弯曲，外婆怎么掰都掰不直。阿珠迈出左腿时，必须先画上一个半圆，脚尖才会落地。她崴着脚走路，外婆牵着她的手，也跟着崴了。后来，姨妈去镇上刚建成不久的关帝庙上香时，忍不住求了一签，捐了香火钱后，庙祝说："人生太过顺利时，老天自然要给你摆一个道，让你知晓生命的无常。"

姨妈心想，这不是和北街的张瞎子说的一样嘛。姨妈说："你要看清楚，这是我女儿的命，不是我的。"庙祝眼珠往上翻了翻，关帝庙还没选址迁来此处时，他就守着旧庙很久了。他捋了捋那根竹签，将上面看不见的灰尘轻轻擦拭去。摇着头，对这个没有悟性的女人说："你什么都不懂，我说多了也没用。你等着吧，人生命数无常，劫难还在前头候着呢。"

以姨妈的智商，她自然无法理解这么深奥的话语。她暗地里觉得花这几十块着着实实吃了闷亏。她不信命数，不信鬼神，她是塘镇的异类。

经过瘟疫时期大规模的死亡之后，人们对死亡的理解更加透彻。几乎家家户户都会供着一尊神像，神像的脸部浓墨重彩，你根本分不清它的五官。谁也不知道死亡的岁月有多长，每个人都拼命地活着，希望自己的生存和死亡一样永久。而姨妈显然不是。在政府大院的宿舍里，屋阁上没有家家户户供奉的神龛，你知道她怎么说的吗？她说："请神容易送神难。"

我从水里捞了一个月亮。印在一张湿漉漉的白纸上，锁在过年时用压岁钱买的一个棕色的小木盒里，放在二楼公共客厅一张长方桌的第二层抽屉中。不知是过了多少月、多少年，有一天我兴之所至，抽屉一拉准备拿出来看看时，却发现里面有发夹、小人贴纸、连环画、一面圆镜等许多小物件，唯独我最宝贵、最漂亮的小木盒不见了。

谁拿了它？我狂躁地坐在地上大喊大闹，声音压过了楼下的喧哗。什么事都得周奶奶操心，她走惯了这个摇摇晃晃的木梯，噔噔几下就上来看我了。周奶奶问明了缘由，想了一会儿一拍脑门道：“那个小盒子啊，被你小叔叔拿去装烟灰了，盖子都坏了，修不好了，你还要。”

我想到王三三的撒泼大哭，立马有样学样地像个疯子般将整个茶楼吵了个天翻地覆。或许是这一场大闹耗尽了我此后的精力，自此，我再也没有这么歇斯底里地像个神经病号啕大哭过。这一场闹剧在许多年后依然让我印象深刻。有时记得的人会和我谈起，我的嗓子，我几乎将近九十度扭曲的身躯——以致有人说我不去城里学舞蹈真是可惜了，我像水龙头那样淋满脸庞的泪水……

就是那天，我脑子一闪，惊人地说出了周小头去北街尽头嫖妓的事情。这种报复性的快感让我暂时止住了眼泪。周奶奶听到我的话后，怔了怔，她扔下坐在地上的我，转过身，若有所思地慢慢走下楼。我瞅着周奶奶落寞的身影，突然觉得她一下子苍老很多。她的精力在那一瞬间被抽得一干二净。她越走越矮，越走越低，我看不到她了。我忽然不知道我这样做对不对。

周小头消失在机关大道时，周奶奶跟了上去。供销社开了几张牌桌，每天都有闲人在那里打牌。周奶奶斜睨了一眼，确定没有人注意到她，又故作轻松慢慢地拐上了北街。路并不长，周小头健步如飞，周奶奶因心知肚明反而放慢了脚步。离周小头越来越远了。周小头消失在那棵椰子树之后。那棵椰子树是北街硕果仅存的一株椰子树，它孤零零地站在简陋的土地神小石龛的边上，望着对面低矮的南渡江。它长得如此之高，几乎可以望到对岸不远处的另一个繁华的乡镇。

周奶奶来到北街头的小卖部。小卖部就在中学校门的左手边上。除了卖零食、文具之外，一排书架上都是出租的台湾盗版言情小说，偶尔有几本武侠小说夹杂其中，却都被翻阅得破破烂烂了。一看就是男孩子的粗手粗脚弄的。甘蔗和西瓜柜子摆到了路边，几条长椅放在空地上。周奶奶坐在那里要了块西瓜吃了起来。走得累了，该歇歇了。她的目光落在那条下坡路上。这时路还未打上水泥，裸露的石块凹凸不平，有人推着自行车慢慢地沿着路边走过，想必是要去江对岸吧。

平房很安静，发廊的门虚掩着。周奶奶偶尔会往那边看看，企图寻找周小头。只是她一无所获。西瓜的凉味和甜味让她的焦急得到了安抚，她平静下来。对于周小头的事情，她还处在比较茫然的状态中。不知道该怎么解决这个事情。俗话说，家丑不可外扬。她认为应该低调一些，不然有损周小头的声名，对他以后娶老婆会有所阻碍。

有相识的人看到周奶奶，问她来这里干什么。周奶奶泰然自若地举起褶皱的手，旁边年轻的学生看到这只老年的手，一下子穿越时光看到了几十年以后的自己。周奶奶笑着对问话的人道："没事，瞎转转，老了，还能转多少天呢。"

这不短不长的时间让她第一次体会到了度日如年的感觉。她看到周小头站在靠门边的那面镜子前梳起乱蓬蓬的头发时，心里长长舒了一口气，终于调完情办完事了。接下来该办她的事情了。她已然想好了如何教育儿子的方法。

她先周小头一步回到了茶楼里。周老头看到她，随口问了一声：“去哪了？”周奶奶魂不守舍，好一会儿才反应过来说：“还不是为了你儿子。”她将周老头拉到一边，将知晓的事情一五一十地告诉了他，却并未将自己的计划完整告知。因此，接下来她的所作所为令人吃惊。她将回来的周小头锁在了房间里，拘禁了他。

周小头的房间，作为他未来的婚房，不仅有独立的卫生间，装修还很新，铺的是超前的棕红色木地板，赤足踩在上面不会感到凉气逼人。床是一张很宽的西式软床。我很喜欢那张床，经常趁他不在溜上去睡觉，睡着了，周小头回来就会把我抱出去。

周小头被反锁在里面之后，我徘徊在门外，进不去了。我有节奏地敲着门，嫩声嫩气地喊：“小叔叔，小叔叔。”此时，正处在青春发育期的我变声不明显，还保留着小女童的稚气。

如果周小头不愿意，谁也关不住他。或者他是对自己放纵的生活有所厌倦了，打算收敛一些。周奶奶趁他不备把他关在房间里的那几天，他除了为自由怒吼几声之后便没了声息。他懒洋洋地躺在床上，偶尔会起来望着窗外大街上来来往往的人群。虽然感到百无聊赖，但不用在一楼继续重复过去，这让他对生活有了新鲜的感觉。他接受很快，每天吃了睡，睡了吃，有时周奶奶送饭晚了，他还会像猪一样着急地拱起来。

刚过了一周，王三三就对关禁周小头的事情不满了，起先的幸灾乐祸早已不翼而飞。她发现自己承担了更多的活计，拿的还是和以前一样的钱。她拐弯抹角地劝说周奶奶和周老头，希望尽快将周小头放出去。哪曾想，周奶奶这次是铁了心准备关上他两三个月啊。

周小头在房间里已然忘记了日子，直到有一天，他发现头发已经长过了耳垂，像姑娘家一般，他突然受不了了。他望着街对面那家曾经把他的头剃破的理发店，在晚上周奶奶送饭进来时，拜托他的母亲请那理发姑娘带着工具来一趟。

理发姑娘来的那天是早上，她的店面开着，空无一人。她拎着一个小箱子，手上挂着一块黑色的棉布罩子，表情严肃。周小头站在窗口望着她过来，姑娘的头发乌黑发亮，他闻到了远远飘来的发香，心旌荡漾。

我理解心旌荡漾这个词，是在十五岁之后，那时，我已稍微知晓了一些人事，周小头也步入了中年。找不到谈天对象的他在闲暇之时居然和我谈了很多事。他也忘记了当年的关禁是我出卖了他。理发姑娘去世得早而突然，从那时起，不，应该是从理发姑娘从对面的屋子走出来开始，她的形象便深深地印刻在周小头的心中。

周小头说，他从来没用任何语言表达过他的爱慕。那天，姑娘进来后，门就被周奶奶哐啷关上了。姑娘瞅了他一眼，神色一紧，露出稍许慌张。不过她还是很镇定地将箱子放在了小方桌上，那是周奶奶临时搬进来的。他和理发姑娘待了多久，他不记得了。只记得日头从初升直到黄昏，姑娘才将东西收拾走了。地上留下了许多撮头发……

那天，屋子里就他们两个人，发生了什么，外人无从得知。无论我如何追问，周小头总是带着那副迷惘中带点兴奋和刺激的表情，不肯吐露半句。逼急了，他便说一句“什么都没有”敷衍了事。我自然不信，此后多年，我一直怀疑他最后的不婚理由和那天发生的事有关，和理发姑娘的早逝有关。

周小头时常会想起当年的荒诞岁月，北街尽头疯长的木薯植物已经种植了半季，木薯地里面散落着一些没有立碑的土坟，理发姑娘就埋在其中的一座里。她的家人一生都在不断地帮着她寻找一门亲事，却不知为何，始终合不来别人的八字。

镇上的许多风物因为太过熟悉，被行走的人们熟视无睹。茶楼的生意经过初期开业时的红火，早已进入了稳定期，每个月、每年的利润额几乎都维持着相同的额度。周老头从未想过扩展，他本来就无法成为一个企业家。他经营茶楼生意只是为了有一个养家糊口的活儿。他说，药铺整天和不正常的人打交道，心理不强大的话自己也会闹出病来。这是他未子承父业的唯一理由，也是支撑他在艰难岁月里将茶楼生意继续经营下去的唯一理由。如今，他老了，已到耄耋之年，却仍未想过放手，或许他太钟情于这项事业，宁愿终日忙碌也不愿让两个儿子真正接手。

夜深人静躺在那张坚硬的木板床上的时候，他才会想明白，他对现状并不满意，他不喜欢两个儿子得过且过的生活，也不喜欢儿媳妇。不是同一条血脉，始终亲近不起来。他依然无法对孙儿的外公客套，偶尔还会和他起几声争执。他不想在外公面前显出自己的浅薄无知，他头脑清醒，对自己的学养水平有自知之明。这也是他晚年热衷和老郑走街串巷放电影的原因。正因此事，他被外公嘲讽为不务正业。

外公是一个一板一眼、非常严谨的人。首先对他的严肃进行背叛便是他的女儿们——姨妈和王三三。他来茶楼喝茶时，我会站在第三级台阶上喊他一声外公。他略微点点头，抿一口茶，然后慢慢将茶杯放下。目光望向远处。远处的房屋挡住了他的视线，但他依然望着。

稍许年长一些，我对外公的畏惧变成了敬畏。我知道外公和北中街的张瞎子一样，都是这个镇子上特别的人。我深切地以为，他们如同那些稀疏平常的印度紫檀一样，虽然普通，却随时会从地底冒出腐烂之味那样做出惊人之举。是他最早教会了我和周因读书。

对很多人来说，多年总有恍若隔世之感，青年回想自己的幼年时光，中年想着自己少年时候的意气风发，老年人却只能坐在低矮的屋前晒着暖洋洋的太阳，摸着自己爬满皱纹的脸，然后对自己说：“我也曾年轻过。”外公却不一样，他不会往回看，越老他越有成为哲学家的潜质。正是因为这种独特的气质，让无法理解的周老头认定他的这个亲家是一个无可救药的怪胎。

夏天在后院吃饭的时候，周老头会趁王三三不在场时悄悄对我们说：“你们外公啊，老来得痴呆了，离他远点，以免被传染了，这可是无药可治的病！”

他说得郑重其事。听得我和周因一惊一乍，仿佛外公是一个青面獠牙的怪物。这时，我想起了经常穿过机关大道，去到北街老郑家打酒的男人。据说男人耗光了积蓄偷渡到了美国，但不知怎的，没多久便被遣返回来。回来后妻离子散的他神志变得不怎么正常。

我无数次想起这件事，哪怕未来我经历了无数的人事变迁，也未曾遗忘。我哀伤时它在我的世界里反而愈加清晰，我不知晓为何对此情有独钟。

瘟疫后期的影响，让这里的人们相信鬼神，宗庙祠堂终日烟火缭绕，沐浴熏香是祭祀中常有的事。人们无法掌控命运，只能跪在命运面前俯首贴耳。所有的结局终究不是最终的结局。周老头深谙这个道理，但他仍在有生之年不断数落着他的儿子们，他希望他们能够改变，成为这里的上层人士。周老头心里清楚，虽然这里地方小，但等级划分依然严明。新街和老旧的北街分别对应的是富人和贫农。后来，他发觉对儿子们的改造已经太迟，便在晚年之时决定从对孙辈的教育开始改良基因。他和外公的分歧正是在这一点上。

在教育争夺战上，外公略输一筹，虽然他的知识水平远在周老头之上，但他不是周家光明正大的主，没了名正言顺，做起事来便颇为碍手碍脚。在我开始读幼儿园时，外公曾主张送我到城里去。外公拍着胸脯，豪气万分地说：“学费我包一半。”

那年冬天出奇地冷，气温低到了九摄氏度，一些老人经受不住这种湿润的寒冷，纷纷在寒日里撒手西去。送葬的哀乐奏起，弥漫在镇子的上空，更让这连日来的阴天添了许多悲愁。

茶楼的生意在这一周内进入了淡季，人们搓着裸露的手互暖。开水间变得更忙碌了。王三三坐在灶台边，不时往炉子里添火，火光映得她的脸红扑扑的，气温在她的脸上陡然升高许多度，来年的夏季长在了她的脸上。她听到了公公和父亲争执的声音。不过一切似乎与她无关，我和周因的学费不是她负担，她也乐得将这笔不小的费用存到银行作为自己的私房钱。人的手里,还是有点钱才安心。这世道，没钱可不行。王三三的精明藏在心里。

周老头心里冷哼一声，这钱还用你这个外人来出。他眼睛微微往上一挑，扶手椅也停止了摇摆，他正了正身体，慢慢说道："这个不用你操心，我孙女我自己管，她还是在镇上好，有个照应，老师照顾不如家人照顾好。"最终，我留在了镇上，直到十二年后才离开镇子去城里待了几年。

周老头为了证明自己不会食言,分出了许多精力照顾我和周因,他仗着自己在父亲的言传身教之下对中国文化传统的那一点理解,在晚饭过后搜罗出了他的旧书籍教我们认繁体字。至今，周老头依然不会写简体字，步入老年，他完全丧失了学习能力。

祖父辈历经的苦难让周老头的内心留下了多年挥之不去的阴影，他希望他唯一的孙女和孙子能够超越家族的前者。但是，苦难是周家的一种的宿命，生生不息的循环在子子孙孙身上，未来年轻周因的去世印证了这个无可扭转的趋势。那时，张瞎子已现出衰老的腐朽之态，算命功夫炉火纯青，真正成了镇上的"活神仙"。

许多年后的某一天，我经过张瞎子的摊子，他突然把我喊住了，他戴着一副黑色的眼镜，我无法对视他的眼睛，自然地，我也无法从他的眼睛看出什么来。他说，多年前我帮你妈妈看过手相，太奇怪了，你外公没有男孩，你爷爷有男孩，完成了使命，但他的两个儿子都不争气，到孙辈后，再也没人给他上香了。他讲得词不达意，我却明白他的意思。周因在少年时期去世后，周家后继无人。我厌倦了张瞎子在这些事情上的纠缠不清，并没给他好脸色，我清楚在时间中发生的事情，周家的、外公家的、姨妈家的……后来，我知道，这是一群没有未来的人。

周老头在外公买完单离开的时候，总习惯站在门边最高的那级台阶上瞅上他的背影几眼。外公多年的坚持付账，让周老头获得了一个抠门的恶名。周奶奶帮衬着卖点心，随手将钱揣在了自己的口袋里，并不记账。

镇上有了外地来的拾荒者，背着一个巨大的编织袋，手里拿着一根棍子，讲普通话，整日在街头巷尾翻翻捡捡，并不怕脏。周老头看到这些拾荒者经过茶楼时，用对外公一样的警觉注视着这些入侵者，他担心这些人手脚不干净，不仅会偷东西，还会偷小孩。我和周因在时，他会强制把我们赶进里屋去。以致很长一段时间，我将这些出双入对的拾荒者视为镇上最坏的人。那时，我并不十分快乐，我也不知道为什么我不快乐。周因的指甲留得很长了，家里的人都很忙，忘了给他修剪，看到我走神之际，他会用锋利的指甲狠狠地往我的手臂戳下去，痛得我哇哇地大喊大叫，反应极快地扇了他一巴掌。他一愣，接着立马嗷嗷大哭。里屋又是一阵乱哄哄。外面的周老头已经顾不上我们了。他盯着拾荒者，对拾荒者的微笑不以为然，早年被批斗的经历让他内心深处保留着对人性的深刻怀疑，可他对自己的内心一无所知。

待拾荒者走过去，离开他的视线之外，他才松口气，进到大堂，坐回他摇摇晃晃的扶手椅上。他喜欢扶手椅上摇晃的晕眩感，他的脸上皱纹遍布，摸起来有点扎手。他经常拉起周因的手揉搓他的脸，周因的小手心热热的，可是周因不喜欢，他的脸戳痛了他的手。这时，周因会想起外公。

周因奶声奶气地说："外公的脸比爷爷你的光滑多了。"说着，周因会示范性地用力捏了捏周老头的面颊。这时，周老头的脸色黯淡下来。在他大半生的岁月里，他并没讨过多少人喜欢，也没令多少人厌恶。只是在时间的长河里不温不火地活着，早期的动荡早已远去，安稳的时光让他有些寂寞难耐。他知道，自己离奔赴另一个世界的黑暗已经不远了。这个镇子，就连空气中都充斥着死亡，从出生到老去，他一直清楚，他从没和任何人提起。他的一生，都在踩着风行走。

机关大道作为最重要的一条街道，几乎囊括了所有有头有脸的人物。作为从少年起就在茶楼看遍了形形色色、古古怪怪的人，我对周家内部的分裂早已不足为奇。

它平淡、庸俗，混乱不堪，和大多数绵延的普通家族一样，每个人都在各种各样的捆绑中，在这个镇子生老病死，抒写渺小的人生。他们的肉身，归于大地。

未　来

我对事物缺乏长久的耐性，兴趣和热情转瞬即逝。这让我整个人在长大后变得懒散，对许多事都心不在焉。后来，我反思这样的情况，层层抽丝剥茧下去，终于找到了一个可疑的原因：弟弟周因的死影响了我。后来，越来越多的人迈向了不可预知的死亡，越来越多的人葬在坟地里，直到树木长出，变成一片荫林，困扰我多年的周因之死才从我身上剥离。

周因在壮年时期死去，生与死的界限被打破了。人就是这么赤条条而来，尚不知道羞耻。走的时候不过就比来时多了几条裹身的破布。这样想的时候，腰部的剧痛传遍了全身，我想，终有一天我也会这样地离开。

我时常听到他的声音由远及近地在我身边晃晃悠悠，他总是微弱地朝我喊着："姐姐，姐姐。"他形容枯槁，嘴唇开裂渗出血丝，他穿着那双蓝色破拖鞋晃晃荡荡，在塘镇飘来飘去。他去世那年，在午夜时分被埋葬在曾祖父的身边。坟边长满了飞机草，这种草止血疗伤，当年日军为了治疗伤兵出动战机从空中撒下了无数的飞机草种子。至今，这种入侵植物在塘镇已经繁殖几十年了。他领着我穿过梦境，来到他栖息的地方，土堆下面是一张单薄的石棺，石棺里面放置着一张木棺，钉得严严实实，他躺在里面，回到了小时候，带着哭腔对我说：“姐姐，我好怕黑。”我的心倏然一紧，胸口剧烈地绞痛起来。

我想起从前，我蹲在饭桌下摸着周因的小耳朵，轻轻吹了一口气，周因痒得咯咯地笑起来，四肢乱动，差点把桌子给掀翻了。拎着热水瓶走来走去的王三三像每天的一日三餐不可或缺那样，必定会将我们骂上几次。久了，我们便将她的话当作了耳边风，依然顾自玩耍。

说真的，我想不起来那时候的景象了。时间过得太久了，久得整个塘镇在这十多年间都变了样。我记不起那时候的阳光和树木，记不起那时候的摩托车和戏院，记不起来龙兴茶楼喝茶的茶客和亲人。

每年总有几个月，我的情绪陷入了低谷，肯定是周因又在呼唤我了。我躺在床上不吃不喝几天，觉得再这样下去自己年纪轻轻就会死，又强打精神回到正常的生活中。

我嫁给了在镇委工作的一个年轻人，年轻人的房子在老街的末尾，与南渡江隔着一条公路。相对于他，我更爱的是那所能吹到徐徐江风的石头房子，屋前还有一个空院子，上面栽种了几株波罗蜜树，六月成熟的果实有干包和湿包，树与树之间绑着一张黑色镂空的吊床，狭窄的马路对面，地面陡然悬空，和公路形成九十度的直角，几棵参天古树仿佛从地底长出来，一直往天空延伸。

我和年轻人相识于某年的正月十五前夜。每年正月十五的前夜，镇上家家户户都会挂起大红灯笼，穷人家的在里面装上蜡烛，有钱人则安上灯泡，长夜不灭。屋檐下的一排灯笼几乎都贴上了字谜，猜字、说对联……这个习俗流传已久，塘镇也仅有在这天才会打扮优雅。

晚上八点到凌晨十二点，几乎镇上所有人都出动了，人们在那几条街道上踱步，卖零食的商贩、销售各式各样玩具的小商铺都破例营业到很晚，小孩子太多了，谁也没见过镇上这么多的小孩。我和年轻人走在满是灯笼的北街上，裹在红色里的光透到地上，一片殷红，仿佛置身在遥远的过去，关圣庙组织了活动，猜字谜、蒙眼打锣、跳山羊……我和年轻人的约会就在这一瞬间回到了童年。他长得不高，并不出众，资质平平庸庸，但他有一个充满魔力的优点：他喜欢运动，他对球类体育项目非常精通，他喜欢看NBA，热爱踢足球。我在塘镇中学看他踢过一次，他瘦小的身体里包裹着惊人的声音，那是我们通过相亲开始确认恋爱关系的初期，在三个月之前。在镇上，你想找一个既阳光又热爱运动的大学毕业拥有稳定工作的男青年很不容易。

我们的结婚平淡无奇。我和年轻人结婚不是因为爱情，或者曾经有那么一点可怜的成分，随着时日渐长，失去养分的它不知何时已经枯萎了。我们现在的情况，只是出于一种习惯。我忙着我的事情，他忙着他的事情。虽然同息同起，却已不复当初。直到如今，我也才明白，王三三和周大头的有架可吵是多么值得骄傲的事。年轻人不再和我说工作上的事了，他变得和镇上那些庸庸碌碌的公务员一样，空闲时间都耗在了茶楼和夜晚的KTV包厢里，没日没夜地高声唱歌。和大部分的夫妻一样，我们开始为一些鸡毛蒜皮的小事吵架、冷战。

年轻人对自己的工作并不喜欢，向我诉苦："我一个男的，叫我每天去打电话给那些已婚的女人，催她们去办婚检，做阴道彩超。这种事是妇联的工作，不是我的工作。"尽管每天下班回来，他都为自己的怀才不遇而喋喋不休，但他心里也清楚，镇上并没有多少可供他选择的职业。而在镇政府拥有一个长期稳定的职位对他来说非常体面，并受人尊敬，他虽然考虑辞职，但绝对不会付诸行动。

姨父已经接近退休的年龄，每天来办公室只是看看报、写写字，和年轻人谈论一下发生在报纸上的事。姨父多年前在经历一场意外后便一蹶不振，没有了仕途上的野心。

那年，他追死了人，那人挺着肚子从政府大院的后墙身手敏捷地翻过，然后从近四米高的墙上跳到了塘镇中学的操场上，她奔跑着，下体开始流血，血迹顺着她奔跑的路线绵延不绝。这让追在后面的姨父紧张起来，他扭头对着更后面的跟班说："流血了，危险。"转而朝逃跑的孕妇喊道："别跑了，赶紧去医院，再不去来不及了。"

孕妇倒在了学校大门边上，她全身软绵绵的，像一团轻柔的棉花。但很快，她的身体慢慢地冷下去，僵硬起来。她死了，和腹中的孩子。后来尸检，是一个男孩。

经此一事，姨父成了名副其实的酒徒。他喝白酒。每天一早就拎着一个七喜的塑料瓶，东倒西歪地朝北街走去，花五块钱将塑料瓶打得满满的。他在家里最常说的一句话是："拿来，酒瓶。"他醉醺醺的，身上充满了米酒的味道。姨妈的劝阻全被姨父扔到了垃圾桶。那是姨妈最难挨的时光。

姨父看出年轻人的沮丧和不满，临走时会拍拍他的肩膀作为鼓励。

每次我从那所房子出来，沿着坡道往北街末走去，总会经过那家妓院，那排房子也已换了面目，但我依然记得周小头在里面度过的岁月。多年后，那些莺莺燕燕已经离开塘镇，奔赴未知。平房租给了一户平常的一家三口。年轻的妈妈正在走廊下的那根长绳上晾衣服。我疑惑她是否知晓这房子有过一段难以启齿的过去，这段过去有我一生未婚的叔叔。如果从那里继续沿着坡地走下去，就是我的夫家。它们之间的距离如此之近，近得我都可以呼吸到浓重的脂粉气，近得我对二者之间的关系产生了源源不断的联想。

我喜欢去龙兴茶楼喝茶，但不喜欢新来的厨师制作的点心，他没有周家具有的耐性，细水长流的手艺在年月里丢失了不少。我也没办法责怪，只能去缅怀。我经常看到周因在茶楼里，在我的面前晃来荡去，他还是儿时的模样，那么天真快乐。可是，他随手拿起了那瓶装着煤油的矿泉水瓶，拧开瓶盖，说："姐姐，我渴。"便一骨碌灌掉了大半瓶……许多年里，他不断地在我的梦境里重复这句话："姐姐，我渴。"他的黑眼珠精灵有神，骨碌碌地转着，圆圆的脸蛋憨态可掬，他会顽皮，也会伤心，更会毫无来由地号啕大哭。可是，我只能在梦里看到他了。许多人，我只能在梦里见到了。

年老体衰的王三三搬回了老家——她刚结婚时住的地方。给周老头的龙兴茶楼打工时攒下了一笔积蓄，这笔积蓄可以供她衣食无忧地过完下半生。她经常拎着菜篮子从村里到镇上，每次都会绕上一圈来看看茶楼，然后会到对面的政府宿舍大院找姨妈聊上几句。无非是回忆过往的一些事。人一老，就变得喜欢追寻过去了。

王三三和姨妈早已冰释前嫌，早年的钩心斗角、互相挖讽早随着风散了去。姨妈和姨父没有过任何的搬迁，家里除了新添加了一些电器和换了新沙发之外并没有任何大的变化，财富并无增长，日子依然是比普通人好一点点。表姐阿珠嫁去了邻镇。

周奶奶死在一场持续不断的暴雨之后，或者所有的一切都是死亡来临的征兆。

连续下了十天的雨终于渐渐停了。周奶奶想起被淹没的老宅，她催周小头骑摩托车载她回去看一看，将那些陈旧的家具收拾收拾。祖屋里面的实木旧家具已经浸出了水痕，看上去湿漉漉的，感觉轻轻一碰就会散架。

她的体力早已随着她的衰老消失了。但对被浸湿的屋子和物品，她费心费力，超出了自己力所能及的范围。周小头拦住她，粗声粗气地对着她骂："这活不是你干的，这破房子你还要住吗？能住多久，你就要躺棺材了。"

她不顾周小头的劝阻，亲力亲为地收拾着屋子。这间老屋的上面，是新起的房子。屋顶是瓦片砌成的，却比这间老的宽阔高大许多。神龛和祖先也全部迁到了新房子的横梁上。八仙桌上放着两个小香炉，香炉里有陈年的灰烬。燃尽的红烛只剩下一根细细的长棍，不知为什么一直没有被拔掉。

周奶奶抬头看到开着门的大屋子，心里突然一动，她挪上了那几级台阶，将长棍拔掉。又走回来，进了她当年结婚时的新房。陶瓷做的尿桶散发着恶臭，没有铺上瓷砖的泥土地板渗了混合尿液的雨水，墙上的画像是她和周老头，挂歪了。床的颜色变深了。她翻出一个麻袋，一边抬头看顶上的画像，想着怎么将它们放得端正，一边将陶瓷碎片装进麻袋里。正是这些碎片，放了她的血，要了她的命。

她在里间喊周小头时，周小头正拿着长钩在院子里钩杨桃。杨桃没熟，青青的。周小头也不爱吃，他只是想钩下来而已。周小头听到她中气十足的声音，不耐烦地扔下钩子，边走边说："又怎么了？"周小头走了进去，看到坐在地上的周奶奶，血不断地流着，无法停住。可能割到了大动脉。周小头吓得脸色发青，赶紧找了块破布将伤口裹着，一把抱起周奶奶，朝屋外走去找人求救。

接下来的事情就是送到了镇卫生院，血止住了，年迈的周奶奶却已元气大伤，再也回不到从前。她失去了红润的面色，没走几步就要停下来歇一歇。十多天后，她意识清醒地将全家人召到身边，用轻描淡写的口吻说："将我送回割伤我的地方吧，它已经叫我了。"她的眼睛望过所有人，好似要将那些面孔刻在心里。又唉声叹气道："我就要去见我的孙子周因了。"这时，王三三忍不住痛哭起来。

我知道，王三三是想周因了。从她身上掉下来的一块肉，就这么比她先去了。她心里苦着呢。男人们都没有哭。周老头铁青着脸，这时，他身体虽然不如从前，但还算硬朗。他想起河流和那些被埋葬掉的死人，好像又回来了。

他沉着冷静地指挥着两个儿子，指使周大头去外面雇三轮摩托车。周小头和王三三则负责去周奶奶的房间整理她的衣物，打包带回村里。而我，则被周老头赶出房门，到街上玩去了。面对预知的死亡，面对即将到来的残酷，小孩子不见为好。而此时，我已经长成一个姑娘了。只是，所有人都不知道。

连日的暴雨彻底结束之后，周家等来了周奶奶的死亡。她被葬在村头后坡的祖坟地上。和周家众多的祖先在一起。而我想着周因，那句话最终没说出口："周因孤零零的，他会害怕的。"

周奶奶的死亡很快被淡忘了。活了这么大岁数，活够了。死也就让旁人没那么悲伤。周大头和周小头的工作很快步入正轨。而周老头却变得沉默寡言。老郑喊他去放电影，他出人意料地弃掉了这个爱好。他坐在那张摇摇晃晃的椅子上，每天摇呀摇呀，把自己摇得恍恍惚惚。外公也没再上门了。这些老去的人正一个跟着一个躺进了被印度紫檀覆盖的腐烂之地里。

周老头想着周奶奶，他的妻子。他在想念中看到站在空旷之处向他招手的周奶奶。不久，中元节即将到来，张瞎子诊断出他得了癔症。建议去三岔路口将周老头的魂魄叫回来。

张瞎子说："三岔路口聚集了很多走丢的魂魄，周老头的应该也在那里。没死的魂魄是走不进墓地的。"他的话让周老头的两个儿子半信半疑。周大头递给张瞎子一个包子，半开玩笑地说："你不会忽悠我们，想捞钱吧。"

张瞎子怒了，一拍桌子狠狠骂道："你这兔崽子，我是这样的人吗？要坑钱的话我还在这里摆个破摊子吗？别人花多少钱让我出去看风水我都不去看，我会为了你这几十块做见不得人的事，看就看，不看拉倒。"说完转身要走。

周小头赶紧拉住他赔笑道："我哥这不是开玩笑吗？你还当真了。这世道，会忽悠的有米吃，谁不知道张叔你是个厚道人，凭你和我爸的交情，怎么会不想让他好起来呢？"

张瞎子白了周大头一眼："学学你弟吧。"

中元节那天晚上，我本来也要跟着去看的。不过王三三阻止了我。她让一众男丁去了。她对我说："别去，留着守家。"

半夜我睡着了。迷迷糊糊中听到脚步声，我知道张瞎子、周老头和他的两个儿子回来了。我睁开眼睛，看到一盏红灯笼向我走来。他们轻声说着话，偶尔夹杂着笑声。我知道，周老头的魂叫回来了，他不会再因思念周奶奶而走丢了。但那之后，他的身体每况愈下。张瞎子摇着头说："魂回得不全，一部分留在那里了。这是没办法的事，哪怕老天爷来也办不成。能过一天是一天。反正都这么老了，这辈子也值了。"

周因是病死的。有时候我会想，是不是周奶奶和周老头将他的寿命安在了自己身上，不然年纪轻轻的周因怎么会死。周因致命的死因被带入了坟地里，未经解剖的身体沉入了地下。塘镇的风俗，人必须要完整无缺，不然死后变不成鬼，变不成鬼意味着不得超生，将承受永生永世的孤独。

长大后，我从张瞎子那又听来一件事，王三三找他帮忙给周因结一门亲事。夭折的孩子如果没有成婚，将会给整个家族带来不可预知的灾难。于是，张瞎子开始了长达数年的寻找和探访，却终究一无所获。

那年，镇上所有的街道都开始挖路埋电缆，简陋的竹架子和扯开的麻袋子将路封住了。行人只能走两侧，水泥被挖开，一下雨路就变得泥泞不堪，车辆进不了塘镇，只能从村落绕道而走。龙兴茶楼的生意一落千丈。那时候，周因的疾病开始出现苗头，他没有像以前那么生龙活虎，也不再像从前那样和我滔滔不绝地讲话、问东问西了。他呈现出疲倦的面容。那时，我不知道他气色苍白，我什么都不懂。

他躺在床上，身下压着厚棉被，半闭着眼睛对我说：“姐姐，我很累。”这句话，他已经和王三三说了好多次，每天在茶楼穿来往去的王三三粗心大意不当回事，“小孩子玩太久了，快去睡上一觉”。之后好几天，周因睡着的时间越来越多了。

周因死在院子那间洗手间里，洗手间铺了白色的瓷砖，水龙头只有大腿高，冲澡要半蹲下来。发现周因的时候，已是他进入洗手间的两个小时后，砸门而入的周小头看到赤身裸体的周因躺在地上一动不动，赶紧抱着往卫生院送，只是，他已经没有了呼吸……

正是那个时候，我第一次意识到了死亡，并与它正面交锋。它的突如其来让我们猝不及防。王三三在卫生院的空地上哭得黑天暗地，她手脚颤抖着将自己的上衣脱下盖住了周因的身体，她穿了一件洗得发乌的胸罩，皮肤在经年累月的烟熏中变得皱巴巴的，乳房软软地下垂了，肚子间的赘肉围了一圈。没想到看起来瘦瘦的她竟然有着不少的肥肉。这颠覆了我曾经的感觉。我一会儿望着周因，一会儿望着她，一会儿瞅瞅看热闹的人群，脑子突然变得空空荡荡。

之后几天，我脑子都是一片灰色的空空荡荡，以致我现在都回想不起来家人们失去周因时的各种悲痛神情了。但可以肯定，他们都痛苦不堪，有几天几夜不眠不休。王三三在周因下葬后的第二天睡在墓地上，睡了三天三夜。墓地边上长着几棵小柏树，应该是种地的农民栽下的。周家人早就没有人干农活了，土地便被同村的人借了去耕种。

最后还是周大头将她生拉硬拽了回来。周因活着的时候，她从未对他表露过她的爱意。对于她在墓地上的举动，我既悲伤又震惊。我们都不善于表达感情，深邃而内敛。王三三突如其来的爆发除了让我们更加痛苦之外，并没有任何积极的能量。但是，一切都是可以理解的，不是吗？

那段时间，我走在路上都会有人指指戳戳，看，就是这个人的弟弟死了。这种背后议论让我感到狼狈，我落荒而逃。我开始变得孤僻。而所有人都还未从悲伤走出，未能顾及我。

大概过了两个星期，生活重新恢复正常。王三三虽然愁云满布，但已经可以正常吃饭和工作了。她的食量在那时突然增大，她的发胖也正是从那时开始。许多年后，和同龄人相比，她成了肥婆。

越来越多的死亡降临到周家。习惯后的周家人渐渐觉得习以为常。在周奶奶死后不久，周老头依然坐在他那张已经磨损得看不出任何颜色的摇椅上，抽着他的烟，望着斜对面越加破败的戏院，想起自己放电影的故事。就是那时，他突然开口和我讲起周家百年的繁衍生息。就像突然冒出来一般，人丁异常旺盛，如今，周因死后，却突然绝了种。也许，他们都变成了印度紫檀，那是周家的死亡之树。

开挖的道路给紫檀树带来了更多的泥土气息，有人在挖掘当中发现了无主尸骨。谣言流传甚广。后来张瞎子出来解释，机关大道曾经是一处乱坟岗，在不断变迁中才成为塘镇中心。

“只有机关单位才能将邪气压下去，你们真是触霉头了，这几天晚上别出门，知道吗？”他说完，不等人多问上几句，便头也不回地往北街走去。

那天我也去看了那具无主尸骨，几块骨头散落在那里，挖出来的民工早已跳出坑来，和工头讨论着怎么办。我瞄了几眼，就被从人群中挤出来。我想起野狗吃骨头的样子。我想，这几块也会很快被狗叼了去。虽然塘镇几乎没有野狗。但看门狗还是有那么一些。我并没觉得恐怖和晦气。但得知我跑去之后的王三三还是将我臭骂了一顿。她烧了一个旺盛的火堆，让我跨了过去，说这样是把阴气去掉。她望着我跨过火堆的眼神和望着死去的周因的眼神是一样的。我内心涌过一丝温暖。我想，她真是我妈妈。虽然我不喜欢她风风火火的样子，但是，她真的是我妈妈。

人们习惯了灰尘满天的修路工程。又恢复了平常的作息规律。茶楼冷寂一段时间后又慢慢热闹起来。虽然，周因的死亡让客人流失了不少，但早上和下午，茶楼依然人满为患。

这年一入秋，风有了点凉意，天气依然燥热。还未到退休年龄的姨父从正科级的位置上退了下来，他为计生办服务超过了三十年。计生办进了许多年轻的姑娘。他不会用电脑。每天上班，就是给来办事的人发表格。他连鼠标都点不好。很快，科里一个二十岁出头的姑娘就掌握了这间办公室大局。实际上，他除了和她们分享一些过去的经验外再无用处。时代变了，计划生育也没有过往那么野蛮。姑娘们一听到他追死孕妇的事。就惊讶地皱起眉头，嘀咕着怎么有这么违反人权的事。姑娘们有条不紊熟练地制作表格、上传，高效地工作。呆坐在椅子上的姨父发现了自己的无用。

在隔壁妇联办公的年轻人和一群进入更年期的妇女待久了，也会走过来，和年龄相仿的姑娘们开一些无伤大雅的玩笑，透一透气。

患有癫痫的表姐阿珠嫁给了镇上一个年长她十几岁的沉默寡言的木匠。姨妈不再为她嫁不出去而担心了。姨妈嘴巴依然能说，偶尔我去看她，她会两眼放光，和我说起许多人。

镇政府将盖了十多年的平房推倒了，或许是赶不上塘镇的千变万化，它也想修修门面，几个月后，新修起来的临街二层小楼，一楼都租给了别人成了铺面。有饰品店、理发店、小卖部、药店……

姨妈最常在那家小卖部门口组牌局打牌。然后每个月都会去这家新开张的理发店剪一次头发。兴许是嫌打理麻烦，她不喜欢留长发。有一天，她将我拉进了理发店说服我换了个发型，成了一个精明干练的短发姑娘。

出来后，姨妈偷偷告诉我，这是以前那个理发姑娘的妹妹。看我一脸不领悟的样子。姨妈又更详细地和我说了。一分钟后我终于反应过来。原来是她，怪不得那么眼熟。姐妹俩长得挺像。姨妈边走边自言自语：“不知撮合她和小头怎样？”而那位三十多岁的少妇理发师，已是一个五岁孩子的妈。这时，姨妈已经开始显示出老年痴呆症的征兆。

她热衷给所有她认识的人做媒。她往往将我拿出来当作正面的例子告诉人家，我嫁给了一个多么有前途的老公，吃政府饭的，在镇上有头有脸、有权有势。实际上，我的丈夫不过是一个做服装生意人家的小儿子。每次听到她这么说，我都非常恼怒与无奈。她并不理解我的婚姻生活，并不知道这不是我想要的人生状态，我想要的和贪图的东西太多了。

也是在我结婚之后，姨妈通过四处打听终于成功地把表姐阿珠嫁了出去。读过中专的表姐阿珠并不喜欢那个老木匠。她甚至怀疑那个又瘦又小的木匠是否有生育能力。表姐在北中街开了一家裁缝店，接一些改裤脚和婚纱的活计，早已自食其力。

“在镇上，教育水平不高又没有什么手艺的女性只能靠出嫁寻找出路。”这是出走塘镇又回来的表姐阿珠的原话。那是她在和姨妈大吵时冒出的一句却被我当成了至理名言。当时我还和年轻人谈恋爱，都在姨妈家中做客，年轻人和我无端端地被卷入这场纷争中，尴尬地旁观着。

我寻思年轻人到底看上我哪一点。论家境的有钱与否，我和年轻人的家庭背景不分上下。但如果论起父母的左右逢源，作为商人的年轻人父母自然是人生赢家。最后，我不得不承认，我确实沾了一点姨妈家的光，确切地说，是姨父的光。而后来表姐阿珠嫁给那个并不嫌弃她患有癫痫的收入颇丰的木匠，也同样是因为她家住在政府大院里。对于农村出身的民众来说，那里是一个神秘而神圣的地方。虽然这种感觉在时代越来越开放下正土崩瓦解。但这种观念依然根深蒂固，难以彻底拔除。

外公老得已经要拄拐杖了。他看到阿珠结婚了，虽然对阿珠挑选的夫婿并不满意，但毕竟，她嫁出去了，有人照顾了。外公自然是高兴的。木匠住在北中街，表姐阿珠一嫁进去，就拿出姨妈给的嫁妆钱给这所平房贴了砖，将脸面修得焕然一新。街坊们羡慕地说木匠前世修来的福气，才会娶到这么好的老婆。这时，表姐阿珠的癫痫似乎被忘得一干二净。走路一瘸一拐的模样也不被人提起了。

表姐阿珠回门那天，我和年轻人也去了。姨妈并没像她张扬的个性那样大张旗鼓地大操大办。房子小，她只是简单摆了两桌，请了一些血缘关系近的亲戚来吃上一顿。可想而知，这桩喜事带给她的快乐没有我们想象中的那么多。

外公、外婆和王三三也来了。这些即将死去的人轮番登场，在一团和气中喝了一瓶又一瓶的劣质海龙贡酒。这酒是从塘镇走出去的一个商人创立的品牌。专门针对乡下人，一瓶仅售五块钱。一经推出，竟然席卷全岛，十分畅销。但随之而来的，是癌症病人的上升率。当然，说到这个我并没有多少根据。也可能只是跟着以讹传讹。从我有独立意识开始，镇上不断有人患癌死去，医生也诊断不出个所以然来。最终，人们将这些致病因素归咎到好山好水的恶化和饮食上的不健康。

外公的左耳在他拄拐杖之时就失聪了，每次外婆和他说话，都要贴近他大声喊得整个楼都要震起来才行。外婆也老了，却仍然中气十足，和她老态龙钟的模样完全不相称。我们经常开玩笑，说外婆是返老还童，越活越年轻了。

木匠并未将所有的亲戚认全。他腼腆害羞，过来的时候买了一块上好的五花肉来孝敬丈母娘，表姐阿珠也没拦着。她关了几天的店，就为了结婚这个事。不久，她和我说，这真是折腾。如果可以选择，她宁愿终身不嫁。她说这句话时已怀有几个月身孕了。

大家吃吃喝喝开怀大笑。外公也难得有兴致，竟然和周老头碰起杯来。而这一碰之后，就成了永远。

待人们吃得差不多了。姨妈将表姐阿珠拉到了卧室。卧室是表姐阿珠以前的卧室，屋里没有动过，还是她走之前的摆设。姨妈吞吞吐吐、神神秘秘地问：“你们……你们……睡了没？”表姐阿珠抬眼看了看她，抛给她一个白眼后就走了出去。

姨妈自讨没趣，跟在女儿后面也走了出来，收拾残羹剩饭，待阿珠等人走了许久之后才将锅碗瓢盆洗完。忙完的她回到客厅里，望着挂在墙上的字母表。那字母表挂着好多年了，她也没舍得拿出去丢。她望着那张还可以辨认出字母形状的表，就会回到从前。回到孩子年幼的时候。她想，时间真快啊！像电视直播的火箭上天一样快。

姨父戴着老花眼镜，正聚精会神地算着他的彩票规律。每个星期，只要遇到开奖的日子，他都会花上个十块、二十块打上那么几组。孩子大了，工作少了，人老了，总得找点事来消磨着光阴，不是吗？

她换了个舒服的姿势躺在沙发上看着电视上演的肥皂剧，有人来喊她出去三缺一打团结扑克牌。她竟然破天荒地没答应。她看着垂着眼睛望着她的姨父，一脸疲惫地说：“今天操劳了一天，女儿回娘家张罗吃吃喝喝，累死了，不去了。明天怎么样啊？明天补给你。”

来人央求了半天，姨妈好像是故意给姨父看似的。竟然死活不去。最后，来人无可奈何地走了。待人走后，姨父才说：“你这样不和谐啊。以后没人叫你打牌了。”姨妈笑着说：“放心，像我牌风这么好的人没几个，她们不找我找谁？我可不是一打错牌输个十块八块就气得要当场掀桌子的人。”姨父也跟着笑了，继续看着手里的图纸，不再说话。

表姐阿珠回门后不久，外公就去世了。丧事是姨妈处理的。对比之下，王三三真是一无是处，只懂哭哭啼啼。外公的葬礼，自然是经张瞎子之手。他收费低廉公道，虽然早年没能大干一场成为远近闻名的风水师，却在经年累月的操弄红白事中积累了异常丰富的经验，对一些神神秘秘、鬼鬼怪怪的事已是见怪不怪。

龙兴茶楼易手的时候，茶楼里的那些前辈都被岁月刻老。厨房变得陈旧肮脏。白色面粉在里面特别显眼。厕所依然是露天的，总有烟蒂扔在马桶里。装脏厕纸的塑料桶总是湿漉漉的。它变成了茶楼里的公厕。许多人的卫生意识没有那么强烈，每天，这里的服务员都要洗好几次厕所。几个新招来的年轻服务员都因为厕所的脏而辞职不干了。

这时，周老头已卧病在床。他反反复复入院多次。这次，他终于倦了。我每隔十天半月就回村里探望他。他对我说：“阿慈，我们家是手工人，不是生意人。”兴许他又看到那些被埋葬许久的过往岁月。

年轻人坐在床边的椅子上，瞅着他，不发一语。我心里想着让年轻人说些安慰的话，但最终还是决定我自己说下去。对于周老头来说，他只是一个外人。而嫁出去的我，也终将会成为外人。土地埋掉的不仅仅是我们的尸骨，还有所有的人情。

周大头和周小头轮流照顾他。他起身不方便，他俩要给他端屎倒尿。有时，看着他们进进出出。我会想，如果有一天，周大头或者王三三瘫痪在床了，我能伺候他们直到死去吗？久病床前无孝子。我做不到。

年轻人开口了。他工作久了，会议开多了，接触多了，讲话技巧提升不少。他拉住周老头的手，笑着说："您看这日头长着呢，爷爷您身体疼是好事情啊。只有疼吃药这病才会好咧，要是连痛都感觉不到，那才叫麻烦。"他看出周老头老成了一个孩子，疾病还没开始发力他就已经在那里喊疼了。

我想不明白，人都这么老了，为什么还是没能看透死亡呢。还是年轻人清楚，一语道破："离开的日子越近，越会害怕，这是人之常情。"我望着年轻人，他的眼睛深邃有神。我从来没有那么看过他。我们站在那棵杨桃树下，杨桃树的叶子很细小，还没到结果的季节，风吹过闻到的只是树叶的气味。一种酸涩的不成熟的气味。我想起和年轻人第一次见面的那个夜晚。我从死亡想到了爱情。这两样东西，这世上懂得的人非常稀少。

眼前的这间屋子，低矮而破旧，虽然曾经修缮过，却仍显出年久失修的腐烂味道。我失去外公时，突然意识到，我永远不会见到他了，他在这世上和我所有的关联跟着跨到了那片小小的土地里。在未来的某一天，他将会永远消失，我也不会知道他葬在哪里。现在，轮到我的爷爷周老头，我再次感知永久失去的味道。

我们正准备离开，姨妈和姨父从围墙外走了进来，她经常来看周老头。她爽朗大笑和我打了招呼之后硬又要我们留一会儿再一起出去。姨妈从镇上买了肉带了回来。周老头以前不缺肉吃，现在更不缺了。姨妈进了屋，周老头瞅着她手里拎着的黑袋子，叹了口气说："买什么买，浪费钱，我一个人吃得了多少。"

他并不喜欢子女们轮流探望和照顾，也不喜欢他们每次上门都买这买那。他健康的时候，这些事都是他亲力亲为。他心里清楚明白，这些突然而至的关怀说明他没多少日子了。用不了多久，他就再也看不到外面的杨桃树了。那棵树从他小时候就栽下来，见多了死亡，却越加茁壮。人和树真的不同，如果可以选择，他宁愿做一棵不会说话的树，树木的寿命比人长太多了。

他的眼前飘过那条浮满尸体的江，父亲正在江边一具一具地打捞尸体，挖了一个又一个的土坑，将他们烧成灰烬，灰烬成为土地。多年后，地里种上了树木，树木吸收地底过分充足的养分，长得异常茂盛，渐渐变成了一片又一片的小森林。人们喜欢森林，却忘记了地下埋藏的阴魂。

姨妈说："人能吃多少，关键是在的时候什么都吃到才叫有福气，爸您是个有福气的人知道吗？"她也跟着王三三的叫法，将周老头喊作爸。

周老头没回话，躺在床上望着屋顶。姨父喊了声爸，周老头没有应。我和年轻人站在一旁，突然觉得尴尬。我知道，周老头和外公一样，对姨父的工作有心结，但是，他和姨父的关系疏远，没有任何指责的理由。失去了名正言顺的地位，他哪怕有话想说也挤不出来了。在对待姨父的工作上，他难得和外公保持一致。

我拉了拉年轻人走到了外面的院子，说：“爷爷还是觉得姨父是个刽子手啊。”年轻人不语。最后憋出一句：“这能有什么办法，时代所逼。”我惊讶地看着年轻人，心想我对他的偏见太深了。

我们还是没等姨妈就先行离开了村子，等也是白等，他们骑车我们走路。一辆摩托车即使载得了四个人，惜命如金的我也不敢冒险乘坐，村里离镇上有一段距离。我和年轻人一早突发奇想决定走路而来。笔直的公路，路边有风，有阳光，有坡，有墓地、旱田和小树林。

年轻人和我并肩走着，他本来可以走得比我快的。他的肩膀几乎和我的肩膀平行，他不高，也不帅，我不知道自己看上了他哪一点，就稀里糊涂嫁给了他。我想，当初我对于他的外表和内在的判断是错误的。

“你们才到这啊。”姨妈的大嗓门跟着风飘到了我面前，姨父的摩托车放慢了速度。我从不知晓，为什么姨妈总是那么亢奋。我第一次看到姨妈的几滴眼泪，是在外公的葬礼上。当时张瞎子说，赶紧哭，父母亡故做子女的一定要哭，不然父母成不了鬼。随后，姨妈流泪了，她悲痛的神情确实出自真心。

我深为奇怪的一点是，人为什么这么惧怕成不了鬼魂。自从周因去世之后，我颇有看透生死的意味，觉得所谓人生就是生生死死、死死生生的过程，没有什么可惧怕和期待的。死去的人或者比活着的我们还要更加幸福。因为你不知道死后的世界是一个什么样的世界。

我在镇上开了一家超市，作为镇上第一家自助式超市，人们接受很快，生意挺好，生意步入正轨后，我雇了几个本地姑娘当营业员和收银员，我专职进货，空闲时间便多了起来。生活渐趋稳定。

彼时，易手后的龙兴茶楼还没有整栋移交给新老板。除了周老头提前搬回村里之外，三楼还是周家的暂住之地。王三三还在茶楼烧水，只是没有以前那么勤快。与她毫无关系的新老板给她发工资，她自然不再那么卖命。

逢年过节，我会带她到北街上逛，北街有好几家专卖中年服饰的服装店，给她买新衣服并给她几百块钱的过节费。

周老头死后，周大头和周小头一夜之间也老了许多。我曾为此来到北街找张瞎子为周家算命。我送给了张瞎子一箱十二瓶装的矿泉水，这大热天的，多喝水对身体总是好的。我坐在长凳上，长凳用了多年，刷过的漆都已经掉了。

我心平气和地说：“张爷爷，您给我说说，为什么我们家这么倒霉？”

张瞎子拿着一本红色的通书，抬头看我：“你家？你家不错啊，能有什么。”

我说：“我说的是我娘家。”

张瞎子恍然大悟：“哎呀，你娘家就是你娘家，说什么你家嘛，你嫁给别人，就是别人家的了，以后死了要葬在别人家的坟地的，所以记得以后要改口。”他叮嘱我。

他说：“其实很多事你不知道，你当时还小。每个家族的此消彼长都是有原因。可能你不一定信这个。你们周家我是知道的。早前是有几个兄弟，后来分了家，也分了祖宗，结果有两三户死绝了。你曾曾祖父继承了人家那份遗产，也给人家养老送终了。但是到了后一代，宗屋没盖好，也没管，人家哭诉呢。你家没人罩着了，自然也就慢慢绝了。”

他问我：“你信我说的吗？”我说：“如果是以前，我不信，但现在，我到了信的年纪。”我问：“有什么解决的办法？”他说：“现在没办法了，你弟弟已经过了。现在只能修宗屋，将那些流落在外的祖先重新召回来，保佑你爸妈和你叔叔平安健康了。我之前就和你爷爷说过，你爷爷都不管这个。”我说：“我会劝劝我爸。”

张瞎子看了看我，迟疑了一下，又说：“其实，我觉得可能还和一件事有关，你记得你娘家出过医生吧。”我说：“这事我听说过。”张瞎子说：“可能和那场瘟疫有关。当医生的是你曾祖父还是远祖父了，他挖了太多坑，犯了阴气。”

我给了张瞎子六十块钱。对他后面的话不置可否。他老了，独身久了，越加陷入了那些神神怪怪中。我走在街上，风从江面吹来，穿过房子，穿过所有的缝隙，在街上飞舞盘旋。不知怎的，我想起了外公。外公是这个塘镇最特别的人，没有人能够理解他的特别，都将他的特别归入了孤僻。

外公是这个镇子的外来户。他有一间属于自己的房间，房间放满了奇形怪状的东西以及书。我的启蒙就是从这间房子开始。我想，就是这间房子，注定了我与年轻人的相遇。我的知识从这间房子走出，并让我对学习优秀的人有着与生俱来的好感。

当时和年轻人谈恋爱时，外公还在。我曾问过外公，我选择他是对的吗？外公说："没有对与错，一切都取决于你自己。你忘记了吗？你小时候就认识他了啊。"我说："可是我很久没见他，也很久没接触他了。他在我心里只是一个幻象，我怕不一样。"外公说："你不接触怎么知道一不一样？"

是外公给了我勇气。让我继续和年轻人走下去。年轻人会陪我在夜晚走遍塘镇的所有街道。我们逛过夜生活丰富的新街，也走完了漫长而狭窄的北街。正是从那时候起，我很少再听到周因的声音了，我的悲伤变得越来越浅，我的心被另外一件事情占据。"人终究是要变的。"我突然对年轻人说。年轻人感到诧异，他轻轻拥我入怀，一句话也不说，我心头一暖，和他慢慢地走进了黑夜。

没过多久，周大头和周小头就决定将三楼也卖掉。他们分了钱，周小头在北街尽头，也是北街的开端，买了一块地皮。镇区还没开发到那里，那里一间房子都还没有。但周小头相信，终有一天，那里将会满地起高楼。但我觉得，最重要的一点是，他一直坚信理发姑娘葬在那里，那里有许多相连的木薯地和没有墓碑的坟地。

之前听张瞎子提起过，以致我怀疑，这是不是周小头终身不娶的原因。因为，一个人无论条件再怎么差，都是要结婚的。说真的，在塘镇，不结婚的话真的是被归入仅有的几个异类，而周家不幸就出了这么一个。

我想起小时候，自己躺在龙兴茶楼三楼的周小头的房间里，这样计算时间和生活的话，周小头是在不断地退步，他没有了往昔的意气风发和傲气。他再也没有睡柔软的西式床了，而是托木工店里的人给他打了一张一米五的古式木床，铺上席子，就躺在了坚硬的木板上，提前感知了死亡的味道。而此时，他距离死亡还很遥远，我曾说过，他是周家当中最长寿的人。

镇上的服装厂越来越多，会缝纫的女工也越来越多，裁缝店也越开越多。中专毕业的表姐阿珠在北街开的裁缝店却不受影响，生意反而越来越好。慢工出细活，她的裁缝工在镇上渐渐有了名气。这是让姨妈觉得宽慰的另一件事。

我闲暇之时会来到她的小店。和她坐上一坐。虽说我在这个镇上生活了几十年，但说什么交心的朋友，却没几个。表姐阿珠会和我讲她和木匠如何相处的事情，无非也是一些家长里短的小事。但是，在这个生活单调的镇子上，还有什么值得大谈特谈的大事呢？

周大头和王三三最终搬到了村里。表姐阿珠说哪有人从镇上搬到村里的，这简直是倒退嘛。我坐在旁边的一张圆凳子上，听着她的单脚有节奏地踏缝纫机。她已经换上电缝纫机了，不用双脚踩得那么辛苦，速度和效率也比之前提高很多。在塘镇，科技在服装加工领域得到了广泛应用。

最近塘镇的天气并不好，连续几天阴天，阳光无法透过云层照过来。这种发霉的天气让我产生了忧郁之感。我刚帮周大头和王三三搬家不久。我想不明白，在龙兴茶楼的鼎盛时期，周老头为什么没有再扩大经营或者置办一些田产。和他一起办事业的人当中，几乎每个人都殚精竭虑地替自己的子辈们谋划着比父辈更好的未来。可是我的爷爷，却从来没有思考过这个问题。他只是专心致志地用一生做一件事，就是卖茶。这种想法，让我对已死的他产生了仇恨之感，周因的死或许正是因为他不正确的决策才导致了最终的死亡。

表姐阿珠的店面不大，才十平方米左右，刚好在两条路的直角上，使得整个铺面看起来很怪，空间也没办法充分利用。除了挂一些她自制的礼服之类，加上缝纫机，及熨烫的桌子，就什么都摆不下了。木匠干完活，有时会下来接她回家，木匠的脸因为常年和木头打交道，木屑将他的脸刮出了一道又一道的凹凸不平。他还是不爱说话。

表姐阿珠和木匠偶尔去新建的菜市场买菜、买肉、买水果，会让木匠走在她前面，并且不让他回头看她和等她。她走得慢，却从不拄拐杖，她走路的姿势很难看，像断了的伞架。

物价这几年上涨了许多，人工费用也越来越高。木匠的活计熟练，找他干活的人越来越多，收入也越来越丰厚。结婚的头年，木匠就在自家的平顶房上加盖了第二层。

回想所有的事，如今觉得最值得的便是表姐阿珠的婚姻了。这样想的时候，我便知道我越来越悲观了。我已经说不清我对这个镇子的感情。正是因为有感情，所以许多事才叙述不清。是呀，你看，龙兴茶楼和相关人等，在我这么长久的叙述中依然没有故事。他们没有跌宕起伏的人生轨迹，也没有什么值得大书特书的事迹。只是从生到死，平淡无奇地兜了一圈。

我承认，我是一个彻底失败的讲述者。这点上，张瞎子也批评过我。他听过我的部分讲述，他说我将一个完整的东西搞砸了，让我跟他学学。他的口才虽然算不上能言善辩，但算命久了自然是能说会道的。并且最重要的一点是，张瞎子能将一件事说得滴水不漏、逻辑严谨。只是我过于忙碌也过于懒散，一直没有和他学习说话的技能。所以仍旧笨拙。

夏天蚊子和苍蝇叮咬着那些动物的血水，在人工修成的简陋的排水沟里产下了一串又一串的卵。这条小街道的不少老人都死于恶性疾病，男人大多嗜酒。龙兴茶楼的新老板叫庆波，将茶楼改得和他同名后，不知不觉人们对茶楼的叫法也改成了他的名字。他的茶楼成了镇上最有名的茶楼。虽然点心不是最好吃，泡的茶也不是最好喝，但生意就是红红火火。

树林近期被发现了几条地道，当地把防空洞喊成了地道，应该是日本侵略时期的产物。防空洞的发现令某些人欢呼雀跃，依仗塘镇依山傍水的天然优势，再添上这点革命历史，找几个能写的编上几段华美的故事，足以打造一个诱人的景点。在有意无意的宣传中，从外地来探洞的人越来越多了，不时会有人在洞口拍下自己的身影。塘镇中学旁边的李大胖照相馆也适时地推出了快照的服务。

我萌生了盖一座小旅馆的念头。

说干就干，张瞎子帮我挑选了黄道吉日，到那天破土动工。工人是塘镇人，他们在建筑施工上有着悠久的祖传历史，几乎是一门家族出来的人。但我仍然不放心，我亲自监督施工，夜以继日地赶工三个月后，设计别致的石头房子初具雏形。我欣喜地看到它未来的模样。与我过度操心的热情相反，年轻人对此并不热衷。

听说不久后在自家宅基地上盖楼也要申报，而且层数有限制。为了在这种种限制实施之前，镇上许多人都闻风而动，于是，到处破土动工，整个镇子的街道都被沙子和石头占据了。过往的车辆长鸣喇叭将整个镇子搅得鸡犬不宁，让人难以入眠。难以入眠的是我。这段时间，我总是听见连绵不断的汽笛声从身上碾压而过。我半夜摇醒了睡得深沉的年轻人，问他是否听到了汽笛声。年轻人迷迷糊糊地说，他什么都没有听到。我早就知道是这样的回答，但显然，我不甘心。我说：“你睡吧。”我在黑夜睁大了眼睛，希望像猫一样锐利。年轻人翻了个身，半睡半醒地说：“你想太多了，既要盖房子，又要管店里，精力有限。”

迁居到北街尽头的周小头给自己盖了一个房子，房子周围都是稀有的红土地，种植户经常拉着大车来这里挖土，没多久，周小头的房子周围越来越低。有时我会去看他，略表作为一个侄女对一个孤独叔叔的关心。而这些人情之事，是王三三教我的。

年老色衰的王三三，变得越来越平和了，没有了往日锱铢必较的戾气。她越来越清楚，她和周大头、周小头必须要互相扶持终老才能度过一个安详的晚年。

王三三无数次流露出遗憾和痛苦，说："我们家的破败从周因的死去开始。我们要被人欺负了。她想到了她死后的事情。坟墓荒草丛生，清明时节，没有人来祭拜已经化作白骨的她，没有人给她点香。她永远困在这里。我从来没考虑到居住在镇上的普通家庭没有男丁的痛苦和悲哀。年轻的我也无法理解王三三深深的自卑。

她对我说："阿慈，你也要给你叔叔办一次生日宴，以免他死后变不成鬼，投不了胎。"她搬到村里后，只有在集日的时候来到镇上。她仍然会喝茶、吃点心。接着去市场买生活所需。置办齐全了，就会去姨妈家串门顺便休息到下午再慢悠悠地回村里去。

我不知道王三三哪来那么大的勇气能够直面周因的死，这么多年，她胖了，也矮了，但她从不提起周因，这次，居然能毫无感情地将这个在这些年中逐渐变成禁忌的名字念了出来。令我诧异。

我曾问她："为什么不来我这里，女儿不是比姐姐更亲吗？"王三三回答说："你这里可以坐坐，但要休息却是比不上你姨妈家来得自在。”

这年，我刚刚在屋前种下了一株印度紫檀，本来最初选的是黄槿，但年轻人说黄槿招虫，哪怕开漂亮黄花也不要种。我遵从了年轻人的提议，砍来了一根紫檀树干挖了个坑栽了下去，很快它就生根发芽了。我望着树时，总会想起周老头和我讲起那些并未讲完的故事。沿着这些故事，契合着张瞎子的话语，我总感觉我发现了什么，但细细深究下去，却又什么都没看到。

周小头依然活得很潇洒，他一日三餐都会喝上一小碗从老郑那买来的米酒，就着炒花生，慢慢地，喝一口要好久。我曾经和年轻人陪他吃过一次饭，竟然在相对无言中花了两个小时。他将时间拉得无比漫长。后来，我再也不陪他吃饭了。他去了另外一家小茶店当面包师傅。偶尔经过我家，会给我带当天卖剩下的面包。

我喝着白开水，吃着面包当作下午的加餐时，姨妈就急匆匆来找我说外婆出事了。外婆的左眼因为白内障越来越严重，在今天突然起了个血泡，接着突然一声爆炸，鲜血从眼睛里流了出来，将大家都吓坏了。姨妈和姨父来不及叫上王三三就把她送往了市内的医院。入院后躺在白色病床上的外婆不断追问："我什么时候能好，什么时候能出院啊？”姨妈并未告诉她实情，只是一味地安慰。

隔了一代，我并未像姨妈那样忧心，夫妻相扶到老的最后，一个人走了，另一个也将很快追随而去。这是多年前我悟出的道理。我想到的是邮政宿舍楼的房间怎么办？它会不会引起姨妈和王三三的争夺战。但后来，一切都说明我是多虑了。外公早已将房子卖掉了，他用卖房子得来的钱给外婆留了一笔医疗资金和丧葬费，将一切安排得妥妥当当。我无从知晓外公是怎么得来的这种预知能力，因为无从知晓，我对已然逝去的外公更加敬佩。

在医院，我看到外公的灵魂正坐在外婆的身边，严肃地看着外婆。他变年轻了，回到了二十多岁的英俊模样，那时候他刚调来塘镇邮政局工作不久。他和我打招呼，说：“阿慈，我来接你外婆了。”

外婆死在了医院里。白色成了她丧葬的唯一颜色。

一个月之内，姨妈和王三三经历了两场丧事。终于筋疲力尽却又如释重负。在操持完一切后，她们来到了龙兴茶楼喝茶歇息。面对死亡，她们坦然得令我惊讶。送葬时的眼泪变成了面无表情，接着，显现出了笑容。死亡是永久的，悲伤是暂时的。

茶楼人声喧哗，添了许多陌生的面孔。没在茶楼待了，我见的人自然没以前多了，认识的人也就少了。楼前的印度紫檀被砍得光秃秃了。不是台风的季节，但茶楼老板嫌弃它占地方，干脆砍了，反正没多久又会重新长出来。茶楼里面的电视换成了三十二寸，分辨率更高，屏幕更清晰了。姨妈看着电视说：“还是新老板厉害，舍得下血本。”他们的话题跟死亡没有了关系，变成了生活中各种各样的事，诸如盖房、喜酒、斋戏……

对于家庭琐事，年轻人总是一副事不关己高高挂起的态度。我曾经为这个和他吵过许多次架，但都无济于事。他越来越能言善辩了。我曾和表姐阿珠抱怨说，不能当一个能干的老婆。表姐阿珠嘲笑我的话里有自夸的成分。玩笑之间，我的心情变好了许多。我和年轻人的婚姻，越来越像王三三和周大头的翻版了。我们比他们更进一步，冷战居多。

王三三来找过我一次。她开始把自己往老年打扮，她不再穿颜色鲜艳的衣裳,而是专门去找那种对襟的老款衬衣买。有时我反对，她会说 :“你妈这辈子诸事不顺，你就如意你妈一回。”于是，我就没了反驳的理由。

北街是塘镇最长的一条街，服装店铺多集中在中街一带，逢年过节时，就多了许多摆服装地摊的。都是自营的服装厂拿出来的压箱货。这时候，走在北街的王三三是喜庆的。她笑盈盈地和我说起她当年怎么在北街上“皮”的事。她说她骑着一辆二十八寸高的自行车，追求速度骑得飞快、东倒西歪。她的语气缓慢平和，眉头舒展开来。

以前我为她风风火火、大大咧咧的办事态度感到羞耻，甚至羞于承认她是我妈。现在，我望着和我并肩而行的老人，心生怜悯，张瞎子说，她是一个没有生命线的人，她的一生不可预测，可是，现在呢，除了经历最痛苦的丧子之外，她的命运平淡无奇，从未享福，未来不久，她结束了在这个世上的所有旅程。

我想握住王三三的手，可是被她甩开了，可能是烧多了水，劈多了柴火，她的手长满了老茧，异常粗糙。我想起每年年关，王三三都会带我和周因来北街买新衣服，她挑挑拣拣和卖家讨价还价许久，才完成一笔交易。她絮絮叨叨对我们说："小孩子长得快，衣服不要买太贵，也不要买太小的，要偏大的。"每年大年初一，我和周因都会穿上比我们的身材大上一倍不止的衣裳，臃肿地出门玩乐。

多年之后，张瞎子依然能听到来自教堂的钟声。一名虔诚的基督徒募集了款项，建起了一座教堂和钟楼，整点一到，沉重古老的钟声便在塘镇古老的心上沉沉地响起来。活着的周老头曾和张瞎子说："这钟声像夺命音，终有一天会被它敲死。"

茶楼易手后，因周奶奶的死而忧伤过度、积劳成疾搬回村里的周老头赶集去得最远的地方就是张瞎子的摊子。他再也不肯多跨几步迈到机关大道上。他的眼前，塘镇依旧是坑坑洼洼的泥土路，他的族人制过陶、种过树、挨过批斗、出过医生……他试图厘清这周家代代相传的脉络，却发现周家人越来越少，尸骨都埋在了树下。这树下不是印度紫檀树，印度紫檀树从没在塘镇的任何一家坟头栽种，它不是陪葬品，而是拿来当掩饰的外来品种，永远也扶不了正。

病入膏肓的瘦得只剩一张皮的周老头每次来张瞎子这里，都会从村里泡好一壶茶——五月茶，每年农历五月，便是五月茶的采摘季节，这时候，茶楼都会进一大批五月茶叶。这些茶，便宜、好泡又解渴。虽然现在不卖点心不卖茶了，但周老头有那个人脉，还是习惯性地花钱存上这么一批五月茶。这些茶，到他老死也喝不完。

市日的时候，张瞎子的生意会比平常萧条许多。周老头出茶叶，张瞎子出开水，两个人可以就着一壶茶水耗上半天时间。这两个从青年时代就认识的人，彼此在老年互相了解得更加透彻。

摊子的对面是塘镇卫生院，卫生院经过几次硬件改造，越改越差，之前人满为患的卫生院越来越遭冷落，人们都往城里的医院挤了。周老头指着卫生院说："这地方，我们最好一辈子不要进去，进去肯定是受罪，我们在床上睡一觉，别醒过来了。"他对生的惧怕就在此刻萌芽。

他们谈到过往，谈那些离开塘镇的人。张瞎子和周老头不同，他一生都和死神打交道。他清楚地知晓，自己将会活到多大岁数，以什么样的方式离去。

人们对张瞎子的感觉错综复杂，有些人对他是轻视的，因为他身上没有任何让人羡慕和敬佩的理由，既不富甲一方，更不是说得上话的有头有脸的人物。他唯一的一项技能就是捧着一本红色通书给人起命择日，这种虚无的生杀大权只有人们在需要的时候才会想起来。

我也听到钟声，这钟声敲在心上沉甸甸的，压抑得很。我曾经在张瞎子的摊子边上驻足良久。他和周老头喝茶聊得正起劲儿。我站在周老头的旁边，担心他会醉倒在地。这时，周老头的身体已经很差了。

张瞎子说起家里的那棵祖宗树，和村口那棵大榕树同龄。他说，一到晚上，他举着煤油灯走到院子的时候，总是看到他们在树下玩乐，他爷爷、曾祖父等远到他都不知道怎么称呼的祖先的消遣活动多种多样。他转而问周老头：“你相信鬼吗？”周老头摇头：“我没见过。”

我插话道：“爷爷，爸爸让你回去吃饭了，你不回去就上我那去吧。”

周老头说：“我不饿，喝茶喝饱了。你骑车去王世伯的粉店帮我带两份腌粉过来。”我说：“这时候估计他都卖光了。”他说：“那算了。”

这里离社区活动中心不远，村民有纠纷或者是因为受灾上级有补助下来了，就会聚起一大群人在那里将村干部吵得一脸的无可奈何，成了聋子。可以说，只要一摊上事，人人都成了伶牙俐齿的演说家。周老头也碰到了那么几回，从活动中心传来的吵架声嘈杂得他都没了心情喝茶。他端着茶杯，望着里面那一片殷红，对张瞎子说：“争这点蝇头小利，还不够力气钱。”

他说完这句话的第二天，就进了城里的医院，接着，回到了村里。村里的土地虽然被石头覆盖，却养分充足，树木遮天蔽日，终年阴凉。

他躺在床上起不来的时候，张瞎子曾去看望过他。周老头觉得这个茶友还挺讲义气。说起来，塘镇人情寡淡，尤其是在人弥留之际，人人唯恐避之不及，除了最亲的人，谁会上门来看你呢？不过，张瞎子不一样，他是算命的，和生死打交道惯了嘛。周老头想着，对张瞎子的感激之情也就没那么强烈了。

周老头对张瞎子说："我听到钟声了，这钟声很快就要将我带走了。"他神志不清，开始说起胡话。

张瞎子见多识广，颇为淡定，说了一些宽慰的话就把周老头的两个儿子喊出来，问："选墓了没有？赶紧准备了。"

周大头说："做好了。"经历了一次死亡的他积累了经验，做起相关的准备得心应手。

我发现，成年之后的我几乎是在一场又一场的葬礼中慢慢告别了我的青春岁月。如果说，有什么值得珍惜，便是幼年时和周因相处的时光。记忆已经散落成碎片，拼凑起来已经不完整了，但我依然记得周因的脸。

每次回村里陪王三三拉家常，虽然她不提起周因，但我知道，她心里正在想他。她说："没有孩子真的好可怕，幸好我还有一个，虽然是个女的。"

每次她来到镇上，和姨妈闲话家常时，总会说上这句话。姨妈虽然烦了，但也不好打断她，只是拐弯抹角地转移话题。

这两个老女人最喜欢谈的便是茶楼，茶楼的树木和茶楼来来往往的人。姨妈家前年买了一辆小轿车，停在大院那里。谁也没想到，这几年，人们会变得如此有钱，逢年过节，狭窄的街道都被小轿车堵住了，喇叭不停。吵得和以前的茶楼一样。

王三三在姨妈面前，是自卑的。她的生活在时间面前不断回溯，境况变得越来越差。她变得越来越小气，来到镇上赶集也舍不得买肉了。她在家经常点开昏暗的灯，拿出磨损的定期存折看了又看，那笔钱几乎没动过，但她却觉得钱越来越少了，不经花。她开始担心这担心那，她不仅和姨妈说，也开始和我说。我听出话外之音，她怕没人给她养老。是呀，塘镇嫁出去的女儿就成娘家的客人了，对娘家事自然甚少上心。这样的例子比比皆是。

这天，她拎着那个黄色的编织篮子，篮子装着她到别人的地瓜叶菜地捡的菜，还有到杂货店买的一瓶豆腐乳，就急匆匆地找到了姨妈。姨妈正在杂货店那里打牌，输赢了几把正乐着呢。看到王三三过来，便将牌交给了正看牌的人帮忙代打。时间过得久了，她对这个妹妹也没了以往的斤斤计较，待她更上心了。

王三三左看右看，一把拉住姨妈神秘兮兮地说："姐，你听到钟声了吗？那钟声怪瘆人的。"姨妈说："没有啊，隔这么远，怎么听得到。"王三三说："我爸听到了，我也听到了。"姨妈问："大头听到了吗？"王三三说："不知道。"

姨妈说："那要不要下去看看。"歌声从房子传出来，飘荡在塘镇的上空。在她听来，像葬礼上的哀乐。但她不敢往深处去想。

她们的话题转移到了阿珠身上。姨妈说："等阿珠的孩子出生后，我要给他买个蛋糕庆祝。"茶楼卖起了蛋糕，也对外订制生日蛋糕，点心生意做得越来越大了。

潜意识里，姨妈希望阿珠投胎生个男孩。对于这个残疾的女儿的婚姻，姨妈越来越满意了，虽然女婿照样木讷少语，但相对其他出现家暴的人家，她已为阿珠感到心满意足。

镇上有一个因为四岁时一场高烧，两颊深深凹陷，容颜尽毁的姑娘。长得丑陋的她嫁给了一个比她大五岁的男人，男人看起来相貌堂堂，但家境贫困。这样也就罢了，新婚没多久新郎就被发现患有严重的精神分裂症，媒人隐瞒了这个事实。姨妈每每拿这个例子来比对表姐阿珠现在的幸福。

王三三给我打了电话，叫我到姨妈家来。此时我正在看着那座即将盖好的小旅馆。我想，这两姐妹越老越爱唠叨了，话匣子从没停过。我来到姨妈家时，表姐阿珠也来了。姨妈兴奋地瞅着我们说："我想叫你们过来商量下给宝宝办满月的事。"

表姐阿珠哑然失笑，她觉得母亲越来越荒唐了。她从裁缝店走到这里实属不易。雇三轮摩托车要三块钱，她觉得这短短路程花钱不划算，还是挺着肚子坚持自己走来了。表姐阿珠说："妈，我这不都还没生吗？你想有什么用，说不定我不弄了。"

姨妈瞪了她一眼，说："怎么能不弄，你家没父母操持吗？我就是父母。"表姐阿珠不语。

姨妈好管闲事的性格到老了越有变本加厉之嫌。对于我结婚几年却仍未生下一儿半女，她也支招不少。可是，我还年轻，还不到三十岁，她哪里知道我的想法呢。我要做的事情好多好多，怎么顾得及生孩子呢。

姨妈家有一个和别家共用的阳台，从阳台望出去，可以看到对面的茶楼，茶楼前的印度紫檀枝繁叶茂，树下摆的茶桌比我小时候的高级多了，市面上一百多块钱一张，椅子也换成了粉红色的塑料靠背椅，一张要二十多块钱，老板真是舍得投入。茶楼的外部也全部装修一新。

“时间快得我们来不及长大就老了。”我想起王三三说过的话。对于没读过多少书的王三三，她脱口而出的这句话让我吃惊。

王三三又提到钟声。我没有出声。我每天每夜都听到这钟声。它像火车行驶时发出的有节律的声音。那声音从我定屋看风水那天，就一直压在我刚盖了一半的房子上。我问年轻人是否听见了，他茫然地摇摇头反问我：“你说什么啊？”那时，我就知道这钟声只为特定的人而响。

我和年轻人的关系越来越疏远了，我不知道我们是否还恩爱如初。他从初入职场时的不谙世事的愤怒青年变成了一个圆滑的基层公务员。这个月，他刚刚调离了他的部门，不再与妇女打交道。这让他开心不已。他借了姨妈的小轿车和他的同学们到东部玩去了。而我依然留在镇上不停地采购建筑材料。这让我心理失衡，决定下辈子要做一个男人。

我坐在院子前望着对面那条缓缓向东的河流时，突然产生了一种觉悟，我们不过是这个世界中的沧海一粟，从生到死，从老及病，每个人都是一样的，没有任何不同。这样一想，我就释然了。

钟声没日没夜连绵不断。我对年轻人说："这里怎么了？"年轻人看着我，就像看着一个神经病。那段时间，我爷爷周大头濒临死亡。

木匠骑着他那辆破嘉陵摩托车来载表姐阿珠回家，我叫了声姐夫，他木讷地和我点了点头，同时也和姨妈、王三三点了点头。自从那次回门宴之后，我还未和木匠有过任何只言片语的交谈，他像一个哑巴，沉默如同黑夜。每次待他走后，姨妈便会摇摇头说："这女婿上不得台面，连句话都不会讲。"她担心起她女儿和木匠的沟通问题。她的口才并未遗传给表姐阿珠，倒是表姐阿珠在经营裁缝店中学得了不少说话的技巧。在塘镇，会说话的人都是受人尊敬的。凭着一张嘴成就一番事业的塘镇人有很多。

姨妈本来是想让表姐阿珠留下来吃饭的，因此，她抽空淘米到电饭煲里。她对着王三三唠叨，这米饭又要剩下了，又没养猪，丢掉多浪费啊。但很快，她又忘掉了这件事。

塘镇的祖坟地都互相挨得很近，长满了各种植物，而其中又以落地生根最惹眼。每到清明节，一大家族几十号人便一个连着一个扫墓，十岁出头的小孩也在其中，在山野间最喜欢玩的就是落地生根，这些长得像泡沫的果实只要拿捏得当，便会"哐当"一声爆炸掉。周因最拿手的便是这个游戏，无论我怎么玩都玩不过他。是的，在姨妈这顿家常便饭上，我又突然想起了周因。我有点不开心，我们这群活着的人多么奢侈，而周因却在黑黝黝的地下独自面对孤独，他还是一个孩子。

王三三没有教我一个人该要怎么成长，在什么年龄该做什么事，我的摸索变得格外艰难。我在机关大道上和周因一起奔跑，听着呼呼的风声从耳边穿过，闻着印度紫檀死人的味道，在茶楼的喧哗中长到出嫁。

王三三没瞧出我一脸的心事重重。她饿了，姨妈的厨艺又非常了得，她一条腿放在凳子上，狼吞虎咽。我实在想不明白，开始掉牙齿的她为什么还能够吃得这么干净利索。姨妈说："能吃是福。"年老之后的王三三和周大头，已经没有了往昔的戾气，不再争吵，然后重归于好。

生活在塘镇的日子是很单调的。这十多年间，不知不觉的，许多年轻人都开始往外奔。服装厂已经困不住他们。原本劳动力基本饱和的塘镇开始出现了工人紧缺的现象，计件工资和杂工工资不断提高，却仍是用工紧张。

我看到许许多多的年轻人走出去，回来，又走出去，回来……周小头住在公路边上，看着乡镇中巴一趟一趟的来回。他曾对我说："外面没那么好混。"

周大头和周小头在几天的忙碌之后，终于将周老头的生活痕迹从这个世界抹了去。在长久的照顾之后，他们早已麻木和疲惫不堪。

也更加透彻地理解了“久病床前无孝子”这句话。

冬天来了，塘镇今年出奇的冷。我想，周老头的尸体或许会腐烂得慢一些。周小头的房子在一场台风之后经过重修和加固，已经比以前好上很多，没有那么寒酸了。也是这个冬天，我往张瞎子的算命摊跑得更勤了。

张瞎子回村里的时间越来越晚，当天上开始起月亮时，他才往村里赶。他一个月有一半的时间开始住在镇上。对面的卫生院正在热火朝天地动工，灰尘将树枝压得沉甸甸地往下垂，张瞎子一天要擦好几次桌子，打好几次喷嚏，洗好几次脸。但他不会戴口罩，“人要死了才会戴这个东西。”他对我说。

镇上的理发店承载的不仅仅是理发，也增加了染发、烫发、洗剪吹等美发项目。张瞎子用脑多，头发白得快，他每个月定期去染一次头发，将头发染得乌黑发亮，有人曾告诉他染多了致癌，他不管，说：“都这么一大把年纪了还怕死吗？你没看到多少年轻的都在我前面了，我赚够了。”

我闻到了浓郁的米酒香，从印度紫檀无处不在的缝隙中传来。年轻人在公事应酬中酒量大增，喜欢上了喝酒，每次我瞅着他从北街那边走回来的样子，都觉得他是刚从河里捞出来的一样。

江岸边种上了别人开垦的蔬菜，木薯地越来越少，镇上养猪的人家少了，圈养着，没有跑出来的吃拱食了，看起来干净许多。我也不会闻到江风吹过来时夹杂的粪便的味道了。刚嫁来这边时，我曾因为这些臭气熏天的味道而在路边骂过几次街，只是除了被人把我当作泼妇外无济于事。

有许多次我从北街头来到北街尾的菜市场买菜时，张瞎子都会喊我，他说想和我谈谈茶楼的故事。每次我只是笑笑，说：“有什么故事吗？”没什么故事。

他自己一个人喝茶，显得颇为落寞。我想，失去了一起喝茶的伙伴，他是真的寂寞了。或许，等哪天我突然善心大发，会过去和他坐上一坐。

有一栋三层小楼盖了起来。那是新建的文化站，按照规划，二层整层将辟为一个图书室，这将结束塘镇自建镇以来无图书室的历史，这个决定也说明了镇上开始对文化的重视。

施工的嘈杂声混合着富有节奏的钟声，传来了奇特的回音，荡漾在塘镇的上空，敲在了每个人的心上。此时，我正在张瞎子的摊子前坐着，和他面对面，此时，刚好是我的爷爷周老头去世三个月后。我们正准备选吉日让爷爷周老头上宗屋。

他的手指抚过那本封面早已磨损的红色通书，一个字一个字地挤出来说：“你爷爷，我自然会给他挑一个最好的，这个你放心。这事怎么是你来办？不该你爸来吗？”

我说：“我爸累病了。”冬天有阳光，但不够暖；树木众多，但不够绿。因为天气，街道萧瑟许多。呼吸都是冷的。

经过将近百年的休养生息，塘镇慢慢恢复了元气。周老头也在这一年，由一个在街头摆茶摊卖点心的商贩变成了一个有固定经营场所的人。那时候龙兴茶楼只是一间简陋破旧的瓦房，低矮昏暗，火山石堆砌起来的屋子很少有光，但人们却喜欢周老头的点心手艺，每天顾客盈门。很快地，80 年代初的周老头便大气魄地盖起了这栋三层小楼。

挖地基时，发现了许多就地而埋的无名尸骨。这样的发现本是不祥，但知晓瘟疫的全部过程的老人却说："这没事，你在塘镇的任何地方，都能挖出尸骨，这个镇子，建立在一堆白骨之上。"有了德高望重的老人的话语保证，周老头安心下来，房子如期完工，茶楼如期营业……

张瞎子说："我闭上眼，就能看到周老头，他围着围兜，不断收钱，那时的他多么意气风发啊！"接着他又说，"你弟弟周因的死将他所有的精力都耗尽了。"

这句话犹如醍醐灌顶，我从没想过周老头——这个隔代的老人会悲痛到这种程度。我突然理解周老头作为这个家族中最核心的一员的原因。我不知道他活着的时候和死了的时候是怎么生活，我对他一无所知。

我站起来，没办法再继续听张瞎子说下去。我让他选好日子后再告诉王三三，王三三集日都会从这里经过，而且她会亲自来问他。

我的记忆力在冬天慢慢减退，但这个秘密除了表姐阿珠我谁都没有告诉。我走到北中街的裁缝店，和表姐阿珠坐了一会儿。之前的店面太小，她刚刚租了对面的一楼作为新的店面，在木匠勤劳的装修下，半个月之前她搬了过去。她安装了空调，夏天的时候不再需要靠着一个小风扇解暑了。

她的孩子已经出生，姨妈为了弥补小时候对她照顾不周的内疚，经常过来帮忙照看孩子。这日，姨妈将孩子抱到机关大道去了，少了孩子的哭闹，店里变得格外安静，缝纫机的声音变得格外响亮。

我为想不起许多人名和交代的事情而感到焦虑不安，我摊开手掌仔细地瞧着，我想看我是不是和王三三一样没有生命线，她本该波澜起伏的命运是不是让我得到了全盘继承？我将疑虑原原本本告诉了表姐阿珠。

表姐阿珠没有了在外的颠沛流离，安逸的生活过久了，人也变得有些懒散。她停下手里的活，抓住我的手研究了几下，说：“你应该去问问张瞎子。”我突然恼怒起来：“不问，干什么事情都问他，他不是什么事情都知道得一清二楚！”

对于我突然而至的大脾气，表姐阿珠感到莫名其妙，她说：“这是你自己说的，我只是帮你解决，你着急什么啊。看来最近你火气很大，别事事都往自己身上招揽了，有些事，不是自己的就不要去管。”她说得浅显直白。

我又听到了钟声，不断地捶打在我的心上，我站起来，淡漠地对阿珠说：“我要回去了。”她说：“那你早点回吧。”我摸着胸口慢慢地走出了店面，来到街上。北街是一条老街，街道本没规划，只是房子越盖越多便成了约定俗成的街道，路边很窄，一到年关，这里经常堵车。它是塘镇最著名的步行商业街。

这条街和居住在这里的人一样，和他们同呼吸共命运。晚上的月光却是极美的，江面上映照的月光被打捞上来依然皎洁如初。如果当初不是周小头将我的月光弄丢了，我还将保存得完好无缺。

张瞎子在借住的房子安了窗帘，房子的主人在一年前终于将房子加固翻新，赶时髦地将原本长方形的窗户改成了铝合金窗，由于朝南，阳光便在漫长的夏季在此安家落户。阳光生猛，张瞎子抵挡不住，便去镇上买了便宜的提花布窗帘安了上去，这让整个屋子在晚上也亮堂许多。他再也没在黑灯瞎火中摸索，而是慢慢习惯了光明。是啊，塘镇的日头越来越长了，哪怕冬天也是如此。

张瞎子是最特立独行的人。他的特立独行在塘镇人的目光中是一种悲悯。他知晓塘镇所有的秘密，却没有人知晓他内心深处到底藏着什么。

周小头很少来到北下街，他都是在打工的店里解决一日三餐，然后骑着一辆自行车回到他的住处。他的另立门户并未得到别人的理解。塘镇的街坊议论纷纷，为什么周小头不和周大头一起？一个人生活要是有个三长两短的顾得来吗？

夏日的夜晚，蚊子猖狂，俨然要将人灭掉的姿势。周小头最常做的事是半夜起来抓蚊子。他点上一盏煤油灯，罩着灯罩，借着光，将栖息在蚊帐上的蚊子烫到了灯里。我曾给他买过蚊香，但他说蚊香有毒，闻多了会身体溃烂而死，死活不愿意点。我苦劝多时无用，他固执得近乎偏执。

有一次，他突然开口和我谈起多年前给他理发的姑娘，他只是将理发过程重复了一遍，他的眼前是散落在地上的黑发和头顶殷红的血迹。他表情肃然，好像在谈一件对他无比重要的事。说完之后，他就沉默了，不管我抛出多少个问题，他一句话也不说。我想，他估计也患上癔症了。

为什么在我开始懂得人情世故之后，这里会出现这么多的癔症病人，为什么北街会像那条河流般晃动，为什么一切看起来照旧如常却暗流涌动，为什么我曾经短暂离开却又回到这里，为什么会有那么多尸骨？所有看似摧毁的背后，却是一场浩浩荡荡的保守运动。

我所有的问题，张瞎子并没有给我解答，他也解答不出。他终于让我摊开手掌，看我的生命线。果然如我所想，我和王三三，并没有所谓的生命线。张瞎子说：“你是一个不存在的人。”这让我陷入了深深的困惑，我不是在塘镇长大的周慈吗？我所看到的一切和所经历的一切难道都是虚构？

张瞎子冷静地说：“不是，一切都是真的，但是你是假的。”我再次愤怒地离开了他的摊子。回到那所临江而建的房子前。旁边正建设的打算未来做成小旅馆的房子已经封顶了，还没有贴瓷砖，墙壁裸露，可以看到一块又一块混合着水泥的青石，盖这所房子比我当年投入超市运营的精力还要多出很多。

从周因去世的那一年，我跨越了许多时间的长度，一夜之间长成大人，王三三和周大头在重新开门迎客的那天变成了一副老年模样。

在长久的讲述中，许多人的时间都被空缺了。这并非我有意为之，而是琐碎平淡的经历穿插在了起始和结束中，没有必要做无谓的重复。

我在数年里不断重复一些语词，所有的人都在这些回环往复的语词中变得平庸。一些老顾客和一些新顾客在超市里来来去去。有时我会经过机关大道，每次走在那条路上，我的脚步便慢了下来。

我望着那栋茶楼。外墙没有了后现代主义的形式感，变得中规中矩。人们夸赞着它的漂亮，喝着五月采摘的茶，吃着热气腾腾的点心，和以前没什么两样。印度紫檀一株连着一株，绿色层层叠叠地覆盖住了塘镇。

有时我会进去，和人们一样要上一杯红如血的茶，加糖，慢慢搅拌，然后就像嗜酒的男人贪杯那样一饮而尽。我的眼前是无穷无尽的路，踏上树木葱茏的道路，蜿蜒往下，是那些躺在地下的人们。他们闭着眼，不僵硬，也不腐烂，就那么安静地睡着，我忍不住痛哭失声。

有人在塘镇开始讲关于茶楼的故事，龙兴茶楼已经很老了，老得主人给它修了几次脸，换了几次心，每年都要不时缝缝补补才得以苟延残喘地活下去。作为由一间晴天漏光、雨天漏水的瓦屋摇身一变成为二十世纪八十年代最豪华的茶楼，它几乎识得镇上的每一个人，哪家的孩子出生了，哪户的老人去世了、生老病死、悲欢离合，无不在它的眼皮底下清清楚楚地呈现着……嘘，有人阻止了他，说："塘镇不让人说话。"

姨妈在杂货店那里打牌，一手抱着孩子，一手拿着牌，在四张嘴同时开战声中教育孩子胜者为王。

阳光下的水泥路哪怕是穿着鞋也感到烫脚，混合着其他杂物的白就在阳光下明晃晃地晒着。有慵懒的狗在树下吐着舌头。张瞎子买了一张靠背摇椅，手里拿着一把椰扇，在慢腾腾地扇风中将自己扇睡了。

姨父退休后无所事事，学车一段时间后终于考到了驾照，家里那辆几万块钱买来的小轿车终于可以合法开上路了。新司机是兴奋的。姨父独自开着车，在乡镇公路上兜兜转转，有时会在某个镇上和老朋友叙旧，再一个人开回来。

年轻人还在上班，王三三和周大头在村里，未来不久他们将接连死去。周小头又给自己的房子加了一层，变成了一栋两层小楼，附近盖房的人家也多了，他不再孤零零的了。但他却对我说，他讨厌被别人打扰。他望着房子后面的无名墓地，望过那条河流，望过那片树林，望向遥远的远方。

我从超市回来，在两棵印度紫檀之间绑了一张黑色的吊床，我脱鞋，躺在上面，在摇摇晃晃中睡着了。那些我认识的人在我沉睡的世界开始走来走去。

我累了，是真的该睡一睡了。

张瞎子让我去拜访一下邮政楼新搬来的那家人，他故作玄虚，吊足我的胃口，那对年轻的夫妇和你的外公外婆很像，年轻时。

我只是故意经过，然后回头看了等在一边的年轻夫妇，货车的工人正掀开了帆布，我看到里面一车的家具，还有几张风景画。又继续往前走，约上姨妈，去了茶楼，要了一壶茶，听着姨妈叽叽喳喳的讲话，和小孩不时的闹腾。

又一个故事开始了。但我不会再往下讲。

……

有一天，某个风和日丽的午后，周大头让我离开塘镇，我没有。在长久的年月中，我知晓我和他一样成了一个瘾症病人。在我稍微清醒的时候，我终于明白为什么他让我离开的原因，他知道塘镇掩藏的所有秘密。

时间周而复始，皱纹慢慢爬上手臂和脸庞，孩子慢慢长大然后离开，树木越来越葱茏茂盛，镇区越建越大，时间都消解在无意义中。我的小旅馆建成了，可故事还没讲完就已经落幕了。

图书在版编目（CIP）数据

漂流鱼 / 王海雪著 . -- 南京 : 江苏凤凰文艺出版社 , 2019.9
ISBN 978-7-5594-3969-7

Ⅰ . ①漂… Ⅱ . ①王… Ⅲ . ①短篇小说 – 小说集 – 中国 – 当代 Ⅳ . ① I247.7

中国版本图书馆 CIP 数据核字 (2019) 第 154930 号

漂流鱼

王海雪 著

出 版 人	张在健
责任编辑	张　倩　王　青
特约编辑	王美元
装帧设计	可视文化
出版发行	江苏凤凰文艺出版社
	南京市中央路 165 号，邮编：210009
网　　址	http://www.jswenyi.com
印　　刷	河北华商印刷有限公司
开　　本	880 毫米 ×1230 毫米　1/32
印　　张	10.75
字　　数	206 千字
版　　次	2019 年 9 月第 1 版　2019 年 9 月第 1 次印刷
书　　号	ISBN 978 - 7 - 5594 - 3969 - 7
定　　价	59.80 元